Céline Holynski

Rupture, tarot et confiture

roman

LAROUSSE

1

Tout d'abord mettons les choses au clair : je ne fais pas rien ! Ce n'est pas parce que je suis allongée sur mon lit, en pyjama, volets fermés alors qu'il est 15 heures, que je suis inactive... Bien au contraire, je suis particulièrement concentrée et résolue à gagner le combat de ma vie, à savoir : pourrir celle de mon ex !

Et pour ce faire, j'utilise les meilleures armes en ma possession : les réseaux sociaux. Depuis 10 heures ce matin, j'ai entamé avec détermination tout un plan stratégique et ô combien machiavélique visant à lui faire payer son attitude odieuse, que dis-je, intolérable, inqualifiable, impardonnable... In... In... Mince ! Je n'ai pas d'autre qualificatif et j'en rajoute peut-être... mais tout de même !

Alors au réveil, plutôt que de commencer ma journée à pleurer à m'en dessécher les glandes lacrymales, réflexe que mon corps a pris comme acquis ces dernières semaines, j'ai décidé qu'il était temps d'agir. De toute façon mes yeux sont tellement secs que l'étape : lancer « I can't live » de Mariah Carey + traduction des paroles pour augmenter la douleur + chialade à n'en plus finir, n'est plus envisageable… Je n'ai plus de larmes. Rien. Nada ! Ça pique plus qu'autre chose. Et pleurer en rajoutant du collyre, ce n'est pas pleurer… c'est du cinéma !

Ma grand-mère disait toujours : « Quand ça ne coule plus, c'est qu'il est temps de passer à la suite ! » Certes, elle disait ça au moment de monter ses blancs en neige… mais je pense que la sagesse des anciens est applicable à bien d'autres domaines que la cuisine.

De ce fait, alors que je m'extirpais de mon sommeil plus ou moins naturellement, l'engueulade des voisins du dessous au sujet de la castration du chat m'ayant néanmoins aidée à émerger, j'ai eu LA révélation. Fini la petite Camille qui s'apitoie et se recroqueville sur elle-même telle une petite chose. J'opte pour une nouvelle identité. Désormais, sur les réseaux sociaux, je serai « EVE », une « hateuse » en bonne et due forme, un troll vengeur qui n'aura aucun répit tant que l'autre enfoiré n'aura pas suffisamment morflé ! Et pourquoi « EVE », avez-vous furieusement envie de me demander ? Eh bien, c'est là que mon génie sans limite intervient… Mon génie ainsi que trois heures de réflexion et un Doliprane… Le premier « E » renvoie au côté électronique de la chose, le « V » pour vendetta, et le deuxième « E » sert à… former un prénom cohérent. Mais pas n'importe lequel ! Celui de la première femme de l'humanité ! Et comme EVE signifie VIVANTE, en matière de trouvaille, je suis au sommet de l'autosatisfaction.

Je serai donc EVE, la cyber figure féminine qui (re) prendra vie grâce à sa vengeance… *Mouahahahah !*

Voilà pourquoi depuis une bonne heure, entre deux bouchées de Miel Pops, je crée de nouveaux profils Facebook, Twitter et Instagram. Mon but étant de pouvoir suivre les comptes d'Éric (mon bourreau) sans être démasquée… Car si l'avancée des technologies permet la traque facile, elle n'en est pas moins dépourvue de pièges… Comme cette fois (il y a environ huit jours, deux heures et vingt-trois minutes) où j'ai reçu un SMS d'Éric (Espoir) m'encourageant vivement à arrêter de regarder ses *stories* sur Instagram (Humiliation). Mais pourquoi personne ne m'a prévenue que regarder les *stories* n'était pas anonyme ?! Pourquoi ?! C'est pourtant de notoriété publique que je suis une quiche en réseaux sociaux !

Moi qui, depuis des semaines, me retenais bien de lui donner signe de vie, essayant de donner le change en postant des statuts et des photos de moi respirant la décontraction et la joie de vivre, je venais de me faire griller…

Et mon téléphone étant devenu une extension de ma main, guettant la moindre activité de sa part, j'étais probablement la première « vue » à s'afficher (Pathétique) !

À réception de son message, je me souviens avoir oscillé entre honte, tachycardie, suées, frissons, sentiment de nullité à son paroxysme, envie de mourir instantanément ! Je crois d'ailleurs que j'ai connu une forme de décès… Un décès partiel… Si mon cœur a continué de battre, le reste de mes organes ont quant à eux cessé de fonctionner. Plus moyen de penser ni de bouger. Même ma vessie, qui généralement prend le contrôle de mon corps tous les trois quarts d'heure, s'est mise en mode veille… Pendant plusieurs heures, je suis restée assise au sol, les yeux hagards, prostrée dans ma mortification.

Puis très progressivement, comme une légère brise, j'ai senti qu'une émotion tentait de se frayer un chemin jusqu'à moi… Un sentiment de rébellion. Et à mesure que j'analysais ce que je ressentais, la petite brise commençait à prendre de l'ampleur pour se transformer en bourrasque. J'étais gagnée par la révolte. Ma météo intérieure, qui depuis deux mois n'affichait que pluie et averse sans discontinuer, semblait soudain changeante. Une tempête de colère avait décidé de me secouer de tous les côtés, pour finir sur un cyclone de fureur.

Comment avait-il pu oser m'envoyer un message pareil ?!

Camille, je vois que tu regardes toutes mes stories. Je ne peux pas t'en empêcher bien sûr, mais je crois que ce n'est pas bon pour toi… Tu te fais du mal. Je pense que tu devrais essayer d'avancer et tourner la page. Peut-être que tu devrais faire un break des réseaux sociaux, au moins le temps de guérir un peu… Affectueusement. Éric

Cet homme m'avait jetée comme on jette un vieux munster qui pue dans le frigo… avec précipitation et dégoût ! Et malgré notre rupture, il se donnait encore le droit de m'indiquer la marche à suivre ! Et toujours à sa façon bien sûr, sous couvert de bienveillance... Et puis, affectueusement ? Affectueusement ?! Mais de quelle affection tu parles ?! Elle pue ta bienveillance, Éric ! Elle pue encore plus fort que ce fromage de quatre semaines, oublié dans le compartiment à légumes du frigidaire !

C'est donc après cet ultime uppercut que j'ai commencé à sortir de ma torpeur pour arriver aujourd'hui, à l'aube d'une nouvelle ère... Une ère placée sous le signe de la vengeance !

Évidemment, avant il faut que je vous explique comment j'ai croisé la route d'Éric. Car durant trois ans, lui et moi formions un couple soudé. Enfin, soudé, c'est ce que je croyais...

Nous nous sommes rencontrés lors de l'avant-première d'un film dont je couvrais l'évènement en tant que journaliste-reporter d'images. À cette époque, j'avais terminé mon école de cinéma depuis déjà deux ans et, plutôt que de m'espérer future réalisatrice du prochain film bouleversant le monde du 7e art, j'ai rapidement bifurqué vers la réalisation de petits reportages. Sans aigreur, j'ai découvert le plaisir d'écrire, de tourner et de monter mes sujets pour différents secteurs. Je pouvais ainsi réaliser un documentaire sur les interventions écologiques d'une ville et, le jour d'après, m'appliquer à mettre en valeur le festival médiéval d'une autre. Si cette direction professionnelle me convenait très bien, ce n'était pas du tout l'avis de mes copains de classe de ciné. Durant plusieurs mois, après la fin de nos études, il nous arrivait encore de nous retrouver autour d'un « apéro café ». Un intitulé sympathique pour nos retrouvailles hebdomadaires qui, dans les faits, consistait principalement à ne pas dépenser plus de 2 euros pour un petit noir (on était fauchés), à se retrouver à une heure qui n'était pas celle de l'apéro (vers 15 heures) et à squatter durant des plombes le troquet (qui rêvait de nous voir partir), le tout pour débattre sur des sujets dits « intellectuels ».

Bref, on avait 23 ans, pas de boulot mais beaucoup de temps, d'idées, d'espoir et suffisamment d'arrogance pour croire que le monde n'attendait que nous et nos futurs chefs-d'œuvre. Et puis est venu le moment où je me suis décidée à leur annoncer que je commençais à tourner des sujets vidéo pour des communes, des sociétés et des associations. J'ai bien cru devenir le diable. Dans leurs yeux j'ai vu ma petite cuillère à café se transformer en fourche et je me demande encore si la salopette en jean que je portais ce jour-là n'a pas réellement viré au rouge sang.

J'ai eu droit à toutes sortes de remontrances :

— T'es pas sérieuse ?

— Mais t'es une vendue en fait !

— OK, donc, tu sacrifies ton art.

— Si c'est ça ta conception de la créativité…

Je suis sortie du bar assommée, pour finir deux rues plus loin, dans un autre bar où je me suis enfilé quatre *shots* de vodka. Il était 16 heures.

J'ai continué à travailler de plus en plus, et mon carnet d'adresses s'est étoffé et diversifié. Je n'étais peut-être pas réalisatrice de longs-métrages mais on pensait à moi autant pour des vidéos institutionnelles que pour couvrir des évènements régionaux, assister à la réalisation d'un clip ou réaliser des making of. À 25 ans, j'étais free-lance et épanouie.

Jusqu'à ce jour où l'une des sociétés de production avec laquelle je travaillais de temps en temps, et pour qui j'avais notamment réalisé un film institutionnel sur des producteurs de petits pois, m'a proposé de couvrir l'avant-première d'un film. Était-ce ma manière de sublimer le légume qui les avait convaincus de m'offrir cette mission ? Ou peut-être ma façon de dynamiser à l'écran le moment de l'écossage ? Quoi qu'il en soit, j'étais ravie de cette opportunité qui allait me rapprocher de mon domaine de prédilection premier, le cinéma.

Et c'est là-bas, dans le hall d'une salle de projection de quartier, que j'ai vu ~~Enflure~~ Éric, pour la première fois. Je ne peux pas dire que j'ai craqué sur lui lors de notre première rencontre, ce serait mentir… J'ai craqué sur lui bien avant ça encore. Alors que je filmais l'arrivée des invités, habillés pour certains comme pour une soirée de gala bien qu'il ne fût que 17 heures, l'objectif de ma caméra s'est posé sur une nuque. Sa nuque. Il faut dire que si les nuques avaient une équivalence en matière de mannequin, la sienne aurait été la Émilie Ratajkowski de la nuque. Élancée, ni trop fine, ni trop forte, avec une implantation capillaire à la base parfaite. Je réglais la mise au point de ma caméra pour m'assurer encore plus de netteté et observer ce petit grain de beauté à la droite de son cou. Je n'arrivais plus à filmer autre chose. Puis, comme s'il avait senti mon œil posé sur lui tout en consentant à me laisser le contempler, il avait fini par se retourner naturellement et m'avait offert un sourire aussi franc que bouleversant. Et dans ma tête je commençais à entendre les paroles de Jean-Jacques Goldman chantées par Céline Dion :

Ça t'arrive sans crier gare
Au milieu d'une heure incolore
Un geste, une odeur, un regard
Qui comme déchire ton décor

Au bout de ces quelques minutes je savais que j'avais des rushs vidéo inutilisables et le cœur électrifié par un coup de foudre. La projection allait commencer, il s'était dirigé vers la salle, me laissant moi, ma caméra et mon empreinte rétinienne pleines de lui. Je suis restée plantée là encore quelques instants avec une Céline Dion qui continuait à donner un concert dans ma tête.

Après la projection du film (somme toute médiocre), j'ai continué à faire ce pourquoi j'étais présente.

Malgré mes yeux qui papillonnaient à la recherche de ma « nuque », j'ai réussi à tourner et à demander aux invités leur sentiment sur le film (mauvais, rappelons-le). Sans grande surprise, les retours étaient tous dithyrambiques. À quelques reprises, j'ai dû me pincer les lèvres pour éviter de rire tant les invités-comédiens, espérant peut-être s'assurer ainsi une place au prochain casting du réalisateur, redoublaient d'inventivité dans les superlatifs. Une fois certaine d'avoir suffisamment de matière pour rendre un sujet qui plairait au client, je commençais à lorgner sur le bar. Un peu assommée d'avoir entendu tant de compliments à propos d'un film… franchement à vomir – allez, on le dit –, j'avais décidé qu'une coupe de champagne était largement méritée. Et alors que je buvais mon verre avec autant d'élégance qu'une tequila paf à une soirée étudiante, une voix s'est fait entendre derrière moi…

— Vous avez fini les interviews et vous ne m'avez même pas demandé mon avis ?

— Hein ? Heu… C'est parce que… Je… Non. Si… Enfin…

Voilà à peu près ce que j'avais répondu à « Nuque-Man » qui se trouvait là, tout sourire, à quelques centimètres de moi.

— Je plaisante. Vous avez bien fait de ne pas le faire… Je n'aurais pas pu mentir.

— Mentir ? ai-je questionné avec toute la niaiserie possible.

— Sur le film… Je ne sais pas vous, mais moi je l'ai trouvé… pas très bon.

— Pas très bon ?

— Assez mauvais, même…

— Assez mauvais ?

Je répétais toutes ses fins de phrases non pas pour en savoir plus, mais uniquement par manque de pertinence.

— Bon, OK, nul à en crever.

Il avait éclaté de rire et j'en avais fait autant. Face à mon trouble, mon cerveau avait apparemment trouvé comme seule parade le mimétisme parfait.

— Je m'appelle Éric, je suis scénariste. Et vous ?

— Et moi… Des images. Enfin, je fais des images, je veux dire. De plein de trucs… Et Camille. Je m'appelle Camille.

En d'autres circonstances, je pense que si j'avais eu une patate chaude entière dans la bouche, même avec l'aluminium encore autour, j'aurais réussi à être plus intelligible que ce jour-là.

— Camille ? C'est joli. C'est presque un nom de tisane, ça.

Une fois de plus je m'étais mise à glousser, sans comprendre ce à quoi il faisait référence. Ce n'est que deux jours plus tard, en passant dans le rayon thé et café de mon supermarché, que j'avais compris. Et moi qui n'en buvais jamais, j'avais acheté trois boîtes de camomille et trouvé le trait d'esprit encore plus charmant.

Cette première rencontre s'était finalement conclue par une bise, un dernier regard, et surtout un rendez-vous, histoire d'échanger sur de « vraies œuvres cinématographiques ». J'étais aussi décontenancée par ce que je venais de vivre que par la médiumnité de Céline. Elle avait tout vu :

> Tu t'entends lui dire des phrases sans aucun sens
> Qu'importe, les mots n'ont plus la moindre
> [importance
> Et la vraie vie a commencé
> Eh oui, la vraie vie

Sauf que la vraie vie, elle commence où, Céline ? Hein ? Elle commence où ? Juste après notre premier baiser avec Éric et durant ces trois dernières années où je me suis consacrée à lui et à sa petite carrière d'artiste ? Ou après m'avoir dit qu'il sentait qu'une page s'était tournée et que je sois obligée de déménager de « notre » appartement pour finir ici, dans un 18 mètres carrés mal isolé et bas de plafond ?

Oh non, Céline, ne dis rien, j'ai la réponse ! La vraie vie commence maintenant que j'y vois plus clair…

Parce qu'Éric ne m'a pas juste quittée ! Non ! Ça, à presque 30 ans, j'aurais été capable de l'encaisser. Pas nécessairement de le comprendre, mais de l'encaisser. Or, lui n'a pas seulement rompu, il m'a passée au chinois comme on filtre un bouillon de poule, il a récupéré tout mon meilleur jus et laissé la carcasse de côté. Mais je ne suis pas un cadavre de poulet, mon cher Éric ! Ni même une pauvre dinde et encore moins le dindon de la farce !

Rapidement après avoir débuté notre relation, Éric s'était plaint du peu de temps passé ensemble. J'étais souvent en tournage, je travaillais indifféremment le soir comme le week-end et il m'arrivait de devoir m'absenter quelques jours de Paris. Alors un soir, autour d'un plateau de sushis, sans préambule, Éric m'avait fait sa proposition :

— Camille, je voudrais qu'on emménage ensemble.

— Quoi ?

— Tu travailles beaucoup et, quand tu es chez toi, on a du mal à se voir car tu as du montage à terminer. Sous le même toit, tu seras toujours devant ton ordinateur mais au moins je te verrai… Je te ferai même à manger chaque soir, histoire que tu finisses plus vite et qu'on puisse se retrouver. Tu en penses quoi ?

Je jure qu'un Dom Pérignon n'aurait pas eu meilleur goût que la sauce soja qui me dégoulinait sur le menton. J'avais répondu oui et, grâce à la chance qui accompagne parfois les débutants, très rapidement, nous avions trouvé notre appartement idéal. Un joli deux pièces avec une loggia que j'avais aménagée en espace bureau. Durant les six premiers mois j'aurais pu parier que même le Bonheur incarné était jaloux de moi. Éric n'avait pas menti. Pendant que je faisais mes montages vidéo, levant le nez une fois toutes les deux heures pour regarder les arbres du parc d'en face, j'avais régulièrement droit à un bon thé chaud, un petit sandwich ou juste un baiser. Lui articulait son temps entre la lecture, le visionnage de films et l'écriture de son scénario. Scénario qui changeait de sujet, de personnages et d'époque toutes les deux semaines environ… Cette inconstance aurait dû me mettre la puce à l'oreille. Mais j'étais si bien nourrie, si bien chouchoutée que ma vigilance et mon sens critique avaient disparu aussi rapidement que les quartiers de mangue qu'il me préparait au goûter et que j'engouffrais en moins de temps qu'il n'en faut pour épeler le mot CONNE. Et comme la connerie semble aller de pair avec la perte de bon sens et même de sens tout court, j'avais perdu les miens (de sens). Je ne voyais rien, pas plus que je n'entendais les questions induites de mon entourage. Comme celles de ma mère :

— Mais quand tu dis qu'il travaille, tu veux dire que ça y est, il a trouvé un employeur ?

— Mamaaaan… Je t'ai déjà expliqué. Il travaille à l'écriture de son scénario. Il est auteur. Ça demande du temps pour faire quelque chose de bien.

— Hmmm… D'accord, mais le temps qu'il fasse quelque chose de bien, le loyer, c'est bien toi qui le paies ?

— C'est temporaire. Et des fois il écrit des articles dans des magazines et là il n'hésite pas à me rembourser. Tu comprends ?

— Oui, mais je ne voudrais pas que tu t'épuises à la tâche. Je veux juste…

— Stop, maman ! Ne t'en fais pas pour moi. Tout va bien.

— Bon. Si tu le dis… L'important, c'est que tu sois heureuse.

En général, ma mère s'arrêtait là pendant que ses yeux prenaient le relais, me scrutant entre inquiétude et scepticisme. Elle me fixait pendant un moment, puis son regard perdait en intensité et elle se rappelait qu'il fallait sortir la tarte du four.

Mais des deux, la plus grosse tarte, c'était moi et j'aurais mérité que l'on m'y foute, dans le four ! Car ce que je me gardais bien de dire à ma mère, c'est que les quelques piges qu'écrivait Éric se faisaient de plus en plus rares. À mesure que le temps passait, Boursouflure estimait que son talent était mal exploité et que ce dernier ne devait plus être employé à la rédaction d'un sujet sur les métrosexuels ou l'utilisation des sacs en papier dans les supermarchés. Selon lui, cela freinait son processus créatif et impactait ainsi l'achèvement de son film. Alors pendant que le génie incompris réécrivait encore une énième version de son œuvre cinématographique (qui ne dépassait jamais les cinq pages), moi je travaillais toujours plus pour assurer le paiement de nos factures. Pour quelqu'un qui me voulait sous le même toit afin de me voir davantage, il n'était pas trop dérangé de me laisser bosser pour deux. En fait, je sortais avec un type qui avait le même profil que mes anciens copains de classe de cinéma. À la différence qu'eux au moins ne me laissaient pas payer leur café. Puis le miracle est enfin arrivé, quand sa grand-mère est décédée. Non pas que sa grand-mère fût un monstre sanguinaire dont on fêtait la disparition. Au contraire, elle était même plutôt charmante et adorait son petit-fils. L'argent qu'elle lui a légué a fini de le prouver. Car si les parents d'Éric ont touché leur part, Mamie n'a pas oublié d'écrire un testament stipulant ses dernières volontés, dont la principale consistait à s'assurer que son « pti bouchon » ne manque de rien. Malédiction que ce miracle ! Le pti ~~couillon~~ bouchon, n'a pas hésité une seconde à respecter les désirs de feue mamie. Durant les premiers mois, je serais bien hypocrite de prétendre ne pas en avoir profité. Nouvel ordinateur pour moi, règlement de sa part du loyer, week-end à la mer… En effet, on ne manquait plus de rien. Éric, délesté du besoin de gagner de l'argent (notez qu'il avait déjà bien amorcé la transition), était certain que son scénario allait enfin voir le jour. Mais rapidement, force est de constater que la sécurité financière n'a pas agi sur son inspiration. Il n'était pas plus avancé… Alors est venue l'excuse de l'endroit. Il lui fallait trouver un lieu qui le stimule. Il a essayé les cafés, ça n'a pas marché. La bibliothèque, ça n'a pas marché. Une chambre d'hôtel avec vue sur l'océan, ça n'a pas marché. Il était très fort pour reproduire les clichés de l'auteur en pleine création, mais sans la création elle-même. Et un jour que je rentrais de tournage, je l'ai trouvé assis à mon bureau. Sur MA chaise, devant MA fenêtre avec MES arbres du parc d'en face. Il était radieux et semblait avoir trouvé ce qui lui manquait.

— Ah, Camille ! C'est génial ! J'ai tellement bien avancé dans mon écriture.

— C'est super, ça..., ai-je répondu aussi sincère que décontenancée.

— Et je sais enfin de quoi j'ai besoin !

Il m'avait regardée plein d'attente et d'excitation comme s'il s'attendait à ce que je trouve la réponse à la question qu'il ne m'avait pas posée.

— De toi ! J'ai besoin de toi. De ton énergie, ton aura... Regarde, je suis assis à ta place et comme par magie, tout me vient.

Je me souviens qu'une petite alarme avait tenté de se déclencher dans mon esprit. Comme une alerte m'indiquant que ce n'était pas le bon chemin à prendre. Mais il était si enthousiaste, si heureux, que j'ai laissé les choses se faire.

Mon bureau a d'abord été le nôtre, pour finir par devenir le sien... Dès que l'inspiration le gagnait, je débranchais mon ordinateur pour lui laisser la place et je terminais mes vidéos sur la table de la cuisine. Puis je m'arrêtais souvent dans l'exécution de mes tâches pour donner mon avis à Éric qui me sollicitait régulièrement. Je lisais son histoire, lui faisais mes retours et cela le stimulait. Tout ce temps accordé grignotait beaucoup sur celui que mon travail nécessitait. Mais il était compensé par la pluie de compliments que je recevais à chaque fois : « Tu es géniale », « Mais bien sûr tu as raison ! », « Dans cette maison, le talent c'est toi ».

J'ai fini par réécrire la moitié de l'histoire, toujours validée avec beaucoup d'emphase par Blaireau. Au départ, pourtant investie dans ce scénario malgré moi, j'ai fini par m'y attacher, à me prendre au jeu, lui suggérant des idées, des retournements de situations. L'histoire que l'on retravaillait commençait vraiment à avoir une sacrée allure !

Et puis l'heure de soumettre « notre » œuvre est arrivée. Après avoir rencontré un producteur intéressé par le pitch et une semaine d'attente, le verdict était tombé : l'histoire intéressait le professionnel. Mais il suggérait de retravailler quelques parties. Rien de fou pour un auteur aussi brillant qu'Éric... Sauf quand il a fallu que je m'absente une dizaine de jours pour assister une équipe de tournage sur le Tour de France. Une absence aux allures d'apocalypse selon mon ex. Je ne compte plus les fois où Éric m'a appelée pour me demander mon avis sur tel ou tel axe narratif, ou pour se déverser sur ses pannes d'inspiration ou encore pour me reprocher d'être absente au moment le plus important de sa carrière, la chance de sa vie. Durant cette période, je rentrais à l'hôtel exténuée après ma journée de travail et les quelques heures qu'il me restait je « devais » les consacrer à la relecture du texte envoyé par e-mail. Et les nouvelles versions d'Éric étaient catastrophiques. À croire qu'il s'était lancé le défi d'écrire ivre, avec ses orteils et les yeux bandés.

Quand j'ai fini par rentrer chez nous, je n'ai pas eu une minute pour souffler. Il fallait absolument que je me mette au travail pour envoyer la nouvelle version au producteur. Avec le recul, ce jour-là a été le début de la fin. Pour terminer à temps, j'ai annulé deux journées de travail, prétextant un mal de dos, et je suis restée assise soixante douze heures à reprendre cent pages et à me brumiser le visage à l'eau d'Évian, pour éviter de m'endormir. Le producteur a finalement proposé de produire le film. Éric était fou de joie mais m'en demandait toujours plus. Selon lui, il était temps d'arrêter de travailler sur les projets des autres pour enfin faire exister les nôtres. Et pour cela il fallait se consacrer entièrement au film. Alors moi, bonne poire, je me rendais disponible. Pour être présente à ses côtés, j'ai commencé par refuser quelques missions. Puis quelques-unes encore, et de plus en plus… Je l'accompagnais aux nombreuses réunions de travail, sans jamais m'imposer dans les conversations, sans jamais revendiquer la place qui me revenait de droit dans ce projet. Cela commençait à me miner le moral autant que cela m'inquiétait financièrement. C'est là que Salopard, anxieux de me voir de moins en moins impliquée émotionnellement dans la réussite de ce film, m'a fait la plus perverse des déclarations :

— Tu sais, Camille, c'est à mon tour de te soutenir… Ne t'inquiète plus pour l'argent. Arrête de courir après des petits boulots en acceptant tout et n'importe quoi. Le loyer, je le prends en charge seul. J'ai bien assez de l'héritage de ma grand-mère pour tenir encore un an… Tu ne te préoccupes plus de rien. Dès que le projet sera finalisé, on touchera nos premières avances. Et on commencera à évoquer ta présence en tant qu'assistante-réalisatrice sur le film. Cette chance, on ne peut pas la louper ! Elle ne repassera peut-être pas une deuxième fois !

J'étais évidemment apeurée mais Éric avait une telle manière de me parler, de me rassurer et une nuque qui n'avait toujours pas perdu de son charme que je me laissais persuader…

Comment j'ai pu y croire ! Comment ?! Après quatre mois de réunion avec le producteur, de promesses, de plans sur la comète, de propositions de célébrités pour le casting, d'espoirs en pagaille, le producteur a disparu de la circulation ! Piouf ! Plus rien. Plus de réponses aux coups de téléphone ou aux e-mails. Juste un SMS, après des semaines de harcèlement, qui disait : *On laisse tomber le projet.*

Éric était anéanti. Et moi, au lieu de hurler, de me révolter, de rappeler en urgence mes divers employeurs pour me manifester et retrouver du travail, j'ai joué à l'infirmière, à la psy, à la kiné, à la cuisinière… Bref, pensez à n'importe quel corps de métier qui offre service ou réconfort, et dites-vous qu'il devenait mien. Éric avait toujours une bonne excuse pour me maintenir à ses côtés, la principale étant évidemment qu'il avait besoin de moi pour se remettre sur pied. Son psy était clair là-dessus, le soutien de ses proches était essentiel… Dès que j'abordais le sujet de me remettre au travail, j'avais droit à des discours colériques : « On ne va pas se fatiguer pour tous ces cons ingrats ! De toute façon j'ai besoin que tu sois à mes côtés, c'est toi mon soutien. » À force d'entendre que j'étais celle qui le maintenait debout, j'ai fini par l'assimiler comme une vérité. Dans la rue, un inconnu aurait pu m'appeler « béquille », je me serais retournée. Je me suis donc préoccupée de ses états d'âme, de ses besoins, je l'ai écouté s'épancher sur l'injustice subie, tout ce travail fourni pour rien. J'ai aussi dû refréner ma bonne humeur pour ne pas le mettre mal… Oh, surtout pas… Pendant des semaines, la seule activité tolérée était d'écouter en boucle de vieux vinyles de jazz, en peignoir et dans la pénombre. Il était nécessaire pour cet auteur au cœur meurtri d'afficher sa douleur avec la mise en scène qu'il convient. Alors parfois, dans ses meilleurs jours, quand il mettait France Inter plutôt que *Alone Together* de Chet Baker, j'envoyais un SMS à Maddy, ma meilleure amie, pour qu'elle m'appelle et que je puisse prétexter un service à lui rendre. On se retrouvait au bar et elle faisait son possible pour me secouer. Et Maddy ne tournait jamais autour du pot :

— Quitte-le !

— Maddy, tu ne peux pas me dire ça…

— Ah bon ? Attends… « Quitte-le ! » Ah si, tu vois, je peux… ! Camille, ça ne fait pas trois ans que tu es avec ce type et il a déjà réussi à te transformer en infirmière à domicile ! Tu ne bosses quasiment plus, si tu as le malheur d'accepter un contrat, tu te sens coupable, si tu ris il te regarde de travers, pour me voir tu dois presque inventer une excuse. Quand il va mal, tu dois te consacrer à lui et quand il va bien tu dois aussi te consacrer à lui ! Ce type est toxique !

— Oui, mais je l'aime…

— Et moi, j'aime le camembert, mais comme je le digère mal, eh bah je m'en passe !

— Je me dis juste que si on réussit à traverser cette mauvaise période, dès qu'il sera remis d'aplomb, je pourrai lui parler et lui dire que c'est une expérience dont on doit tirer les leçons.

— Ouiii, voilà… Et moi, devant un Cœur de Lion, je me dis juste, allez, une petite bouchée, ce n'est pas grand-chose… Et puis je finis avec des gaz et un mal de bide. Quand un truc n'est pas bon pour toi, il n'est pas bon pour toi, point !

— Tu es sérieusement en train de comparer ma relation à un fromage ?

— Tout ce que je dis, c'est qu'il serait peut-être temps d'arrêter les frais !

— Si seulement il avait pu signer ce contrat… Il était si heureux.

— Ce n'est pas dans le bonheur qu'on se rend compte de la nature des gens, mais dans la difficulté…

— Justement, c'est bien pour ça que je lui prouve que je suis à ses côtés.

— Écoute, Mère Teresa, ta dévotion n'est plus à démontrer… Mais jusqu'à preuve du contraire, Éric n'est pas Dieu et tu n'as pas décidé de rentrer dans les ordres. N'oublie pas de penser à toi…

— Hmmm… Je sais que tu as raison. Je vais lui parler et lui dire que même si je le soutiens, j'ai besoin de récupérer un peu d'autonomie.

Ce jour-là, c'est sur ces bonnes paroles que j'étais rentrée, bien résolue à engager un dialogue probablement houleux et culpabilisant avec Éric, mais indispensable pour la reconquête de mon équilibre. Un peu anxieuse, j'avais pris une grande inspiration devant la porte d'entrée et je m'apprêtais à retrouver un petit ami dépressif à qui j'allais devoir exposer mon besoin qu'il se ressaisisse. Mais au lieu de ça, j'ai vu la Vierge ! Alors oui, je parle au sens figuré, mais disons que c'est à peu près le genre d'apparition auquel j'ai eu droit… Éric était métamorphosé. Il sautillait dans tout l'appartement, les rideaux étaient tirés sur le côté et laissaient entrer la lumière et les notes de saxophones plaintives ne se faisaient plus entendre ! Avec un sourire que je lui avais oublié, il s'était précipité sur moi, m'avait soulevée et fait tourner dans ses bras tellement vite et longtemps que j'ai dû interrompre ce moment par un très sexy :

— Stop ! Je vais vomir !

Ce sur quoi il avait enchaîné, sans relever.

— Camille ! Camille, c'est incroyable ! C'est fou, c'est dingue !

J'étais prompte à acquiescer à la véracité de ses dires, vu que le seul fait de le voir si radieux et emballé confirmait son propos. Mais il y avait évidemment une raison à ce brusque changement d'humeur et ne pas chercher à la connaître aurait paru louche de ma part…

— Eh bien, raconte-moi…

— Tu ne vas pas y croire… C'est arrivé comme ça… ! Tout allait mal et, d'une minute à l'autre, le bonheur ! Je n'arrive pas à croire que c'est arrivé !

Mais quoi ? Qu'est-ce qui est arrivé comme ça ?! Ton regard sur le monde ? Sur ta vie ? Sur nous ? Sur moi ? Tu as compris qu'il fallait que ta complainte se termine, qu'il était temps de me remercier d'avoir pris soin de toi, et peut-être même de t'excuser de m'avoir lourdement incitée à cesser mon activité pour me consacrer à la tienne ?! Choix judicieux qui nous a plongé dans un marasme de désespoir et de DVD de films d'auteur aussi déprimants les uns que les autres ?

Évidemment, à cette époque je m'étais mentalement arrêtée sur la dernière proposition. J'espérais qu'il avait soudainement eu un déclic et pris conscience qu'il en faisait des caisses sur cet « échec ». Qu'il fallait reprendre du poil de la bête et revenir à des aspirations peut-être moins nobles (à ses yeux) mais plus constructives. En d'autres termes qu'il me dirait : « Le plus important, c'est notre histoire, je t'aime, je veux que toi aussi, on oublie ce scénario, on reprend notre vie comme au début. »

Mais à la place c'est une autre « bonne » nouvelle que j'ai entendue.

— Le scénar ! Il va être signé !

— Quoi ?

— J'ai reçu un coup de téléphone, une boîte de prod m'a appelé. Et elle est hyper-sérieuse celle-là, crois-moi. Cette fois, je me suis bien renseigné, j'ai regardé sur Internet, j'ai vu ce qu'ils ont déjà produit, ce n'est pas une blague. Je n'en reviens pas… !

Il parlait vite et s'agitait de manière si saccadée que ça lui donnait l'allure d'un personnage de film burlesque des années 1920. Alors que je me demandais ce que pourrait rendre ce moment en noir et blanc et sans le son, je me rappelai que je n'étais pas au cinéma et qu'il fallait que j'en sache plus.

— Mais comment c'est arrivé ? Je veux dire, le scénario ils l'ont lu dans quelles circonstances ?

— Grâce à un assistant ! Un jeune mec qui bossait en stage chez l'autre enfoiré de producteur. Au moment de quitter la boîte, il a récupéré tous les scénarios jetés à la poubelle. Et il les a présentés à son nouveau boss. Tu te rends compte ? Ce type nous a fait perdre six mois de notre vie et a foutu mon histoire à la poubelle ?!

Je me rendais surtout compte que c'était « notre » histoire. Mes cernes et le souvenir de mes ampoules aux doigts en étaient témoins, mais bon, passons…

— Attends, ça veut dire quoi ? Un producteur t'a contacté pour te dire qu'il avait le scénario chez lui ?

— Oui ! Il était tenu de me dire la vérité, puisqu'il voulait s'assurer que je n'étais plus sous contrat. Tu réalises ?

Oh que oui. Je réalisais qu'on repartait pour une nouvelle saison de « Ma vie, mon œuvre ». J'ai accepté la coupe de champagne qu'il m'a servie et je n'ai rien dit sur ce qui me préoccupait. Et pourtant j'aurais pu, j'aurais dû. Lui dire : « C'est merveilleux, je suis heureuse pour toi et je souhaite que tout se déroule pour le mieux. Mais je pense aussi que je ne peux pas m'impliquer davantage, je ne me sens pas en sécurité, j'ai l'impression d'être dépendante de tes humeurs et de tes envies, je me perds, et mon travail et mon autonomie me manquent. » Mais encore une fois, j'avais fait passer son bien-être avant le mien. Et puis comment aurais-je pu vouloir autre chose ? Quelques heures plus tôt, je rêvais que la vie prenne cette tournure. Pour lui… et aussi pour moi. Certes, je me réjouissais de la perspective qu'à la maison l'ambiance « cimetière un soir de Toussaint » cesse enfin… Mais aussi que tout l'investissement fourni dans ce projet finisse par être reconnu. Peut-être Éric avait-il vu juste dans le fond. Il avait cru dur comme fer à ce projet, et la vie lui donnait raison. Peut-être même cette crise avait-elle été mise sur ma route pour tester ma résistance et ma bravoure. Et maintenant que j'avais démontré mon engagement, au moment où je m'apprêtais à baisser les bras, le destin avait décidé de m'envoyer un signe. Le signe que tout cela n'était pas vain. Mes heures de travail, mes choix, mes renoncements, ma relation, mon dévouement étaient les épreuves obligées avant de récolter les lauriers. Oui, peut-être Éric et moi devions-nous nous rencontrer pour que ce film voie le jour. Pour qu'il puisse, avec mon aide, devenir un scénariste reconnu et que moi, avec son obstination (égoïsme ? immaturité ?), je puisse gravir les marches qui mènent à la porte des réalisateurs de cinéma…

Alors clairement j'annonce : tout ça n'est que foutaises ! C'est la recette du mental qui rate une sauce mais qui préfère rajouter beaucoup de miel pour masquer le côté âcre de la moutarde.

Après cette nouvelle, durant les quelques semaines qui ont suivi, Éric et moi avions retrouvé une certaine harmonie. Toujours articulée autour du bon déroulé de son film certes, mais après ces longs mois de pesanteur où le moindre sourire était synonyme de trahison, je m'estimais heureuse que la vie nous offre un second souffle. D'autant que malgré mes angoisses de voir tourner ce nouvel espoir au cauchemar, tout s'était déroulé de façon sérieuse et efficace. Nous avions rencontré Henry, le producteur, à plusieurs reprises. Un homme de 45 ans environ, franco-anglais, agréable sans être familier, investi mais ne cherchant pas à jeter de la poudre aux yeux. Il avait déjà porté plusieurs longs-métrages. Jamais des blockbusters ou des grosses comédies françaises, plutôt des films d'auteur indépendants mais dont certains avaient fait de belles entrées et obtenu une jolie reconnaissance presse. Son discours était sain et franc :

— C'est un premier film. Il ne faut pas s'emballer mais j'ai un bon feeling. Je pense sincèrement que ça peut plaire et susciter un véritable intérêt. Sans quoi, je ne le produirais pas.

— On est ravis. On n'y croyait plus, avait répondu Éric. Pas vrai, Camille ?

— Heu, oui... C'est inespéré.

— D'ailleurs, Camille, si je peux me permettre, vous, dans ce projet, vous faites quoi exactement ?

— C'est ma muse ! avait précipitamment rétorqué Éric. C'est elle qui m'inspire. Elle me stimule intellectuellement ! Mais son domaine de compétence, c'est la réalisation. Eh oui, malheureusement pour elle, l'auteur dans toute sa splendeur, c'est moi... Elle supporte mes doutes, mes angoisses et elle me recadre, avait-il conclu d'un rire, suivi par celui d'Henry et du mien, jaune !

Voilà donc comment j'avais été balayée d'un revers parfaitement maîtrisé, entre flatterie et fermeté, et reléguée au rang « d'inspiratrice ». Sur le chemin du retour, je m'étais poussée à revenir sur ce moment qui me chagrinait.

— Tu aurais pu dire à Henry que je m'étais beaucoup investie dans ce film.

— Mais je lui ai dit ! Tu ne m'as pas entendu ? Je sais bien que si ce projet voit le jour, c'est grâce à toi, tu me pousses, tu me soutiens...

— Et aussi parce que j'en ai écrit la moitié...

Éric s'était stoppé et m'avait lancé un regard avec une pointe de... couteau ! Une lame brillante et aiguisée avait remplacé ses pupilles ! Je le jure ! Était-ce dû à la colère ou au reflet dans ses yeux du magasin d'argenterie ménagère devant laquelle il venait de s'arrêter… ? Quoi qu'il en soit l'effet était aussi saisissant que glaçant. Dès l'instant où il s'était mis à parler, son regard noir avait laissé place à un air assuré et faussement interrogateur.

— Excuse-moi, Camille, je ne comprends pas très bien… Tu te considères comme scénariste ?

Sa façon de me poser la question était très embarrassante. Elle aurait pu être agressive ou moqueuse, voire les deux à la fois, mais elle ne l'était pas… Elle était déroutante car dissonante. Comme si quelqu'un m'avait dit en souriant et avec beaucoup de douceur : « Tu es vraiment la plus grande de toutes les pauvres connes que j'ai rencontrées, tu le sais ? »

Résultat ? Je me sentais confuse, cherchant presque à m'excuser.

— Non, ce n'est pas ça… Je dis juste que j'aime autant cette histoire que toi et je crois que j'ai beaucoup fait pour qu'elle existe.

Éric m'avait fixée intensément, à la manière d'un charmeur de serpent, puis avait pris mes mains dans les siennes.

— Mais évidemment… Et jamais je ne prétendrai le contraire. Mais on forme un binôme, non ? Je pense et j'écris les histoires et toi tu les mets en images.

— Oui… enfin, ça fait un moment que je ne mets plus grand-chose en images. Rien ne dit que je pourrai travailler à la réalisation de ce film. Même en tant qu'assistante d'assistante. On ne l'a jamais évoqué auprès d'Henry.

— Parce que pour le moment ce serait prématuré... Tu imagines la chance qu'on a ? Alors qu'on pensait que tout était fini, on tombe sur un producteur comme lui, prêt à signer le film ! Il faut juste faire les choses dans l'ordre. Avant de penser à réaliser une histoire, il faut bien s'assurer d'en avoir fini l'écriture, non ? Quand tu fais un gâteau, est-ce que tu préchauffes ton four avant même de casser tes œufs ?

J'avais envie de répondre que cela dépend du gâteau que l'on prépare, mais je m'étais tue, comprenant la métaphore. Comme je n'avais rien de pertinent à répondre, il m'avait alors souri et embrassée. Et j'avais laissé faire... Une conne, je vous dis. D'autant que, plus le projet avançait, plus Éric me tenait à l'écart. Dès l'instant où le scénario n'a plus eu besoin de retouches majeures j'étais étrangement invitée « à prendre du temps pour moi ». Selon Raclure, ce n'était plus utile que je me coltine les allers et retours au bureau de production pour les quelques détails à régler sans grande importance. Bah tiens ! Il me ménageait autant qu'une femme enceinte en fin de grossesse. Sauf que je n'étais pas prévue dans l'accouchement. À chaque retour de réunion, je le questionnais et lui restait flou, m'assénant des « Ça avance », « Il faut encore qu'on revoie deux trois bricoles »... Cette période a duré environ trois mois. Je me traînais dans l'appartement, sans réel repère. Éric, qui jusqu'alors passait ses journées à l'intérieur, concentrant toute l'attention sur lui, semblait fuir le domicile. Moi, dépourvue de ma dynamique de travail depuis presque deux ans et sans homme à écouter et à rassurer, j'étais perdue. Paumée dans mon propre appartement et dans ma propre vie, je n'osais pas en parler à Maddy. Je connaissais trop son avis sur la question et je commençais à m'en vouloir de lui imposer mes hésitations émotionnelles sans jamais être capable de prendre de décision. Et la décision, c'est évidemment lui qui l'a prise, quelques jours avant Noël. Un soir, après une prétendue réunion de travail, il m'a fait le coup du « Faut qu'on parle ». Et j'ai eu droit à toutes les phrases de rupture éculées : « C'est pas toi, c'est moi » (je confirme !), « Tu mérites mieux » (sans déc ?), « Quelque chose en moi s'est éteint » (pas ton égoïsme en tout cas). Et puis, avec une cruelle douceur, il m'avait laissé quelques jours pour rassembler mes affaires. N'ayant pas de boulot et les moyens de payer le loyer seule, c'est bien sûr lui qui gardait l'appartement.

Maddy m'avait alors récupérée en miettes et hébergée chez elle. J'avais annulé mes projets de réveillon en famille, elle en avait fait autant pour veiller sur moi tout en me laissant retapisser son canapé de ma morve. Quelques semaines plus tard, Maddy me trouvait le studio dans lequel je vis actuellement, en dessous de chez elle, deux étages plus bas. Après un coup de téléphone à son propriétaire, un homme d'une cinquantaine d'années clairement séduit par le charme de sa locataire, j'avais emménagé sans avoir à fournir un dossier débordant de garanties. Certes, le studio est petit, sombre et mal isolé mais j'ai un toit sur la tête.

Au vu de ma situation professionnelle et financière, c'est ce qu'on appelle un miracle. Mais quand on a un ange pour meilleure amie, ça se tient.

— TOC TOC TOC ! C'est pour une livraison d'oxygène frais.

Ah ! Quand on parle du loup…

— Entre, Maddy…

Avant de s'avancer davantage, mon amie balaye la pièce du regard.

— Hum… Pénombre, linge sale et paquets de céréales au sol… Sympa la déco.

En effet, mon studio a tout l'air d'un squat. Ce que Maddy ne sait pas encore, c'est que la période tristesse et lamentation va bientôt prendre fin.

— C'est parce que j'ai travaillé…

— Oh ? Tu as décroché quelque chose ?

— Pas exactement… J'ai pris une grande décision. J'ai décidé de sortir Éric de ma vie…

— Merveilleuse nouvelle !

— En pourrissant la sienne !

— OK ! On va en parler…

— Maddy, je t'assure…

— Débarbouille-toi. Enfile un jean, un pull. On va au bar. Je sens que c'est le genre de conversation qui mérite un verre de rosé.

2

Maddy est le genre de femme qu'on envie. Elle n'est pas à proprement parler un canon de beauté et ne ressemble en rien aux images des magazines. De taille moyenne, des rondeurs épanouies, un nez un peu long et même un léger strabisme quand elle est fatiguée. Sur le papier on pourrait considérer que je suis plus jolie qu'elle. Menue, blonde, les yeux clairs, je corresponds davantage à ce que la société considère comme la norme. Pourtant les hommes n'ont d'yeux que pour elle. Partout où Maddy passe, les cœurs trépassent. Il faut dire que mon amie dégage une assurance envoûtante. Jamais elle ne doute, pas plus qu'elle ne s'embarrasse de complexes. Au contraire, sa taille 42 et son 95 C, elle les assume et les affiche. Elle raffole du style pin-up et croyez-moi, si les vêtements pouvaient parler, ils feraient sans doute leur déclaration d'amour au corps de Maddy. Elle est une femme qui en jette, tout simplement. Depuis deux ans, elle travaille comme assistante de direction. Croyez-vous que son look lui a posé problème pour décrocher ce poste ? Pas le moins du monde. Son directeur l'adore au point de lui avoir déclaré que sa fantaisie était un atout pour la société. Pour ce qui est de ses horaires de boulot, là en revanche, c'est carrément un tour de force. En à peine six mois, Maddy a réussi à organiser son emploi du temps comme bon lui semble. Contractuellement, elle doit occuper son poste de 9 heures à 18 heures. Pourtant il n'est pas rare de la voir rentrer avant 15 heures ou même de s'absenter quelques jours, sans que sa place au sein de l'entreprise soit remise en cause. Quand je l'interroge sur ses techniques de persuasion, elle me répond : « J'assure toujours mes tâches en temps et en heure, c'est le principal. » Un jour, je percerai son secret. Elle et moi nous sommes rencontrées il y a un peu plus de huit ans au cours d'une fête. Une file d'attente aux toilettes et quelques mojitos plus tard, nous devenions inséparables. Je l'ai immédiatement appréciée pour son franc-parler et admirée pour son indépendance. Si elle aime la compagnie des hommes, aucun n'a réussi à lui mettre le grappin dessus. Maddy est l'anti-princesse de Disney, elle n'attend pas après son chevalier blanc. De mon côté, il m'arrive encore de lire des livres des éditions Harlequin et de verser une petite larme… Malgré nos différences, nous avons un penchant commun pour l'utilisation des métaphores. Lors de ses comptes rendus post-rendez-vous galants, Maddy me parle de croisière du 3e âge ou de montagnes russes et je connais la teneur de sa nuit. Elle m'appelle aussi sa

« patate ». Un surnom affectueux, hérité d'un de nos premiers fous rires durant un week-end passé dans le Sud chez ses parents. Ce jour-là, la mère de Maddy nous avait préparé un steak et des haricots verts. Avant d'attaquer le plat, j'avais longuement attendu. Pas tant par politesse que par incompréhension. De toute évidence, sa mère avait oublié d'apporter l'essentiel : les pommes de terre. Issue du nord de la France et habituée à en manger à tous les repas, j'étais sincèrement persuadée qu'il s'agissait d'un indispensable. Comme la petite robe noire dans une penderie, un basic. Personne n'y coupe. Un plat est nécessairement composé de pommes de terre ! Les légumes supplémentaires ne sont que garniture, bonus. J'ai encaissé la découverte de ma vérité erronée à 22 ans. Non, la patate n'était pas une obligation culinaire. Ce jour-là Maddy a ri à gorge déployée, sa maman s'est empressée de me préparer quelques pommes sautées et mon surnom est né.

— Bien. Maintenant qu'on est installées, raconte-moi tout, ma patate.

Avant de lui déballer mon stratagème, je ménage mon suspense. Je porte mon verre à hauteur de mon visage et le remue délicatement. Comme dans les films à la James Bond où les protagonistes énoncent toujours leur plan un verre de brandy à la main. Puis je réalise que je bois une grenadine et que l'effet est nul. J'annonce :

— Je vais utiliser les réseaux sociaux pour rendre Éric fou.

— Toi ? Avec les réseaux sociaux ?

Mon annonce a pour effet d'interrompre la trajectoire du verre de rosé de Maddy. Elle le repose sans y avoir touché.

— On parle de cet outil de communication qui ne t'a jamais vraiment intéressée et que tu maîtrises assez mal, on est d'accord ?

— Justement ! Éric sait que je ne suis pas très douée en la matière… Sans quoi je ne me serais pas fait griller en regardant toutes ses *stories*. Donc, jamais il ne soupçonnera EVE.

— Qui ça ?

— EVE, c'est le compte que j'ai créé pour le pister sans me faire repérer… Elle pourra entrer en contact avec lui et infiltrer son cerveau.

— Oh là là… Tu as vérifié la date de péremption sur tes paquets de céréales ?

— Maddy, je suis sérieuse. C'est la meilleure idée que j'ai eue… C'est étudié et réfléchi. Je vais manipuler mon manipulateur.

Maddy se met à tourner la tête de droite à gauche, puis regarde sous la table.

— Qu'est-ce que tu fais ?

— Je cherche où est passée la Camille que je connais.

— Elle est devant toi ! C'est juste qu'elle s'est fait un peeling géant pour se débarrasser des peaux mortes !

— Aoutch ! Déjà qu'au sens propre l'image est

peu ragoûtante mais là j'ai carrément la vision d'une dépecée !

— Maddy ! Tu pourrais m'encourager ! J'essaye de reprendre du poil de la bête !

— Évidemment, ma patate ! Je ne te souhaite que ça...

— Alors fais-moi confiance !

— Bien... Et tu comptes t'y prendre comment ?

— Progressivement... Je connais Éric par cœur. Il est sensible à la flatterie mais il se laisse aussi bouffer par ses angoisses. Il faut donc utiliser ces deux faiblesses. Si EVE arrive à le mettre en confiance, elle réussira aussi à le faire douter. Et quand Éric est anxieux, il est comment ?

— Exécrable !

— Exact ! Qui pourrait supporter un type pareil quand il est tourmenté par ses états d'âme ?

Maddy me fixe, le sourcil relevé.

— À part moi je veux dire ?!

— D'accord, mais à part lui mettre les nerfs en pelote, tu espères quoi ?

— Je ne sais pas... Que le producteur craque et le foute à la porte ! Que le film ne se tourne pas ! Qu'Éric fasse une crise d'égocentrisme et prétende qu'Hollywood n'attend que lui !

— Ah oui, ça lui ressemblerait bien...

— Bref, je ne veux pas le laisser profiter bien gentiment de la réalisation de son rêve sans la moindre égratignure.

Maddy m'observe d'un air perplexe mais mon cerveau est déjà en ébullition.

— D'ailleurs je viens d'avoir une idée... De quoi enclencher l'étape « irritation ». Oh oui, ça, c'est une manœuvre digne de EVE.

Je sors mon téléphone et me mets à pianoter frénétiquement le clavier.

— Qu'est-ce que tu fais là ?

— Je lui offre son cadeau de bienvenue !

— C'est-à-dire ?

— Je l'inscris à tout un tas de *newsletters*.

— Lesquelles ?

— Les pires ! Dès que je vois une pub qui pope, je rentre ses coordonnées. Il va être spammé comme jamais. Sa boîte mail va saturer.

— Tu es diabolique.

— Merci.

Le nez rivé sur mon écran, exaltée par ma trouvaille, j'entends à peine la question du serveur.

— Camille ? Le serveur te demande si tu veux quelque chose d'autre ?

— Ah... Oui. Mettez-moi... Une coupe de champagne, tiens !

— Vraiment ? demande Maddy, étonnée.

— Tout à fait ! Je crois qu'une petite coupe est de circonstance. Il faut fêter l'avènement de mon nouveau moi !

— Dans ce cas, si c'est une célébration... On va en prendre deux.

— Entendu. En tout cas, vous avez l'air en forme aujourd'hui, me dit le serveur.

Je m'apprête à acquiescer d'un air princier mais Maddy me court-circuite.

— C'est grâce à son peeling géant.

Je jette un regard indigné à mon amie qui se mord l'intérieur de la joue pour ne pas rire. Je doute que le serveur ait compris mais il se retire en souriant.

— Moque-toi, Maddy. En attendant tu peux constater que les gens remarquent déjà mon changement. Et tu sais pourquoi ? Parce que la nouvelle Camille rayonne de l'intérieur.

— Possible. Ou alors c'est parce qu'aujourd'hui elle n'est pas venue les cheveux gras, habillée en pyjama…

Je contesterais volontiers cette vile remarque, mais il se pourrait qu'il y ait un lien de cause à effet. Depuis deux mois, quand je ne passe pas mon temps emmitouflée sous la couette à regarder des séries je descends au bar. J'y vais le matin, les yeux encore bouffis, pour manger leur petit déjeuner (les confitures sont à tomber). L'après-midi parfois, pour me poster devant la fenêtre et maudire tous les couples qui passent. Et le soir aussi, pour noyer mon chagrin dans un dernier Jet 27. Aucun employé de ce troquet n'a encore croisé ma tête des jours heureux.

— OK, je te l'accorde. Ça doit jouer. Mais c'est un bon début. On trinque ?

Maddy et moi levons nos coupes, et cette gorgée de champagne est délicieuse. De fines bulles de satisfaction, une note épicée de reconquête et un arôme de revanche remarquable ! L'accord est parfait.

3

Le souci, quand toute sa vie on a été une fille qui a eu pour mission de rendre son entourage heureux et satisfait, c'est que cela prend du temps… Et ce temps, c'est celui qu'on oublie de prendre pour découvrir qui on est vraiment.

Jusqu'à mes 14 ans j'ai été une jeune fille dite facétieuse et rieuse. Le genre à grimper aux arbres (et à tomber une fois sur deux) ou à faire la blague du seau d'eau en équilibre dans l'encadrement de la porte (qui me retombait dessus une fois sur deux). Malgré ma maladresse légendaire, j'étais casse-cou et insouciante. Puis mon père est mort brutalement et je suis restée seule avec ma mère. Mon besoin de couver Éric me vient-il de cette perte soudaine ? Peut-être.

Toujours est-il qu'à cette époque, ma mère s'est alors concentrée sur moi. Elle a fait en sorte que je ne manque de rien et j'en avais conscience. Bien souvent, je l'entendais pleurer dans sa chambre. Mais elle me retrouvait quelques minutes plus tard, souriante malgré ses yeux encore humides, pour me proposer une balade en centre-ville ou un bon thé chaud. Alors plutôt que de choisir l'option crise d'adolescence, rébellion, claquement de porte et cigarettes fumées en cachette (option que bon nombre de mes copines du lycée avaient testée et validée), j'ai préféré prendre exemple sur elle et tenter de la soulager à mon tour. Je m'appliquais à bien travailler à l'école, tout en l'aidant à faire les courses, la cuisine, ou les tâches ménagères. Au cours de ces années, je suis devenue aux yeux des gens « la gentille fille ». Et cela m'allait. Quand d'autres mères de famille se plaignaient du comportement de leurs enfants, je ressentais une certaine fierté à être citée comme exemple d'irréprochabilité. Notamment quand notre voisine Claudie passait un savon à son fils Kévin qui réagissait à peine plus fort qu'une moule dans sa coquille. Il faut dire que Claudie est une vraie chti-mi. Alors quand elle se mettait à crier, ses réprimandes sonnaient un peu comme un sketch des Deschiens : *Garde le li ! Yé midi, il vient à peine d'ouvrir euch nœil. Il traîne encore eus patte ! Té cor fatigué ? Parce que mi chte l'dit, eul Vaichelle elle t'attin hein… Ché po mi qu'il va la faire ! T'as core rien fait eut journée, tandis que regarde el'tchiote là. Déjà ed bout, partie faire les courses avec euch mère ! Ti té toudi entrain deut'plaindre, alors qu'eul gamine elle a même pu sin père.*

Je suis ainsi devenue un modèle de politesse, d'altruisme et d'abnégation. Même en grandissant, j'ai continué à assumer cette identité. Besoin d'un service ? Appelez Camille. À la recherche d'un travail sérieux et minutieux ? Faites confiance à Camille. Envie de soutien et de réconfort ? Camille est à votre écoute.

Pourtant, n'allez pas croire que je suis lisse et sans surprise pour autant. Au contraire, à de nombreuses reprises je sais étonner mon auditoire… Cela arrive toujours dans les mêmes circonstances. Autrement dit, dès que j'esquisse un trait d'esprit. À chaque plaisanterie de ma part, j'observe chez les autres une réaction quasi systématique. D'abord un temps de pause, puis un regard teinté d'une légère incompréhension, suivi d'un rire surpris, et d'une phrase de conclusion qui en substance exprime un : « Ah, mais tu es drôle en fait. » Eh oui. En fait… Finalement je suis un peu comme un moelleux chocolat cœur fondant qu'on aurait confondu avec un simple brownie industriel. J'imagine que pour celui qui se fait avoir, la surprise est de taille. J'ai donc toujours excusé ce genre de discrimination positive. Mais à la longue, ma tolérance commence à s'effriter ! Sous prétexte que je suis une femme aimable et consciencieuse, je serais incapable d'humour et d'ironie ?! Faut-il que je me mette à faire des blagues grivoises dès la première rencontre pour qu'on puisse m'envisager comme un être pourvu de fantaisie ? De toute façon, impossible que je tente l'expérience, je n'en connais aucune.

Quoi qu'il en soit, voilà pourquoi, depuis ma rupture et à presque 30 ans, j'en suis à me demander qui je suis vraiment. Je (re)découvre certaines facettes de ma personnalité qui jusqu'ici s'étaient cachées aussi ardemment que cette foutue chaussette après un passage en machine. Et j'admets volontiers que c'est très libérateur. Quel plaisir que d'oser se révolter, se mettre en colère, fomenter une vengeance et dire merde à des inconnus ! Bon, pour ce qui est de dire merde à des inconnus, c'est encore de l'ordre du fantasme. Mais j'ai bon espoir qu'il se réalise prochainement.

Maddy m'encourage d'ailleurs dans cette transformation. Elle qui s'assume si bien n'a pas besoin de forcer pour se faire respecter. Sa simple aura dégage une forme d'autorité naturelle qui impose la considération immédiate. À ses côtés, le plus beauf des bonshommes arrête instantanément toutes blagues graveleuses. Hmmm… Peut-être pas tous les beaufs. Un jour un pilier de bar lui a dit que ses formes lui rappelaient les bonnes cuisses de poulet dodues du dimanche midi. Ce à quoi Maddy avait répondu calmement, avec la grâce d'une reine, qu'il décéderait probablement d'une maladie cardiovasculaire vu que les seules cuisses auquel il goûterait toute sa vie seraient celles des volailles. Le type n'avait pas saisi toute la subtilité de la réponse, mais face aux rires de ses collègues, il s'était aussitôt tu.

De ce fait, quand Maddy m'a proposé de l'accompagner à une pendaison de crémaillère où je ne connaissais personne, j'ai accepté. C'était selon elle un bon moyen de me présenter aux autres sous un autre jour.

J'ai eu comme consignes :

– Ne pas me forcer à sourire si je n'en ai pas envie.

– Ne pas supporter des discussions ennuyeuses sous prétexte qu'on ne coupe pas la parole aux gens.

– Et surtout ne pas écouter les complaintes du « malheureux » de la soirée, que j'attire inévitablement à chaque sortie.

Seulement voilà, je suis à cette crémaillère depuis une demi-heure, tout juste le temps d'un verre de chardonnay et d'un passage aux toilettes, et le dépressif du groupe m'a déjà repérée. À croire que je suis un aimant à gens à problèmes… Peut-être que je dégage une odeur repérable ? Une sorte de nectar aussi attractif que le pollen pour les abeilles mais seulement identifié par les personnes qui ont besoin de se lamenter…

Je finis à peine de me sécher les mains sur mon jean que je le vois. Il est là au détour du couloir, tapi dans l'ombre. Seul, un verre à la main, avec ce sourire avenant qui induit en erreur le néophyte qui croit que le déprimé affiche de fait un air maussade, il m'attend. Alors entendons-nous bien, je ne parle pas ici de la personne qui traverse une vraie phase de dépression et qui a besoin de soutien. Moi j'évoque celle qui ne va jamais bien, par choix ! Celle dont le besoin d'attention est tel qu'elle se complaît à se trouver des problèmes et surtout des personnes à qui les raconter. Et ces individus-là, croyez-en mes longues années d'expérience, sont de véritables prédateurs… Ils ont compris que pour approcher une proie, il fallait s'adapter à l'environnement. Un visage fermé n'étant pas la meilleure méthode pour appâter la gazelle, ils ont appris à sourire, à faire de petites plaisanteries, à poser quelques questions pour maintenir à proximité leur victime avant de refermer sur elle leur gueule pleine de crocs… Il suffit de quelques minutes d'inattention et vous voilà en train de converser avec le nuisible, à répondre à des questions dépourvues d'intérêt par sympathie, à rire à de mauvaises blagues par politesse (ou charité) et à l'écouter se répandre sur ses misères au lieu de danser sur un bon vieux son des années 1990, avec un verre de n'importe quoi à la main, pourvu qu'il soit alcoolisé… Vous rentrez alors chez vous, éreintée, mentalement vidée par le « martyr professionnel », sans avoir rien vu passer de la soirée !

Sauf qu'aujourd'hui mon chasseur d'oreille attentive a beau vouloir jeter son dévolu sur ma petite personne, il ne s'attend pas à ma réaction. Si lui m'a repérée, je l'ai moi aussi repéré et je suis prête à expérimenter ma nouvelle nature.

Comme je le pressentais, ce dernier m'interpelle dès que j'arrive à sa hauteur :

— C'est fou la queue qu'il y a toujours aux toilettes chaque fois qu'on a envie d'y aller, hein ? C'est comme au supermarché, il n'y a jamais personne aux caisses sauf quand on se dirige pour payer…

— Mouais… Ce n'est pas systématique non plus.

Technique de déstabilisation numéro 1 ! Contredire son ennemi qui s'attend à ce que vous acquiesciez à ce genre d'image d'Épinal.

— En tout cas, elle est sympa la soirée. Vous venez de quel côté, vous ? Linda ou Julien ?

— Aucun des deux, je ne connais personne, j'accompagne une amie.

— Ah, d'accord. Moi je suis un copain d'université de Julien. Ça fait une paye qu'on se connaît, on était toujours fourrés ensemble. Bon, maintenant ce n'est plus trop le cas… Les gens font leur vie, ils se mettent en couple… On voit moins les copains, quoi… Et moi, comme je suis célibataire, je me retrouve souvent un peu seul… C'est dommage, je trouve, de lâcher ses potes comme ça…

Technique numéro 2 : analyser l'attaque pour pouvoir la contrecarrer. Ici on est clairement face à quelqu'un en manque de débinage. En deux minutes, il ose se plaindre de son ami auprès d'une inconnue. Si je le laisse continuer, il va s'étendre sur l'ingratitude des gens à son égard.

— Mais apparemment il n'a pas oublié de vous inviter à sa soirée. C'est peut-être l'occasion d'en profiter et de passer du temps avec lui, non ?

— Oui, mais ce n'est pas pareil… Là, il y a sa femme, ses…

Aïe ! Erreur de ma part. J'ai fini sur une question ! Rhétorique évidemment… Mais le chasseur esquive l'évidence. Il fait mine de ne pas comprendre pour saisir la moindre faille et me garder sous le coude. C'est ici qu'il faut utiliser la technique numéro 3 nommée

« le coupé fatal » qui, comme son nom l'indique, consiste à stopper net la conversation.

— C'est vous qui voyez ! Moi, je vais suivre mon conseil et rejoindre mon amie. Bye.

Waouh ! Quel soulagement… J'ai enfin réussi à ne plus subir. Et rien de mal ne m'est arrivé. Je ne me suis pas soudainement immolée par combustion spontanée, personne ne m'a montrée du doigt en criant : « Qu'on la pende. » Je suis toujours la même Camille, mais en mieux ! En plus affirmée ! Peut-être un peu trop… Galvanisée par ce nouveau sentiment de puissance, je viens de me vautrer lourdement dans le canapé, au côté d'un petit groupe de filles. Mon nouveau « moi », fraîchement satisfait de sa petite victoire, doit irradier, puisque sans que je leur parle, l'une d'elles m'interroge sans détour.

— Ça va ? Tu as l'air amusé…

— Oui, un peu… Le type là-bas vient de m'aborder pour me raconter sa vie et se plaindre.

— Ah, tu le connais ?

— Pas du tout ! Mais les gens font souvent ça avec moi… Parce que je les écoute… Sauf que là j'en ai eu marre. Et je l'ai planté !

— Tu as eu raison…

— Oui… mais c'est quand même dingue, ça !

C'est à ce moment que je pèche par excès de confiance ! Je me mets à tout déballer, en monologuant avec force et passion, prenant le petit groupe de filles en otage.

— Il y a des gens qui s'autorisent à déverser leur mal-être sur ceux qui sont trop gentils… Il faudrait qu'on soit toujours là pour eux, tout le temps ! Mais moi, qui m'écoute ? Hein ? Qui prend le temps de me conseiller, de m'orienter ? Personne ! Enfin, si, Maddy, ma meilleure amie. Mais globalement quand je ne vais pas bien, je me débrouille et j'évite d'embarrasser les autres avec mes états d'âme ! C'est fou ces manières de faire, nan ?!

Je marque un temps pour les regarder et attendre leur validation, quand je réalise…

— Oui, enfin, je n'embarrasse personne sauf vous, là, tout de suite… Pardon. Je suis désolée. Je viens de faire exactement ce que je reproche aux autres…

— Ne t'inquiète pas, on comprend, me dit l'une d'elles. Si tu veux, moi, je connais quelqu'un de génial avec qui tu pourrais parler… C'est une femme incroyable, elle te guide, elle te dit ce que tu dois savoir…

— Oui, j'ai déjà pensé à aller voir une psy mais…

— Ah mais ce n'est pas une psy ! C'est mieux que ça ! C'est une voyante !

— Une voyante ?

Je bugue. J'attends un rire attestant que c'est une plaisanterie. Mais non. Pas de rire. À la place un regard insistant qui attend que je me positionne.

— Ah… c'est-à-dire que je ne suis pas sûre d'y croire…

— C'est pour ça qu'il faut tester. Moi non plus au départ je n'y croyais pas trop. Mais maintenant je ne peux plus me passer d'elle. Si tu veux, je prends rendez-vous pour toi. Si c'est moi qui lui demande, elle te fera la première consultation gratuite.

Tout en me parlant, ma nouvelle copine a déjà sorti son téléphone de sa poche et commence à taper son texto.

— Il est presque 22 heures, il vaut mieux éviter de la déranger je pense, dis-je dans l'espoir qu'elle renonce.

— Oh non, ne t'en fais pas. Avec moi, elle a l'habitude de recevoir des appels tardifs…

Elle est si enthousiaste, si impliquée, que je n'ose pas refuser.

Le tout n'a pris que quelques minutes. Me voilà en possession d'une adresse et d'une consultation prévue pour la semaine prochaine.

Quand je retrouve Maddy, elle est au milieu d'un groupe de garçons. Derrière une apparente atmosphère de camaraderie, ils jouent tous des coudes, essayant d'être celui qui attirera son attention. En me voyant venir à sa rencontre, Maddy lâche aussitôt sa cour.

— Alors ? J'ai vu que tu t'es fait de nouvelles amies, me dit-elle faussement jalouse.

— Amies, je ne sais pas, par contre, l'une d'elles tient absolument à me faire rencontrer quelqu'un.

Je lui tends le bout de papier sur lequel sont notées les informations de mon rendez-vous.

— Katiana ? Qui est-ce ?

— Une voyante…

— Tu vas te faire tirer les cartes ? me demande Maddy amusée.

— Non ! Bien sûr que non…, réponds-je affirmative. Après, c'est vrai que le rendez-vous est gratuit, donc bon…

— Ah ! Si c'est gratuit tu sais ce que je dis…

— Non, pas vraiment. Tu dis quoi ?

— Si c'est gratuit, on dit oui.

— Tu ne dis jamais ça…

— C'est vrai, mais j'adorerais voir ta tête devant une médium façon Whoopi Goldberg dans *Ghost*, conclut-elle en riant.

— Pas sûr que j'y aille alors… Bon, je crois que je vais rentrer maintenant. On se voit demain pour que tu me racontes comment s'est finie ta nuit, dis-je en lançant un coup d'œil aux jeunes hommes qui attendent impatiemment le retour de la pin-up.

Maddy fronce le nez, hésitante.

— Hmmm. Non. Je rentre avec toi. J'ai des envies nocturnes sous les étoiles de Porto Rico et là je sens que je n'aurai droit qu'à une nuit au Touquet. Allez, je vais chercher mon manteau et on file.

En voyant Maddy prête à s'éclipser, les coqs de la basse-cour s'affolent et tentent de la retenir. Elle les repousse avec un sourire enjôleur, ce qui a pour effet de les subjuguer davantage. De mon côté je regarde mon petit bout de papier. Je suis peut-être célibataire et au chômage mais je ne vais quand même pas m'en remettre aux prédictions d'une prétendue voyante. Non, je n'en suis pas là…

4

Maintenant que je suis postée devant la porte de Katiana, je me sens comme une andouille. Je ne crois pas à la voyance. Enfin, disons que c'est le discours officiel que je délivre quand on me pose la question. De vous à moi, je lis mon horoscope, je connais mon ascendant et le nom des vingt-deux arcanes majeurs des tarots. Pourtant, jamais je ne reconnaîtrai publiquement avoir un attrait pour ce genre de pratique. C'est un coup à ce qu'on ne me prenne plus au sérieux dans mon travail. J'accepte qu'on dise de moi que je suis maladroite et un peu dans la lune, mais perchée, ça, non ! D'ailleurs, pour éviter toute déconvenue, j'ai été prévoyante. Je me suis habillée d'un long imperméable beige et de lunettes de soleil opaques, au cas où quelqu'un de mon entourage me verrait entrer chez la voyante. Tout en sonnant chez elle, je me demande à qui je vais avoir affaire. Katiana va-t-elle m'accueillir avec des yeux globuleux, un foulard sur la tête et un chat noir dans les bras ?

— Bonjour… Vous êtes Camille, c'est ça ?

Je me retiens de la féliciter pour son premier flash médiumnique.

— Tout à fait.

— Entrez, je vous en prie.

Premier constat, Katiana est tout ce qu'il y a de plus normal. La soixantaine, coquette et souriante. Pas de bizarreries. À part peut-être son goût prononcé pour la couleur (ses cheveux rouges sont parfaitement assortis au canapé et aux rideaux), il n'y a rien à signaler. Habillée en Inspecteur Gadget, je suis beaucoup plus folklorique qu'elle.

— Avant de commencer, voulez-vous un thé, un café ?

— Heu… Juste un verre d'eau, merci.

— Très bien. Attendez-moi, je reviens.

J'en profite pour examiner le salon. Je ne sais pas ce que je cherche. Peut-être une boule de cristal, un crâne vaudou… mais décidément, rien de tout ça. Je reconnais juste un meuble Ikea, j'ai le même… Je suis presque déçue.

— Et voici…

Katiana me tend le verre et m'observe avec une attention particulière. C'est gênant. J'ai peur d'avaler de travers et de baver. Je brise le silence :

— Et donc Katiana, ça vient d'où ?

— De ma tête !

— Je vous demande pardon ?

— Je l'ai inventé. En réalité je m'appelle Catherine. Mais Katiana ça sonnait plus Europe de l'Est, diseuse de bonne aventure, vous voyez ? Dans mon métier le nom, c'est important. Les gens aiment que ça évoque quelque chose d'un peu mystérieux… C'est comme pour les chanteurs des années 1960-1970. Ils ont tous pris des noms à l'américaine. Parce que ça faisait rêver… Est-ce que vous auriez acheté les disques de Claude Moine, vous ?

— Qui ça ?

— Claude Moine. Ça ne donne pas envie, n'est-ce pas ? Alors qu'Eddy Mitchell, tout de suite, ça sonne mieux !

Je suis forcée de reconnaître que son argument tient la route. Mais pour quelqu'un qui s'apprête à me lire l'avenir, admettre que son nom est une supercherie n'est pas du meilleur augure.

— Bien. Si vous êtes d'accord, nous allons passer en salle de travail. Juste avant, je vais vous demander d'inspirer et d'expirer trois fois.

Ouh là. Je déglutis. Comment ça « en salle de travail » ? Pourquoi elle me parle comme si j'allais accoucher ? Eh bien voilà, Camille ! Tu voulais du bizarre, tu commences à en avoir. D'autant que Katiana commence à tourner autour de moi, agitant ses bras et ses mains le long de mon corps.

— Hmmm… Continuez de respirer. Je scanne votre énergie.

J'ai bien envie de lui demander combien je coûte, étant donné que j'ai l'impression d'être un code-barres.

— Je vois, marmonne-t-elle. Très intéressant.

Ne ris pas, Camille. Ne ris pas. Tu es tombée chez une dingue. Peut-être même une artiste frustrée qui te fait son numéro. Rappelle-toi que la séance est gratuite. Une fois que ce sera passé, tu auras un grand moment à raconter à Maddy.

— Vous êtes mal en ce moment, n'est-ce pas ?

Bravo, Sherlock Holmes. En général, les gens qui consultent un voyant sont rarement au top de leur vie. On va partir sur d'autres généralités du genre ?

J'évite de faire des vagues et je joue le jeu.

— J'ai connu mieux...

— C'est à cause de lui. Il vous a vidée.

— Qu'est-ce que vous venez de dire ?

— Je parle de l'homme qui vous a quittée.

OK, Catoche. Là, j'admets que c'est bien vu. Voire même un peu troublant. Mais j'imagine que des femmes de mon âge, qui arrivent ici le cœur en miettes, il doit y en avoir des tas. Cela ne prouve rien.

Pourtant Katiana n'attend pas de confirmation de ma part. Elle semble sûre d'elle et me fait signe de la suivre.

— Allons voir ça de plus près.

Je la suis. Mais attention ! Juste pour le principe de l'expérience. Uniquement. Presque d'un point de vue journalistique. Parce que la voyance, je n'y crois pas... Alors ça... ! Bon, j'essaye de convaincre qui là ?

Katiana ouvre une porte et me fait passer devant.

— Installez-vous.

En prenant place je découvre l'antre de la voyante. Le vrai. Rideaux opaques, encens qui fume, cristaux, bols tibétains... Je n'attends plus que la sortie d'un ectoplasme en provenance de l'armoire.

La voyante attrape un jeu de tarot et me le fait couper avant d'étaler les cartes devant elle.

— Bien. Maintenant donnez-m'en huit.

Je m'exécute. Katiana adopte un ton solennel et je me surprends à l'être tout autant.

— Votre problème, c'est bien un homme. Je vois une rupture. Mais ce n'est pas fini.

— C'est vrai ?

Oh comme je me déteste ! Mon cœur vient de bondir et j'ai réagi avec beaucoup trop d'espoir ! Pourquoi, après ce que j'ai enduré et la promesse que je me suis faite de me venger, j'en suis encore là ? Je me fais l'effet d'un chien qui fait la fête à son maître alors que ce dernier l'a abandonné sur une aire d'autoroute. (Évidemment cette image ne fonctionne que si on admet que le chien a retrouvé le chemin de la maison.)

— Oui, mais pas comme vous l'imaginez. Vous allez encore entendre parler de lui.

Est-ce que je lui dis que je traque Éric sur les réseaux et que, par conséquent, j'entends parler de lui tout le temps ?

— La carte de la Papesse couplée au Diable. Oh...

— Quoi ?

— Aïe...

— Qu'est-ce que vous voyez ?

— Hmmm…

Mais, bordel, réponds ! C'est quoi ce suspense… ?! Je le sais bien que tu as mis ton costume de divination mais inutile d'en faire trop. De toute façon, c'est n'importe quoi. Je me fiche de ce qu'elle dit… Tout cela n'a pas de sens. Mais je veux savoir. Allez, madame Irma ! Crache le morceau !

— Vous ne savez pas tout. Il vous a caché des choses. Une vérité vous sera bientôt révélée. Est-ce que ça résonne chez vous ?

Elle est sérieuse ? Tout ce teasing pour si peu ?

— C'est-à-dire que s'il me cache quelque chose, par essence je ne peux pas le savoir…

Ça y est. Ça ne m'amuse plus. Elle ne me dit rien que je ne sache déjà. Oui, Éric m'a caché des choses… Sa vraie personnalité !

— Cet homme est trouble.

— En effet.

J'ai répondu de manière trop désabusée. Devant mon air las, Katiana fait volte-face.

— Par contre, je vois quelqu'un d'autre qui arrive. Un homme agréable.

— Ah ?

— Il est charmant et il sera en lien avec votre travail.

— D'accord… Eh bien, qui sait…

Si tu savais comme je n'y crois pas, Catoche.

— Oui, oui, je le vois entrer dans votre vie. Par

contre, il faut absolument que vous vous débarrassiez du fantôme de votre ex. Vous êtes encore beaucoup trop connectée à lui.

— Connectée, vous dites ?

Le choix du mot m'interpelle et pas qu'un peu. Cette femme est perturbante. Elle est capable d'enfoncer des portes ouvertes autant que de viser juste.

— Vous risquez de passer à côté d'un nouvel amour si vous ne vous dégagez pas des énergies négatives qui vous encombrent…

Ah ! Nous y voilà. Je commence à comprendre. Dans quelques minutes, elle va me proposer un soin purificateur à base de plantes ou de pierres. Si je refuse je ne rencontrerai évidemment pas cet homme et ce sera de ma faute. Les prédictions de Katiana ne pourront pas être remises en cause et elle s'en tirera à bon compte. Ils sont malins ces voyants.

— Très bien… Eh bien dans ce cas je vais aérer davantage chez moi et me frotter davantage sous la douche, dis-je ironiquement.

La voyante m'observe un moment avant de reprendre en haussant les épaules.

— C'est vous qui voyez…

— Non, c'est plutôt vous.

Katiana marque de nouveau un temps avant de se fendre d'un rire sincère.

— Ah oui ! C'est moi qui « vois », parce que je suis voyante. Vous êtes rigolote…

— C'est ce qui se dit…

Je lui suis reconnaissante d'avoir ri à cette blague éculée. Ce n'était vraiment pas ma meilleure. Je décide de conclure la séance, avant qu'elle ne me propose une de ses diverses pratiques de nettoyages spirituels.

— Bon. Je vous remercie. Je vais devoir y aller, j'ai un rendez-vous qui m'attend.

Ah ça ! Il ne faudrait surtout pas que je fasse attendre mon mojito, il risquerait de s'éventer.

— Je vous en prie. C'était un plaisir. Je vais vous demander 60 euros, s'il vous plaît.

Katiana arbore un sourire serein, pendant que je me tortille avec gêne. De quel argent me parle-t-elle ?

— Ah. Alors… Heu… C'est-à-dire que je suis Camille. Vous savez… Je suis venue *via* une patiente à vous… Enfin une cliente… Disons une jeune femme qui vous consulte aussi… C'est elle qui a pris rendez-vous pour moi et qui m'a dit que ce serait…

J'espère qu'elle va vite retrouver la mémoire et compléter ma phrase. Comme un grimpeur en mauvaise posture le long d'une falaise, le mot « gratuit » reste farouchement cramponné au fond de ma gorge.

— Oui, je me souviens bien. C'est pourquoi je ne vous ai pas facturé le scanner énergétique.

— Ah d'accord. Eh bah, super. Cool. Top. Trop bien. Génial.

Ça y est, ma voix est passée en vitesse accélérée et je sens mes joues rougir de honte. J'ai la désagréable sensation d'être celle qui a tenté de l'escroquer.

— Eh bien, merci encore… Par contre, je… peux vous régler par chèque ?

— Oui, bien sûr.

— Parfait…

Je sors mon chéquier le plus naturellement du monde tout en pestant intérieurement. Bon sang ! Je me suis fait avoir comme une débutante. À ma décharge, je ne connaissais pas les rabatteurs à la voyance. Comment aurais-je pu me douter qu'ils sévissaient même dans les crémaillères ? De nos jours la recherche du pigeon n'a plus de limite. Quel triste constat. Après avoir contrecarré les projets du pleurnichard professionnel, je me suis tout droit jetée dans la gueule d'un cartel de tarot.

Mais ça ne se passera pas comme ça, Katiana ! Oh non ! Je ne laisserai pas ce crime impuni. Je saisirai les plus hautes instances judiciaires et je dévoilerai à la face du monde ce nouveau type d'organisation en bande.

— Je mets le chèque à quel ordre, s'il vous plaît ?

— Ne vous embêtez pas, je le ferai…

— D'accord, tenez. Merci.

Nulle, nulle ! Je suis nulle ! Ah ça, dans ma tête, aucun doute : je suis une guerrière, une héroïne épatante, pleine de fougue et de détermination. Dans les faits, je viens de remercier mon escroc avec un sourire de petite fille.

— Je vous raccompagne à l'entrée. Mais pensez à ce que je vous ai dit… Quelqu'un pour vous est en chemin, mais il faut assainir votre champ énergétique.

— Promis, j'y penserai…

— Tant mieux. Au revoir.

— Oui, au revoir.

Katiana claque la porte et j'y colle mon front, hébétée. Si les vies antérieures existent, j'ai certainement dû être un porcin, tant les gens me prennent pour un jambon. Et pour couronner le tout, je suis un jambon accoutré d'un imper trop grand et de lunettes de soleil bon marché. Heureusement que le ridicule ne tue pas, sans quoi Katiana aurait dû trouver une solution pour dégager mon cadavre étendu sur son palier.

5

Vingt-quatre heures sont passées et je n'en reviens toujours pas d'avoir dépensé 60 euros pour entendre des banalités dignes d'un test psy de magazine féminin. Je me sens aussi bête que si je m'étais fait arnaquer par ces e-mails qui prétendent un remboursement des impôts, et auquel on répond, malgré les nombreuses fautes d'orthographe… Non pas que cela me soit déjà arrivé ! Mais ça aurait pu. Il faut dire que cette fois-là, il y avait moins de fautes qu'à l'accoutumée. Heureusement l'espace entre un mot et une virgule a fini de me convaincre que j'étais en présence d'une escroquerie. Parce qu'on ne me la fait pas à moi ! On ne met JAMAIS d'espace avant la virgule ! En CM1, du haut de son mètre quatre-vingts et de sa moustache brune effrayante, madame Lecroq me l'a suffisamment répété. J'en ai fait tant de cauchemars que c'est une règle gravée à tout jamais dans mon esprit.

La bonne nouvelle, c'est que demain je reprends du service le temps d'une pige. À la suite de mes envois de candidatures spontanées, une commune m'a appelée pour assurer au pied levé le tournage d'un match sportif. Le mois de mars est une aubaine pour les intérimaires comme moi. C'est la période où les gens perdent en vigilance. Impatients de retrouver la douceur du printemps, ils en oublient que c'est encore l'hiver. Ils commencent à renoncer à leur cache-nez, abandonnent leurs compléments alimentaires vitaminés et ne se méfient pas d'une plaque de verglas dissimulée au détour d'une ruelle. Les arrêts maladie se multiplient et les remplacements aussi. Dieu bénisse les plaques de verglas !

En revanche, Éric n'a rien posté sur les réseaux sociaux depuis des jours. Ce qui est fort contrariant. Comment EVE peut-elle mettre en place son travail de sape s'il ne se manifeste pas ?!

J'ai rendez-vous au bar avec Maddy. Je décide de m'y rendre en avance pour éviter de passer la prochaine heure à rafraîchir la page Facebook de mon ex.

Une fois sur place, je note que le café est presque vide. Pourtant je repère instantanément une personne ! Un homme ! Un individu honteusement assis à MA place. Fond de salle, avant-dernière chaise, près de la fenêtre ! Comment ose-t-il me faire ça, celui-là ? Ma vie doit-elle se résumer à de la frustration perpétuelle ?! Si mes yeux pouvaient tirer des balles, je m'en serais instantanément servie pour éliminer le gêneur ! Tout le monde me vole ma place ! Éric à mon bureau, maintenant ce type ! Est-ce qu'on peut laisser sa place aux gens ?! Je fulmine intérieurement.

— Bonjour, vous allez bien ?

— Oui, très bien, merci.

Mode pilotage automatique activé. Je viens de répondre au serveur de ma voix la plus douce et enjouée. Les vieilles habitudes ont la vie dure. Camille-polie le retour.

— Je vous laisse vous installer… J'arrive tout de suite.

— Bien sûr.

Pendant que je m'assieds, je scrute mon ennemi d'un œil mauvais. J'espère qu'il va finir son verre rapidement et partir, que je puisse profiter du mien. Mais non. Le voilà qui en commande un autre. Je rêve !

— Pffffff !

Oups ! J'ai exprimé mon mécontentement de manière un peu trop sonore. Les quelques clients présents ainsi que mon voleur de siège me regardent. Je sens le rouge me monter aux joues. Je me ratatine. Mais pourquoi suis-je si contrariée par une place ? Peut-être parce que je n'arrive pas à trouver la mienne…

— Alors, qu'est-ce qui vous ferait plaisir aujourd'hui ?

— M'asseoir dans mon coin habituel…, arrivé-je à marmonner.

— Oui, je comprends…

Je lève les yeux et je réalise deux choses. La première, c'est que j'aurais dû dire « Un café, s'il vous plaît ». La deuxième, c'est que la réponse du serveur m'interpelle.

— Vous comprenez quoi au juste ?

— Vous avez vos petites habitudes. Vous vous asseyez toujours au même endroit et aujourd'hui il y a déjà quelqu'un. C'est le genre de détails qui peut contrarier certains clients…

J'essaye de me ressaisir, je ne veux surtout pas passer pour une psychorigide barbante.

— Oui, enfin, je plaisantais… En réalité, ce n'est pas très important. Ici, là-bas, ailleurs… C'est partout pareil. Enfin, non… Quand je dis « C'est partout pareil », je ne suis pas en train de dire que votre bar est comme tous les autres bars… Non, je le trouve très bien… En plus il est en bas de chez moi, donc c'est pratique… Non pas que je vienne ici que pour la proximité… Enfin, si, un peu quand même mais…

Je m'enlise… Je le sens physiquement.

— Un déca peut-être ? me propose le serveur amusé et bienveillant.

— Oui, voilà. Bonne idée. Je vais prendre un déca…

Mais calme-toi, Camille ! Calme-toi ! Pourquoi tant de nervosité ? Et si, comme le prétend Katiana, j'avais vraiment des énergies négatives autour de moi ? Non, c'est absurde. Je suis juste en phase de reconstruction, c'est normal d'être agitée.

— Et voici… un déca.

Le serveur me tend la tasse et enchaîne :

— Vous savez, à lui aussi, c'est la sienne…

— Je ne suis pas une grande fan de *Star Wars*, alors le langage de Maître Yoda, moi, vous savez…

Ah, d'accord. Me voilà carrément désagréable maintenant ! Je passe d'un état à un autre en une fraction de seconde. Je suis peut-être en train de virer schizophrène… Oh non, il va me prendre pour une folle ! Il faut que j'arrête. Si je continue, je vais finir par me faire blacklister d'un troquet. Et alors après, qui me fera mes tartines à la confiture ?

— Excusez-moi, je ne suis pas dans mon assiette je crois… Vous disiez ?

— Le monsieur assis à votre place, c'est aussi la sienne… Il vient ici plusieurs fois par semaine, à l'heure du goûter. Toujours tout seul. Il s'assied sur cette chaise et commande la même chose… D'abord un café, ensuite un jus de fruits…

— Toujours seul ?

— Oui…

Je ne sais pourquoi, cette confidence me met mal à l'aise. Comme si je venais d'entrer dans l'intimité de ce monsieur sans y avoir été invitée. Tout à coup, je m'imagine la vie de cet homme. Je le vois s'installer avec son enfant après l'école, pour partager un moment autour d'un crème et d'un jus de pomme. Écouter les histoires de récréation de son petit tout en l'aidant à faire ses devoirs. Aujourd'hui il revit ces moments, mais seul… Un divorce a-t-il changé son rituel ? Voire peut-être même pire, un décès… Mon esprit s'emballe et l'indignation me gagne.

— Mais vous avez le droit de me dire tout ça ? Vous n'êtes pas tenu au secret professionnel… ?

Les yeux du serveur s'arrondissent accompagnés d'un rire franc.

— Haha. Pas que je sache… Mais peut-être que l'ordre des serveurs a oublié de me parler du serment d'Armagnac.

Aussitôt mon esprit efface la bio fictive du client et je redescends sur terre. Je m'esclaffe à mon tour et ça me fait un bien fou.

— En effet… Je suis peut-être allée un peu trop loin dans mes considérations… Néanmoins, je vous préviens ! Vous avez interdiction de me donner le nombre de sucres qu'il met dans son café. Là, ça dépasserait les bornes…

— Entendu ! dit-il en se redressant comme un commando prêt à partir en mission. Quant à moi, je vous promets de ne révéler à personne votre addiction à la confiture de framboises.

— Jamais, malheureux ! Sans quoi je serais obligée de vous dénoncer pour faute grave.

— Face à la menace, je tremble et j'obéis…

Le serveur repart en riant et je me sens l'espace d'un instant plus sereine. J'ai réussi à converser plus de deux minutes avec humour et sympathie avec un autre être humain. Et ce n'était pas Maddy. Il faut aussi avouer que je suis un peu flattée. J'ai noté qu'il avait repéré mon parfum de confiture préféré. Même si pour un serveur ce n'est pas très compliqué, j'en conviens. D'autant qu'à chaque petit déjeuner, je laisse derrière moi deux pots de framboises vides, raclés jusqu'à la dernière goutte… Mais au point où j'en suis, la moindre marque de considération me fait du bien. Même si c'est pour relever ma gloutonnerie.

Je ne tiens pas plus longtemps avant que EVE la vigie décide de faire un tour sur le compte Instagram d'Éric. En ouvrant sa page, mon estomac bondit ! Une nouvelle photo de lui est en ligne. Je la scrute avec autant d'attention qu'un mathématicien devant un mur d'équations. Puis je maugrée comme une petite vieille. Cette photo est ridicule ! Regardez-moi ce cadre, cet excès de filtres, sans parler de la pose du modèle : accoudé à une fenêtre, regard lointain, il porte des lunettes de soleil ! Alors qu'il est à l'intérieur ! Des lunettes de soleil à l'intérieur ! Qui ose encore faire ça ?! Je me repais de moqueries quand tout à coup mon cœur se serre. Malgré le plan rapproché et le filtre bleuté qui floute les contours, je reconnais l'endroit. Il est dans la cuisine, « notre cuisine ». En arrière-fond, je devinc la jolie boîte à café vintage métallique. Cadeau que je lui avais fait lors d'une journée en amoureux à Londres. Les souvenirs remontent… Je suis prise d'une furieuse envie de hurler et d'insulter Enflure, autant que de récupérer cette belle boîte à café ! Malgré le dragon qui fulmine en moi, je me maîtrise. Je n'oublie pas que EVE est stratégique et réfléchie. Il est vrai aussi que de me trouver dans un bar duquel je n'ai pas envie d'être expulsée aide beaucoup EVE à garder son self-control.

Je réfléchis. Il faut que je commente cette photo. Oui, voilà. Je vais lui faire un compliment malin. Ma force, c'est de connaître Éric dans ses moindres recoins. Je connais son fonctionnement, ses faiblesses, ce qui le touche ou le fait rire. Pour qu'il remarque EVE, elle se doit d'être fine, pertinente, mystérieuse…

J'ai trouvé ! Je vais associer son image à une référence cinématographique qu'il apprécie. Et je pense quoi savoir écrire pour faire mouche.

« Superbe photo. L'homme et l'ambiance du cliché ne sont pas sans rappeler Ryan Gosling dans *Drive.* »

Ceux qui connaissent Éric (et Ryan Gosling) savent qu'ils n'ont absolument rien en commun. Éric a une silhouette trapue, les yeux marron et porte les cheveux ondulés et en bataille. S'il n'en reste pas moins séduisant, sa ressemblance avec l'acteur hollywoodien est quasi nulle. Le sachant, vous pourriez penser que mon commentaire a toutes les chances d'être mal reçu tant le risible est décelable. C'est compter sans la sensibilité d'Éric à la flatterie. Mais pas n'importe laquelle… Celle qui lui laisse penser qu'il a quelque chose de spécial. Un simple compliment sur son physique avantageux n'aurait que très peu d'impact. Mais si vous le valorisez dans son orgueil intellectuel, alors là, il en oubliera le taux zéro crédibilité de la comparaison.

Avec Ryan Gosling, j'admets que c'est une entrée en matière osée. Mais EVE est femme à prendre des risques. Il faut qu'Éric repère cette inconnue pleine de bon goût et de discernement.

L'appâter d'abord pour mieux le déstabiliser ensuite.

J'avale une gorgée de mon déca refroidi et j'appuie sur « publier ». Malgré mes certitudes, j'angoisse. C'est ridicule, je le sais. Grâce à ma couverture je ne risque aucune conséquence. Pourtant je me raidis et ma salive se raréfie. Je commence tout juste à sentir ma nuque se crisper que mon corps se détend aussi vite. Un sourire triomphal me monte aux lèvres. Éric a répondu ! En à peine quelques secondes, le poisson a mordu à l'hameçon. Et il apprécie beaucoup le goût de son appât : « Merci. Très touché. J'avais justement cette idée en faisant la photo. »

Je jubile et me délecte de mon génie. Eh oui, Éric. De nous deux, le cerveau, c'est moi. Je suis aussi maligne et rusée qu'un agent du KGB.

Je ne sais pas quelle expression mon visage affiche durant ces minutes où ma vanité s'autocongratule mais, en levant les yeux, je vois Maddy plantée devant moi, l'air perplexe.

— Raconte-moi tout de suite ce qui te rend aussi satisfaite. Et bizarre aussi…

J'ai donc confirmation qu'EVE est peut-être une experte dans l'infiltration virtuelle mais que Camille a encore besoin d'apprendre à gérer ses mimiques.

— Éric m'a répondu sur Instagram.

— Excuse-moi ?! Tu as écrit à Éric ?

— Mais non voyons ! C'est EVE, la cyber justicière qui lui a écrit.

— D'accord… Et ça a donné quoi ?

— Un carton plein. Je lui ai fait un compliment bien

senti et ça n'a pas fait un pli… Il est aussitôt tombé dans mon piège et il m'a remerciée.

— Il t'a remerciée parce que tu lui as dit quelque chose de sympa… ? OK.

Je sens une pointe d'ironie dans la réflexion de Maddy, ce qui a tendance à m'agacer.

— Tu ne comprends pas. Ce n'est pas moi qui l'ai complimenté, c'est EVE. Ce n'est pas un vrai compliment, disons que c'est de la flatterie stratégique. Plus il prendra goût à mes remarques, plus il leur accordera du crédit et plus il sera désorienté quand je n'approuverai pas ces prochains posts sur l'avancée du film…

Maddy se redresse et sa bouche se tord.

— Je vois, je vois…

— Pourquoi j'ai l'impression que tu « vois » mais que tu n'approuves pas ?

— Je me dis juste qu'à ce jeu-là, il ne faudrait pas que tu te brûles les ailes.

— Excuse-moi, ce n'est pas toi qui me dis toujours de m'affirmer davantage ? De prendre les rênes de ma vie en main ?

— Et, donc, ça doit passer par la vengeance, on en est sûres ?

À ces mots, je m'insurge.

— Il m'a quittée et a volé ma dignité. Il m'a exploitée comme une vulgaire prête-plume ! Ça ne mérite pas que je lui donne une leçon ?!

Maddy réfléchit attentivement à la question, je le vois. J'aimerais qu'elle soit de mon côté de façon arbitraire. Comme tout acquise à ma cause sous prétexte d'amitié. Mais je la connais suffisamment pour savoir qu'elle prend toujours le temps de la réflexion, même pour des sujets anodins. Ses yeux papillonnent puis le verdict tombe.

— Soit ! Si tu penses que ça peut t'aider…

Je souris de toutes mes dents et clape des mains avec excitation. Maddy s'efforce de freiner mon emballement.

— Sauf que je veux m'assurer que tu ne te feras pas avoir à ton propre piège. Et pour ça, je te demande de me mettre dans la confidence quand tu veux agir.

— Vendu ! Oh, et si tu veux, tu peux même devenir mon acolyte, mon binôme. Je peux te trouver un nouveau nom sur les réseaux. Un truc qui fasse un peu héroïne de *comics*…

— Non, merci. On ne va pas aller jusque-là. Par contre, prendre l'apéro, ça, on peut. Ça te dit un verre ?

— Il n'est même pas 17 heures…

— Justement. Plus tôt on commence, plus longtemps on peut poursuivre.

— Non. Demain je bosse. Comme je n'ai pas décroché de pige depuis une éternité, j'aimerais faire bonne impression.

— Comme tu veux. Sinon ce rendez-vous chez la voyante, comment ça s'est passé ?

— Ouh là. Pas trop envie d'en parler…

— Tu es sérieuse ? Mais je veux savoir moi !

— Non, vraiment pas…

— Allez raconte, raconte, raconte…

Maddy me persécute comme une enfant pressée d'ouvrir ses cadeaux un 24 décembre.

— Bon ! Si je nous offre deux caïpirinhas, tu arrêtes d'insister ?

Maddy replonge ses yeux dans les miens et pèse le pour et le contre mentalement.

— OK ! Va pour deux caïpi.

Maddy est une grande enfant que le pouvoir de l'alcool sait rendre accommodante.

6

Ce n'est pas que je n'aime pas le sport. C'est juste qu'entre l'idée d'en faire et en faire vraiment, mon cerveau a une nette préférence. Parce qu'au stade de l'idée tout est possible. Un jour j'envisage de faire de l'escalade, l'autre de commencer le tir à l'arc. Sans parler de toutes ces fois où je décris avec passion les merveilleux bienfaits du Pilate, sous prétexte que j'ai lu un article sur le sujet deux heures plus tôt. D'ailleurs, qui pourrait me reprocher de ne pas m'investir, avec tout ce temps consacré à sélectionner les articles IN-DIS-PEN-SABLES à ma future activité physique… Si un inconnu ouvrait mon dressing, il pourrait jurer que je fais *a minima* du marathon : cinq paires de baskets, des leggings de toutes les couleurs, des débardeurs antitranspirants, des sweats à capuche inscription « New York » et une bombe d'équitation… Oui, rien à voir avec la course mais elle était à moins 50 % sur le site, et j'étais dans ma période « au cas où »… Dans les faits, je commence une activité et j'arrête en général après trois séances. Au cours de ma vie j'ai dépensé tant d'argent dans les salles de sport et les stages de remise en forme que la somme totale aurait certainement pu me permettre l'achat d'une petite voiture. Et là tout de suite, un véhicule, c'est précisément ce dont j'aurais eu besoin.

Pour rejoindre la commune où je dois couvrir le tournoi intercommunal de football catégorie poussins (ma passion), j'en suis déjà à deux heures de transports. J'ai pris le métro, le RER, le bus et je marche maintenant en direction du terrain depuis plus de dix minutes avec mon matériel vidéo qui commence à peser. Le tout sous une pluie battante qui n'était pourtant pas annoncée à la météo. Je ne sais même pas si je suis sur le bon chemin. Mon téléphone ne capte aucun réseau. Impossible d'avoir un peu de 4G me permettant de me connecter à mon GPS ou de loucher sur les réseaux sociaux d'Éric. Pour parfaire la situation, comme je me rends sur un terrain de football une fois tous les quinze ans, ce matin j'ai sauté sur l'occasion pour enfiler une de mes plus belles paires de baskets… Neuves… Glissantes… et absolument pas « étanches ». C'est la conclusion que j'en tire à entendre le mélodieux *shplock* qu'elles émettent à chacun de mes pas.

Qu'est-ce que je fais là ?! Il est à peine 8 h 30 du matin et le désespoir me gagne déjà. D'habitude il attend au moins la fin du déjeuner, quand je comprends que pour seul dessert j'ai une pomme dont la peau fronce autant que mon front quand je la regarde.

Non, Camille ! Non ! Allez, ressaisis-toi ! Tout va bien. Tu te rends sur un tournage. Le premier un peu conséquent depuis des lustres ! Tu reprends ta vie en main. Et puis, c'est agréable de couvrir un championnat de football pour enfants. C'est positif. Voir tous ces bambins se dépenser, développer l'esprit d'équipe, l'endurance, la cohésion, la...

— Aaaaahhhhhhhh !

Je hurle et me tétanise, saisie par la surprise et le froid. Sans comprendre comment, je suis littéralement recouverte d'eau ! Qu'est-ce qui m'arrive encore ?

— Oh, désolé, mademoiselle... Excusez-moi... C'est l'eau du caniveau qui vous a éclaboussée...

Figée, la bouche ouverte, je tourne la tête en direction de la voix, avec la même rapidité qu'un zombie dans *The Walking Dead* (et probablement avec la même expression).

De la fenêtre de sa voiture, un homme s'adresse à moi, presque en souriant.

— Ça va aller ? C'est mal fichu ici, l'écoulement ne se fait pas bien...

Je le regarde, j'entends ce qu'il me dit mais je suis incapable de réagir.

— Mademoiselle ? Vous m'entendez ?

Je hoche la tête comme un automate. Il poursuit.

— C'est une caméra là, dans votre sacoche ? Ce ne serait pas vous qui venez filmer le tournoi par hasard ? me demande-t-il enjoué.

— Si..., réussis-je à répondre.

— Formidable ! On se retrouve sur le terrain alors.

Je le vois se réinstaller confortablement dans son siège et mes entrailles commencent à bouillir. Je suis trempée jusqu'aux os, j'ai les cheveux dégoulinants, je grelotte et lui, bien au chaud dans sa voiture, il s'apprête à redémarrer ?! C'est le signal pour ma colère d'exploser !

— Attendez, vous allez me laisser comme ça ? Vous ne me proposez même pas de m'y emmener ?!

— J'aurais bien aimé mais…

— Mais quoi ? Vous préférez sûrement arroser les gens et les laisser sur le bas-côté, c'est ça ?

— Non, pas du tout, c'est juste que c'est inutile.

— Inutile ? Inutile qu'il me dit ! Ah ça, j'aurai tout entendu… !

Avant de reprendre je laisse s'extérioriser un rire de démon qui m'était jusqu'alors étranger.

— Bah voyons ! Mais après tout, je comprends ! Maintenant que vous avez fini votre œuvre, et que j'ai l'air d'un labrador mouillé, j'imagine que oui, c'est inutile !

— Non, pas du tout… Laissez-moi vous expliquer…

— Ah tiens ! Parce que monsieur a des explications à me donner ?!

— C'est-à-dire que vous êtes arrivée…

— Comment ça ?

— Vous y êtes… juste là, à votre droite, regardez. Vous avez l'entrée du gymnase.

J'incline légèrement la tête. En effet. Un panneau indiquant « Complexe sportif » se dresse à 10 mètres de moi.

— Le terrain de foot est accolé. En voiture, je suis obligé de faire le grand tour pour me garer. Mais vous, dépêchez-vous de rentrer à l'intérieur. Dès que j'arrive, je vous trouve une serviette et des vêtements secs. Dites à l'accueil de vous installer dans le bureau d'Yvon.

— Yvon, c'est qui encore ?

— C'est moi. Je suis le maire de la ville. Je fais vite. À tout de suite.

Il redémarre et je n'ai qu'une envie, me rouler dans le caniveau et me noyer dans les flaques. Je décroche enfin un contrat, et moi j'engueule le maire de la ville… Pas le boucher, ni le boulanger ou le fleuriste, non, mon employeur ! LE MAIRE !

Je me ressaisis tant bien que mal et presse le pas. À l'accueil, je m'approche d'une petite dame aux cheveux courts. Elle porte un T-shirt sur lequel est inscrit « Vous êtes les champignons »… Je bugue. D'une main humide je tente d'essuyer mes yeux tout embués. En fait, il est écrit « Vous êtes les champions » et je trouve ça plus cohérent.

— Bonjour. Je suis Camille, je viens pour le tournage. J'ai croisé monsieur le maire qui m'a dit de l'attendre dans son bureau.

— Yvon est en chemin ? Formidable… Mais dites voir, vous êtes venue à pied de la gare sous cette pluie ?

— Oui…

— Oh ! Vous auriez dû nous appeler, on aurait envoyé quelqu'un vous chercher… Mon pauvre petit, vous êtes dans un bien sale état. Vous allez me raconter tout ça. Allez, suivez-moi.

Je note que les gens de cette ville semblent apprécier la familiarité. Mais à cet instant, l'entendre m'appeler « mon petit » me rassure. En d'autres circonstances ce sobriquet m'aurait sûrement vexée (j'aime qu'on me prenne au sérieux dans mon métier !). Mais là je bénis cette femme. J'ai envie qu'elle me prenne dans ses bras et qu'elle me gratouille les cheveux. En la suivant, je remarque qu'elle boite. Malgré tout, son pas est dynamique et assuré. J'en déduis qu'il s'agit d'un handicap intégré et pas d'une blessure récente. Petite, trapue et avec cette démarche, elle me rappelle… un crabe. C'est ça, un crabe bien charnu.

— Vous voulez un petit café pour vous réchauffer ? Ou même un chocolat chaud… Je crois qu'il doit nous rester de quoi en faire.

— Oh oui, un chocolat chaud…

Mes yeux se remplissent de larmes et c'est bien le seul moment où je suis contente de m'être fait arroser. Mon émotion passe inaperçue. Mais intérieurement j'aimerais que ce petit crabe m'adopte, qu'elle devienne ma mère, le temps de cette journée.

Une fois entrée dans le bureau, la petite dame me fait asseoir sur un canapé élimé. La décoration est sobre et passée. Une table, une vieille armoire en métal, des calendriers de diverses années et des affiches événementielles de toutes sortes. Il y a aussi une bouilloire, posée sur un micro-ondes. Elle se dandine jusqu'au mini-frigo pour en sortir une bouteille de lait et la renifler.

— Il est encore bon ! Alors ? Café ou chocolat chaud ?

— Chocolat chaud, je veux bien…

Je me sens déjà mieux, réconfortée. Elle se saisit d'une tasse dont l'imprimé pâli atteste de son vécu et me prépare ma potion avec du Benco. Une fois le tout enfourné au micro-ondes, elle me questionne.

— Dites-moi tout. Qu'est-ce qui vous est arrivé ?

— C'est monsieur le maire. En roulant sur la chaussée…

— C'est mon mari qui vous a fait ça ? me demande-t-elle en riant.

— Ah ! Vous êtes sa femme ?

Je suis surprise. Je n'aurais jamais imaginé l'épouse d'un élu avec cette allure, marchant clopin-clopant. Dans mon esprit une femme d'homme politique est un peu plus soignée. Peut-être même avec une mise en plis et un joli rouge à lèvres carmin. J'ai vraiment trop regardé *House of Cards*.

— Oui, on est mariés depuis trente-deux ans !

— Trente-deux ans ? Waouh… C'est beau.

Je le pense. Je trouve ça incroyable. Moi qui ne crois plus en l'amour, je suis fascinée par ces couples qui traversent les années ensemble. Elle semble si sereine, épanouie. Je l'observe tandis que le bip du micro-ondes annonce que ma boisson est prête. C'est aussi le moment pour Yvon de faire irruption.

— Ah vous êtes là. Je vois que vous avez rencontré ma femme, Carole.

— Et je vois que toi aussi tu l'as rencontrée, lui rétorque-t-elle sur un ton gentiment réprobateur. Pauvre enfant, regarde dans quel état tu l'as mise.

Quelle adorable petite bonne femme. Oui voilà… Je suis une enfant. Une toute petite enfant qui a besoin qu'on la chouchoute. Donnez-moi une couverture et laissez-moi devant un dessin animé. C'est tout ce dont j'ai besoin.

Elle me tend mon chocolat chaud et me sourit. J'aime cette femme. Le maire n'est pas en reste d'attention, puisqu'à son tour il me tend un sac.

— Tenez, je vous ai trouvé des vêtements de rechange. Ce n'est pas de la haute couture mais ils ont le mérite d'être secs.

Je sors les affaires et je constate qu'Yvon ne ment pas. Impossible d'intégrer la Fashion Week avec cette tenue. J'ai droit à un maillot bleu et jaune aux couleurs du club, une veste affichant les mêmes coloris que le T-shirt, et un bas de survêtement vert et orange criard, datant probablement de l'ancienne collection. Pour couronner le tout, l'ensemble est beaucoup trop grand pour moi. Mais encore une fois Yvon dit vrai, au moins les vêtements sont secs.

— J'espère que ça fera l'affaire. Encore désolé pour cette mésaventure. C'est la chaussée qui est mal faite à cet endroit. À chaque averse, c'est pareil. Ça éclabousse de partout. Et on a beau en parler à monsieur le maire, il ne fait rien pour régler le problème, conclut-il en explosant de rire.

Je mets quelques secondes à comprendre la blague, puis je l'accompagne dans la plaisanterie. Je suis bien trop motivée à me rattraper auprès de cette personne apparemment dépourvue de rancœur.

— Bon, je file. Le coach et l'équipe ne vont plus tarder. Carole, je te laisse t'occuper de… Rappelez-moi votre nom ?

— Camille.

— Camille, c'est ça. Dès que vous avez terminé, vous me rejoignez et on se fait un petit point sur le déroulé du tournage. Et surtout, on croise les doigts pour que tout se passe bien.

À ces derniers mots, je blêmis. « On croise les doigts. » Pourquoi ? Il n'a pas confiance en mon travail ? Voilà, c'est ça. Il doute de mes capacités professionnelles. Et il s'en remet à la chance. En même temps, je m'attendais à quoi d'autre… ? Je l'ai presque traité de pyromane version « aquatique », et il me retrouve passivement assise, encore aussi humide qu'un slip oublié dans le lave-linge, sirotant un chocolat chaud. Ah, elle est belle l'image de la JRI tout-terrain, performante et déterminée ! Tu n'es qu'une crotte, Camille. Voilà ce que tu es.

— Ah ça oui, on croise les doigts ! enchaîne Carole.

Quoi ? Maman Crabe s'y met aussi ? Elle est déçue de moi ! Je vais bientôt me rouler en boule.

— Cette année, Yvon, c'est nous qui allons gagner le championnat intercommunal ! On y croit !

Hein ? On parle de qui ? De quoi, là ?

Je vois Yvon lever le poing en signe d'espoir avant de tourner les talons. Carole pivote vers moi.

— On espère tellement que la ville finisse vainqueur cette année. Yvon n'attend que ça. Il est très impliqué au service des sports.

Aaaaahhh ! C'est de ça dont ils parlaient… La victoire du tournoi ! Finalement je ne suis peut-être pas une crotte. En revanche, je retiens l'idée d'entreprendre des recherches sur les signes précurseurs de la paranoïa.

— Je vous laisse vous changer et je vous emmène ?

— Oui.

— Je vous attends dans le couloir.

…

Oh, mon Dieu ! Je viens d'enfiler les vêtements prêtés par Yvon. En plus de flotter dedans, je ressemble à une perruche ! Une perruche en fin de vie, déplumée et maladroite. Impossible de miser sur la discrétion, je suis inratable. Le peu de dignité qu'il me restait vient de disparaître. Et je ne peux évidemment pas faire l'affront à Carole de lui demander d'autres vêtements. Le temps presse et je me suis déjà bien assez fait remarquer.

Après tout, si on oublie le côté mal ajusté, je peux peut-être espérer me fondre dans le décor. Je ne vais probablement pas être la seule à être habillée de la sorte. Entre l'entraîneur, les joueurs, les parents venus voir leurs enfants, nombreux seront ceux qui porteront fièrement les couleurs de l'équipe. Mais oui ! À nous tous, nous formerons une volière de perruches mais cela ne nous empêchera pas de gagner ! Voilà, bravo, Camille ! Tu positives. Tu as la gagne ! Autant que ces petits gars sur le terrain. Est-ce qu'une veste trop grande et de mauvais goût va t'empêcher de tourner ton reportage ? Tu connais la réponse ! Alors, c'est parti !

Je récupère ma caméra, ouvre la porte du bureau et me dirige déterminée vers Carole qui m'attend un peu plus loin dans le couloir. Je lui adresse mon sourire le plus franc. Il est grand temps d'offrir à ces gens une autre image de moi-même et de leur démontrer qu'ils ont eu raison de me faire confiance. L'expression de Carole me conforte. À son tour, elle me sourit... Enfin, elle me sourit ou elle grimace ?

Je n'ai pas l'opportunité de me poser davantage la question. Carole n'est plus dans mon champ de vision. À la place, c'est avec le sol en lino que je tombe nez à nez. Je viens de me vautrer de tout mon long. Alerte ! Alerte ! Une perruche écrasée vient d'être signalée. J'ai à peine le temps de réaliser que je suis la plus grande des quiches (et qu'un coup d'aspirateur ne ferait pas de mal à ce couloir) que j'entrevois le pied de Carole.

— Oh, mon enfant, vous allez bien ?

— Impeccable..., lui réponds-je la tête encore vissée au sol.

— Relevez-vous doucement. Faites attention.

Je fais ce que madame le maire me dit. J'essaye d'avoir l'air le plus décontracté possible mais mes genoux grincent aussi fort qu'une porte de grenier.

— Tout va bien, Carole, ne vous en faites pas…

— Décidément, ce n'est pas votre jour… Je vous ai vue marcher sur votre bas de jogging et chuter… Vous feriez mieux de rentrer les bords du pantalon dans vos chaussettes pour éviter de glisser de nouveau.

— Oui, je vais faire ça…

Maman Crabe me regarde avec compassion. J'ai honte… J'ai si honte. Dans deux minutes, elle va me proposer de serrer mes lacets et redresser le col de ma veste pour ne pas que j'attrape froid.

— Je suis désolée… Je vous assure que je ne suis pas toujours aussi malhabile.

— Ne vous en faites pas, voyons. Ça arrive à tout le monde d'avoir des jours sans.

Qu'elle est gentille. Si cette dame a des enfants, j'espère qu'ils lui dressent un autel de fleurs chaque dimanche. Elle m'offre une petite tape amicale sur l'épaule et m'invite à la suivre. Tout en faisant, je m'assure qu'il n'est rien arrivé à ma caméra. Heureusement, elle semble plus solide que mes os qui continuent de couiner.

Juste avant de sortir du gymnase pour rejoindre le terrain, je croise mon reflet dans un grand miroir. Ouf ! Je ne ressemble pas tant à une perruche. Non ! Je me rapproche plus d'Arlequin ! Mais un Arlequin vêtu d'un costume de seconde main. Un Arlequin très malchanceux, qui se serait en plus fait racketter par une bande de loubards hippies en mal de tissus pour la création d'un plaid en patchwork. Je suis consternée. Seule note positive, la pluie a cessé de battre et le soleil fait une percée.

Toujours derrière Carole, je la suis, presque essoufflée, tant sa marche est rapide malgré sa boiterie. Au loin, je vois Yvon en pleine conversation avec (à en juger son look) l'entraîneur de l'équipe. Sur place, les enfants sont en plein échauffement et quelques parents commencent déjà à les encourager.

Dès que nous arrivons à ses côtés, Yvon amorce aussitôt les présentations.

— Coach, je vous présente notre petite réalisatrice du jour, Camille.

L'entraîneur me regarde d'un œil à peine intéressé et me tend la main plus par réflexe que par véritable courtoisie.

— Bonjour, appelez-moi « Coach ».

J'esquisse un léger ricanement. Ce n'est pas que je me moque, mais je trouve un tantinet risibles ces gens qui se font appeler par leur rang ou leur fonction professionnelle. (Ah si, en fait, je me moque.) À bien y réfléchir, il n'y en a pas tant que ça. On a « boss » pour les patrons, « chef » pour les cuisiniers et « coach » pour les entraîneurs sportifs… Et je pressens que le « coach » adore se faire appeler ainsi. Peut-être pour le côté puissant que le titre renvoie. Est-ce qu'il se dit : « Je suis le grand dirigeant de cette équipe, le Dieu de ces petits gars » ?

Je ne sais pas si c'est d'avoir le même look que lui (inspirant davantage la salade de fruits que l'autorité) mais je me sens tout à coup d'humeur taquine. Me vient alors l'envie irrépressible de lui poser cette question :

— Mais dites-moi, « COACH », vous n'avez pas un prénom ?

OK ! Vu la stupeur dans le regard du maire, je regrette immédiatement ma badinerie. J'ai déjà envie de m'excuser, de courber l'échine, mais je n'en ai pas le temps.

— Non, mademoiselle ! Sur un terrain, je n'ai pas de prénom ! me dit-il l'air plus que féroce. Sur un terrain, je suis le coach ! J'entraîne, j'encourage, je rectifie, je guide, je détermine, je fête les victoires et je pleure les défaites !

Je déglutis péniblement. J'ai peur. Le type est hyper-convaincu et convaincant et me regarde comme si j'étais un adversaire à abattre. Yvon tente de détendre l'atmosphère.

— Et c'est d'ailleurs pour ça que cette année nous serons les grands gagnants du championnat. Car nous avons le meilleur entraîneur. D'ailleurs, Camille, si vous voulez l'interviewer, n'hésitez pas.

— Eh beh… Eh beh voui… Enfin, tout à fait, bien sûr, oui, excellente idée.

— Bien, allons-y, enchaîne l'entraîneur.

— Comment ?

— Vous voulez m'interviewer, non ? Alors c'est tout de suite ! Je vous accorde cinq minutes, pas plus. Après je dois m'occuper de mes joueurs. On y va.

Le coach entame déjà sa marche d'un pas décidé quand moi j'essaye péniblement d'appréhender les informations que je viens de recevoir. Mon discours intérieur s'affole. *Vous me laissez seule avec lui ? Mais il va où comme ça d'abord ? Connaissez-vous vraiment cet individu ? Qui me dit qu'il ne m'emmène pas derrière un muret pour me mettre un coup de pelle ? C'est le genre à enterrer mon corps et à prétendre que j'ai pris la fuite en bonne non-professionnelle que je suis, c'est sûr !*

— Accélérez, s'il vous plaît !

Il est marrant lui. S'il croit que c'est facile d'accélérer alors que tout mon corps cherche à faire demi-tour.

— Les garçons ! hurle-t-il. Vous me faites trois tours de stade à petites foulées et je ne veux pas en voir un seul traîner la patte, je vous préviens !

Oh non ! S'il entraîne de pauvres petits enfants innocents comme une armée de paramilitaires, quels scrupules aura-t-il envers moi ? Ah tiens, on dit aussi « chef » pour les militaires.

— Entrez là-dedans, me dit-il en me montrant une porte au détour du gymnase.

— Non !

— Quoi ?

Je viens vraiment de dire non là ? Camille, bon sang ! Arrête ! Il ne t'arrivera rien. Au besoin, repense à tes cours de ju-jitsu… Enfin, à ton seul et unique cours de ju-jitsu.

— C'est quoi cette porte ?

J'essaye de gagner du temps et de me repasser mentalement les quelques prises de self-défense vaguement apprises.

— C'est le local à équipement. Ça nous coupera du bruit.

Ah oui. Pas bête le coach… Il allume la lumière et j'entre avec prudence. Aussitôt, il se tourne vers moi, prêt à démarrer. Sauf que de mon côté, je ne le suis pas. Tout en réglant ma caméra, je tente d'activer ma boîte à questions pertinentes, mais une brume épaisse recouvre mon cerveau. Heureusement pour moi, l'entraîneur semble savoir ce qu'il veut.

— Allez-y, reposez-moi la question !

— La question ?

Je sens que mes yeux s'arrondissent comme ceux d'un lémurien.

— Oui… Demandez-moi si j'ai un prénom. Mais faites-le à votre sauce, quoi, comme les journalistes…

Je n'ai aucune idée de ce qu'il entend par là, mais je me lance…

— Bien… Alors. Vous êtes l'entraîneur de l'équipe de football de la ville. Tout le monde vous appelle « Coach ». Pourquoi jamais par votre prénom ?

— Parce que sur un terrain, je n'ai pas de prénom ! Sur un terrain, je suis le coach ! J'entraîne, j'encourage, je rectifie, je guide, je détermine, je fête les victoires et je pleure les défaites.

Incroyable ! Je suis stupéfaite. Il m'a ressorti mot pour mot le même laïus que tout à l'heure. À croire qu'il préparait sa réplique depuis des années juste pour cet instant. Je prends sur moi pour poursuivre.

— Dans votre métier vous vous investissez beaucoup, qu'est-ce qui vous a donné cette envie ?

— Je vous l'ai dit, me répond-il irrité. J'aime entraîner, encourager, guider, être présent dans les larmes comme dans les joies. Voilà.

Bien. Donc, soit c'est un taiseux, soit vraiment il n'a bossé qu'une seule tirade durant toute sa vie. Je comprends que je n'en tirerai pas davantage et décide de conclure. Je m'apprête donc à le remercier quand je réalise… Mince ! Il me manque son nom… J'en ai pourtant besoin. Ne serait-ce que pour l'inscrire en présentation en bas de l'écran. Ça y est, je palpite ! C'est dingue ! Je redoute de demander son nom à une personne. Mais bon sang ! C'est ridicule. Il va bien falloir qu'il me le donne. Parce que quoi qu'il en pense, il en a un ! Et dans mon reportage, je refuse de me limiter à écrire « Coach ». Non, cela ferait beaucoup trop amateur. Et s'il me ressort son petit discours du « sur un terrain, je n'ai pas de prénom » je lui rétorquerai aussi sec qu'ici on est en interview, et ça, c'est mon terrain à moi ! Oui ! Ça, c'est bon, Camille ! Attaque.

— Je vous remercie. Il me faudrait par contre votre nom et votre prénom. Pour que je puisse le mettre au montage.

— Bien sûr. Je m'appelle Capucin Villard.

Ah d'accord… Je ne sais pas ce qui me déstabilise le plus. Qu'il me réponde aussi simplement ou qu'il ait un nom de petit singe. Tout à coup, je me sens pleine d'empathie envers lui. Voilà pourquoi il préfère qu'on l'appelle Coach… Parce que son prénom est une épreuve. Combien de moqueries a-t-il dû subir durant son enfance ? Peut-être même le choix de son métier est-il le résultat de ses traumatismes. Il s'est tourné vers une profession dans laquelle il n'aurait plus à être appelé par son prénom…

— Et si vous vous posez la question, je vous le dis tout de suite, je n'ai aucun problème à m'appeler Capucin. Mon arrière-grand-père avait le même prénom et c'était un grand homme.

Nom d'une bête à cornes, est-ce que je suis si « lisible » que ça ?

— En aucun cas je ne me suis posé cette question. En aucun cas…

— Eh bien, ce n'est pas ce que dit votre tête.

J'envisage de me faire injecter du botox pour ne plus jamais laisser transparaître une seule de mes émotions sur le visage.

— Bon, si ça ne vous dérange pas, j'y retourne. J'ai du travail, moi !

— Je vous en prie…

Je viens d'user de tout mon tact (et de ma lâcheté) pour ne pas lui rentrer dedans. Il croit quoi ? Que je suis venue ici pour boire des bières et manger des saucisses ? Je travaille moi aussi… En tout cas j'essaye.

Le temps de réaliser cette brève entrevue, le stade s'est rempli. Et mon espoir de me fondre dans une foule aux couleurs multicolores vient définitivement de s'éteindre. À part le coach et moi, personne ne ressemble à un feu de circulation routière. Carole et Yvon m'interpellent d'un signe de la main. Le maire semble surexcité.

— Camille, mon enfant…

C'est officiel. J'ai de nouveaux parents.

— Oui, monsieur le maire.

— Ah non ! Appelez-moi Yvon.

Je suis presque déçue qu'il ne m'ait pas proposé de l'appeler « papa ».

— Le tirage au sort va commencer. C'est un moment important que j'aimerais que vous filmiez. Il détermine qui débute le tournoi. Et entre nous, je ne vous cache pas que j'espère que nous ne serons pas les premiers à démarrer. Surtout pas contre les petits noirs, là-bas.

J'ai un mouvement de recul. Seigneur ! Mon père de substitution est raciste.

— Qu'est-ce que vous venez de dire ?

— L'équipe habillée tout en noir, à gauche… Vous les voyez ? Ils sont redoutables ! C'est les All Blacks du football. Si je n'étais pas un maire si dévoué à sa commune, je leur demanderais bien de faire une petite photo avec moi ! conclut-il d'un rire bon enfant.

Comme je suis rassurée. Papa Yvon est tout ce qu'il y a de plus adorable. Il ne s'est même pas aperçu de sa maladresse. Ou est-ce peut-être moi qui, en ce moment, vois le mal partout ?

Le tirage au sort s'apprête à débuter. Les capitaines d'équipe et les entraîneurs se réunissent autour de l'arbitre pour assister au tirage au sort. Le moment est solennel ! Le résultat est donné ! Ce sont les mini All Blacks qui ouvrent le championnat, face à une équipe dont la mine déconfite laisse présager qu'elle se sait perdue d'avance.

Je me mets en position pour commencer à tourner mes plans. Le match débute. Mes pieds humides se font sentir. Je gèle mais je reste concentrée. Je n'y connais pas grand-chose en enfant, encore moins en football, mais je dois bien reconnaître que les petits joueurs en noir sont bons. Dans les gradins, l'ambiance se fait entendre. Je capture les moments de tensions, les cris et les applaudissements. Sans surprise, les « redoutables » gagnent.

C'est au tour de « mon équipe » d'aller sur le terrain. Je fais des plans serrés d'Yvon. Son visage exprime toute l'intensité du moment. Il vit le match autant que Coach-Capucin. Les enfants se débrouillent bien. Ils marquent un but et les joueurs adverses sont déstabilisés. Je me surprends à éprouver une véritable satisfaction. Je suis à fond dedans. Bravo les bébés perruches, continuez ! Mon équipe ne lâche rien. Elle gagne. Ma caméra enregistre des accolades, des parents qui sautent de joie et des petits garçons qui se tapent dans les mains à la manière des grands joueurs.

Le temps de disputer d'autres matchs, quelques pauses, et plusieurs interviews, la journée s'écoule et le face-à-face tant redouté s'apprête à démarrer. Mon équipe affronte les miniatures en noir. La tension est palpable. Je me déplace tant bien que mal dans mes baskets qui s'apparentent davantage à une barque qui prend l'eau. Je glisse mais je reste focus pour saisir les moments sous plusieurs axes. Les buts s'enchaînent à parts égales. Chaque équipe a marqué deux fois. Il reste cinq minutes de match. J'espère de tout mon cœur pouvoir fêter une victoire. Un coup de sifflet retentit. Que se passe-t-il ? L'arbitre met un carton jaune à l'un des joueurs de l'équipe adverse. Ça s'affole sur le terrain. Un penalty s'annonce. Dernières minutes avant de connaître l'équipe gagnante. Si mes joueurs marquent ce penalty, ils remportent la victoire. Je règle mon objectif. Je retiens ma respiration et… C'est le but ! Je contiens ma joie pour éviter de faire trembler l'image. Mes enfants ont gagné ! Et j'ai enregistré ce grand moment ! Dans le stade, c'est l'effervescence. Yvon et Carole sont en liesse. La remise du trophée va avoir lieu. Je vois déjà mon futur montage. Une musique épique, peut-être un *slow motion*. Ce sera parfait. La commune se félicitera d'avoir fait appel à moi pour cette réalisation. Je serai associée à ce souvenir magique. On y est, mon modjo revient enfin.

Alors que les petits s'apprêtent à monter sur le podium, je sens que je vibre de la poche. Ah tiens ! Avec le mauvais réseau et mon implication, j'avais même oublié mon attachement frénétique au téléphone. Mon corps, en revanche, n'a pas encore perdu son réflexe. J'agrippe mon portable sans même m'en rendre compte. C'est un

SMS de Maddy. Un SMS qui balaye ma toute nouvelle euphorie retrouvée :

Ma belle, j'espère que tu tiens le coup. J'imagine que tu as déjà vu ce salop avec sa pouffe, appelle-moi dès que tu peux, je garde mon téléphone sur moi.

Mais de quoi parle-t-elle ? Non, je n'ai rien vu ! Pas moyen de capter correctement ici ! OK, Camille, ne t'affole pas tout de suite. Peut-être qu'elle parle d'un autre salop qu'Éric… Après tout, c'est possible… Des salops, il y en a plein… Tiens, le livreur de la dernière fois par exemple. Il a oublié le dessert dans mon menu ! Maddy sait à quel point j'en ai été contrariée. Je veux dire, me priver d'une part de tiramisu alors que je n'avais commandé que ça et un plat de lasagnes, c'est salop… Oh non ! Je ne veux pas croire qu'Éric m'a remplacée et qu'il affiche déjà sa nouvelle relation sur les réseaux… Ce n'est pas possible !

Des applaudissements me sortent de ma torpeur. Je lève les yeux et je réalise. Je viens de louper la remise du trophée ! J'ai sûrement filmé de l'herbe, de la boue, peut-être même mes pieds qui macèrent, mais j'ai raté l'un des instants les plus importants de ce tournoi. Je me déteste ! Et je déteste Éric ! Comment a-t-il osé me faire ça maintenant ?! Même à distance, il me gâche la vie.

Et merde ! Il va falloir que je trouve un système pour rattraper ce gâchis au montage. Mais lequel ? Et puis qui est cette fille ? Peut-être que si j'insère une photo avec un bel effet, j'arriverai à faire oublier ce plan manquant. À quoi elle ressemble ?! Et comment il l'a rencontrée ?

Sans la voir arriver, Carole est à côté de moi.

— Eh bien, quelle journée, hein ? Nos petits champions ont gagné !

— Oui. C'est génial.

— C'est peut-être même grâce à vous. Vous nous avez porté chance.

Ce n'est certainement pas grâce à moi. Je suis plutôt le chat noir qu'on tente de chasser. Je lutte pour ne pas laisser paraître ma tête accablée. Mais Maman Crabe se doute de quelque chose.

— Vous savez, on a conscience que ce ne sont pas de grands matchs… J'imagine que dans votre métier vous avez l'occasion de voir des choses bien plus incroyables que de simples tournois d'enfants. Mais avec Yvon, c'est vrai que ces évènements nous apportent beaucoup de vie et de joie.

— Oh non, au contraire… Je trouve que ce que vous faites est admirable. Vous êtes si investis. Et j'ai beaucoup aimé filmer ce championnat. Vraiment.

Cette petite dame me touche. J'ai envie de lui dire que ma mine déconfite n'a rien à voir avec du snobisme. Qu'en réalité je m'en veux d'avoir merdé à cause de mes problèmes personnels. Que cette capacité à se réjouir aussi sincèrement me fascine et que j'aimerais pouvoir en faire autant. Mais Éric ne laisse pas mon esprit en paix.

— Est-ce qu'une petite coupe de champagne vous ferait plaisir ?

— C'est gentil, mais non. Je vais terminer les derniers plans et reprendre la route…

— Comme vous voulez, mon petit. En tout cas, on a hâte de voir votre vidéo… Ce sera un beau moment immortalisé.

— J'y mettrai tout mon cœur.

— Je n'ai aucun doute là-dessus.

Carole me serre affectueusement le bras avant de me laisser. Allez, Camille, sois forte ! Finis ton travail et fais honneur à ces gentilles personnes. Retiens ton envie de pleurer ! Ne t'effondre pas devant eux… Ne t'effondre pas…

Aïe ! Trop tard. J'ai les fesses qui baignent dans une flaque. Foutues baskets glissantes !

7

Je ne sais pas comment j'ai réussi à rentrer jusqu'à chez moi et encore moins où j'ai puisé la force de ne pas me précipiter sur mon téléphone dès l'instant où j'ai récupéré du réseau. En fait si, je sais. C'est la fatigue et la crainte qui m'ont permis de me retenir… Trop peur qu'en découvrant la photo d'Éric avec sa nouvelle petite amie, mes dernières ressources me lâchent. Que je ne réussisse même plus à sortir à la bonne station. Que je me laisse traîner jusqu'au terminus d'une gare de banlieue inconnue. Que les agents de transports finissent par me virer du wagon à la nuit tombée. Que je sorte abattue et désorientée. Que je m'asseye sur un banc, incapable de réagir. Que je m'endorme et qu'au petit matin, un passant jette une pièce à mes pieds. Habillée de mon déguisement et de mon baluchon de vêtements encore humides à la main, personne ne se préoccuperait de moi. Je deviendrais la clocharde de la gare… Et on finirait par me surnommer « La perruche du quai 7 » ! C'est tout à fait probable.

Quand je franchis la porte de mon immeuble, il est 21 heures. Mon corps souffre autant qu'après une semaine de trek dans les montagnes du Vercors. Enfin, c'est ce que j'imagine. Mon plus gros dépassement physique correspond à quatre heures de randonnée pédestre et c'était dans un centre commercial. Dieu merci, l'ascenseur n'est pas en panne. En l'état, la perspective de monter deux étages à pied aurait pu me convaincre que passer la nuit sur le paillasson du voisin du rez-de-chaussée est une expérience à vivre au moins une fois. En ouvrant la porte de chez moi, je découvre Maddy, posée sur le canapé. À en croire sa mâchoire qui se décroche, je dois vraiment faire peine à voir. Elle me dévisage de la tête aux pieds bouche bée, avant de s'affoler.

— Oh là là là là ! Camille, mais qu'est-ce qui s'est passé ? Tu t'es fait agresser ? C'est pour ça que tu ne m'as pas rappelée ? Ne me dis pas que tu as essayé de faire une connerie ? C'est ça ? Tu as voulu te foutre en l'air ?! Je te l'interdis tu m'entends ! Pas pour une ordure comme lui ! Et puis tu as pensé à moi ? À ta mère ? À tous les gens qui t'aiment ?

Elle a peut-être fait un faux départ mais elle se rattrape au sprint.

— Maddy, tout va bien. Je n'ai pas cherché à me jeter sur les rails du métro. Par contre, m'allonger sur les grilles d'une bouche d'aération, ça, c'est quelque chose qui m'a traversé l'esprit.

— Mais alors, c'est quoi cette dégaine ?

Elle me prend par les épaules et me poste devant le miroir. Ah, quand même… Je suis livide, recouverte d'éclaboussures de boue, j'ai les fesses sales et encore humides, une mèche de cheveux séchée s'est improvisée antenne satellite et pointe en direction du ciel, et un début de bosse se forme en haut de mon front. À quel moment j'ai bien pu me cogner la tête ? Vu le personnage pitoyable, je comprends que Maddy ait pu s'imaginer le pire.

— C'est le résultat d'une longue journée… Qui aurait pu être chouette, contrairement aux apparences. Jusqu'à ce que tu me dises pour…

— Oh non ! Tu n'avais pas vu la photo ?

— Pas encore…

— Oh, Camille, je suis désolée ! Je n'aurais pas dû… Je pensais vraiment que…

— Ne t'excuse pas ! Tu n'y es pour rien. Si j'avais eu du réseau, j'aurais vu cette photo à la minute de sa publication. Je n'en reviens pas ! Est-ce que tu sais qui est cette fille ?

— Si tu me poses la question, j'en déduis que tu n'es toujours pas allée voir…

— Non ! Pourquoi ? On la connaît ? C'est une amie à nous ?!

— Je te propose d'aller prendre une douche avant… J'ai ramené de la vodka. Je t'attends.

8

— Mais quel chacal ! Quel enfoiré ! Il sort avec sa comédienne ?! C'est d'un cliché ! Le type se prépare pour le festival de Cannes ou quoi ?! Quand il a besoin d'écrire un scénario, il se met en couple avec quelqu'un qui a des idées, au moment du tournage il se tape la comédienne… Qui sait, peut-être qu'à la projection du film, il jettera son dévolu sur la vendeuse de pop-corn !

Pendant que je fais les cent pas dans 2 mètres carrés (seul espace disponible entre mon clic-clac et mon réfrigérateur), Maddy nous ressert un verre de vodka-Perrier-sirop de litchi. Un cocktail non homologué, mais après avoir fini la bouteille de jus d'orange, une vodka-lait de soja ne nous a pas paru la meilleure des recettes.

— Ce garçon est une blague carambar à lui tout seul ! Et toi tu as passé l'âge de bouffer des sucreries.

Dubitative, j'arrête mes allers-retours pour m'interroger sur le sens de sa formule.

— Oui, bon… Ce n'est pas ma meilleure métaphore, admet-elle. Excuse-moi, on est en fin de bouteille…

— Non mais tu l'as vue cette pouffe ?

— Oh, disons, environ 1 200 fois. Étant donné qu'elle a quatre cents photos d'elle sur son mur Instagram et qu'on les a toutes regardées au moins trois fois !

— Comment il ose s'afficher avec elle comme ça ?! Et puis ce nom… Ce nom !

— Ne m'en parle pas !

— Cindy ! Ciiiiindyyyyy…

— C'est clairement un nom d'actrice de film porno !

Maddy est sympa. Je sais qu'elle n'a rien contre les actrices de film X. Pas plus que moi envers le prénom Cindy. Mais par solidarité, cette fille aurait aussi bien pu s'appeler Louise ou Juliette que Maddy aurait trouvé de quoi la déprécier.

— Et puis sa tête ! Elle fait si vulgaire…

Maddy reste en suspens…

— Non ?

— Hmmm…

Je regarde Maddy hésiter. Bien sûr que cette fille n'est pas vulgaire. Elle est même franchement jolie mais là n'est pas la question. Maddy ne me lâche pas maintenant…

— Grave ! Vulgaire ! Et puis bête, ça se voit !

— Mais bien sûr ! Qu'est-ce qu'il fait avec elle ?!

Critiquer de manière éhontée la nouvelle petite amie de son ex, voilà à quoi servent les amis.

— Tu crois qu'il l'a rencontrée avant notre séparation ?

— Il y a des chances...

J'avale mon verre cul sec.

— Eh oui ! Au moment du casting ! À coup sûr... Il s'est bien gardé de m'en parler... Soi-disant qu'il ne se préoccupait pas de cette partie, que la production s'en chargeait seule... C'est pour ça qu'il m'a mise à l'écart les derniers mois. Il faut que je regarde !

Je saisis mon téléphone et bascule sur le profil d'Éric. Je remonte jusqu'aux photos postées quelques mois avant notre rupture. J'ai bien l'intention de vérifier si ces deux-là ont eu des interactions pendant que nous étions encore en couple.

Éric n'a pas un compte très suivi. Son maximum de likes pique à 70 et toutes les jolies photos sont de moi. J'essayais souvent de le capter avec un joli *flare* ou un arrière-fond intéressant. Lui avait tendance à poster des photos de son nouveau scénario. Comprenez donc une page Word, avec juste le titre et son nom (quatre clichés du genre existent, ce n'est jamais le même titre). Ou encore une photo de son café crème, posé de manière faussement négligée sur la table, avec bien sûr le hashtag *#workinprogess*.

Au passage, peut-on s'accorder que dans la majorité des cas, cet hashtag n'est utilisé que par les gens qui veulent donner l'impression d'être dans la course ? Comme pour se convaincre virtuellement face à une réalité bien moins trépidante. Sinon, quel intérêt de parler d'un projet qui en est à ses balbutiements ? Je n'ai jamais vu un maçon poster des photos de ses briques pour nous annoncer qu'il prévoit de construire un mur... Il n'est pas en mode *#workinprogress* le maçon, il bosse ! Et il nous montre le résultat de sa façade quand elle est finie.

Quand je pense que l'entourage d'Éric doit le féliciter d'avoir été jusqu'au bout de ses rêves, de s'être accroché ! Si ces gens savaient que toutes ces photos de coupes de champagne fêtant la signature du contrat sont le fruit de mon abnégation et de mes nuits blanches !

En tout cas, ce ne sont pas mes deux grammes d'alcool dans le sang qui vont m'empêcher de mener mon enquête ! Je dois découvrir si Éric, en plus d'être un manipulateur suceur de talent, est aussi un menteur infidèle.

— Alors, voyons voir cette photo... 21 likes dont un de moi, de sa mère, de son pote Ruben... OK, rien à signaler. Celle-ci... Ah je m'en souviens... C'est une photo que j'avais prise de lui à Deauville... Je trouvais que son blouson avait le même reflet que la mer.

— Montre... Ah oui, joli.

— Tu m'étonnes ! J'ai dû m'y reprendre une quinzaine de fois. Sur l'une il n'aimait pas son visage, sur l'autre ses cheveux, après c'est le positionnement de son bras qui n'allait pas...

— Oh la diva !

— Bon, on reprend... Voyons voir les likes... 67...

J'analyse tous les profils. J'en reconnais certains. Les têtes habituelles, ses amis, sa famille... Quand soudain :

— Oh, ce n'est pas vrai ! Je le savais !

— Quoi ?

— Là ! Un « j'aime » de Cindy-Pétasse !

— Pour de vrai ?

— Bien sûr, pour de vrai ! Je n'en suis pas rendue à me faire de mauvaises blagues ! Et regarde la date ! On était encore en couple !

Je vérifie toutes les photos. Sous la majorité d'entre elles, Cindy s'est manifestée ! J'ai sous les yeux la preuve de l'infidélité virtuelle d'Éric.

— Il faut que je retourne sur son profil à elle !

— Encore ?

— Mais oui ! Éric ne me suit pas en tant que EVE ! Je n'ai donc pas pu voir si lui aussi avait interagi.

— Tu crois que c'est une bonne idée de vouloir vérifier ça avec une paupière qui dit : « J'ai trop bu » – et l'autre : – « Pas assez mangé » ?

Je regarde Maddy et je comprends. La pauvre. Elle essaye de tenir bon mais elle affiche un faciès qui exprime clairement l'urgence d'aller se coucher. Il est plus de minuit et depuis trois heures mon amie est présente, usant de toute sa panoplie du petit « réconforteur ». Si notre taux d'alcool est le même, j'ai pour moi la colère qui en annihile les effets. Je décide de la libérer.

— Tu peux aller te coucher, Maddy…

— Tu plaisantes, je ne vais pas te laisser toute seule.

— Comme tu dors à moitié, techniquement, je le suis déjà un peu… Je t'assure, rentre, ça va aller.

— Sûr ?

— Certain.

— D'accord. Mais si tu sens à un moment que la bouteille d'eau de Javel te fait de l'œil, tu promets, tu m'appelles, d'accord ?

— Maddy, je ne suis pas suicidaire enfin ! Et si j'avais envie de mettre fin à mes jours, j'espère bien utiliser autre chose qu'un désinfectant pour toilettes.

— Dans ce cas…

Maddy se lève péniblement du canapé et la station debout trahit davantage encore son ébriété.

— N'oublie pas que je t'aime, ma patate !

— Moi aussi…

Mon amie titube jusqu'à la porte. Une fois refermée, je n'attends pas une seconde de plus pour me jeter sur le compte Instagram de Cindy-Saleté !

Alors, alors, alors… Depuis quand vous vous foutez de moi tous les deux… ? Oui, oui, tous les deux ! Car sache-le, chère Cindy, je n'ai aucune intention de t'épargner. Non. Absolument aucune. Je ne suis plus la Camille d'autrefois, compréhensive, qui se faisait toujours l'avocat du diable. Hier encore, je me serais autoconvaincue qu'il ne faut pas en vouloir à celle qui nous remplace. Que la nouvelle petite amie ne doit pas être tenue pour responsable des agissements passés de son nouveau petit copain. Bla, bla, bla… Mais aujourd'hui je me fiche de la morale, du bien-pensant, des accords toltèques et autres citations spirituelles encadrées sur Facebook. Je suis EVE, tu te souviens, Cindy ? Eh non ! Car tu ne sais pas… Mais je peux te dire que je me complais dans le fait d'être injuste, accusatrice, vengeresse et que si tu dois passer dans mon rouleau compresseur, tu y passeras !

Je parcours les photos et mon cœur se noue. En miroir, aux mêmes dates, Éric a interagi. Des « J'aime » quasi systématiques sous chaque photo. Et des commentaires aussi, de plus en plus nombreux à mesure qu'approche le jour de notre rupture… J'en relève un : « Quelle fraîcheur »… Mais quel compliment foireux ! On dirait qu'il parle d'un étal de poissons… Et si vous pensez que je vais tomber dans les bas-fonds de la médisance en ajoutant que pour une morue cela se tient, vous avez… complètement raison !

Je poursuis ma filature virtuelle, quand tout à coup je peine à croire ce que je vois ! Si tout à l'heure cette photo m'a échappé, plus moyen maintenant de la quitter des yeux. De quoi s'agit-il ? Je dois avoir la berlue. Cindy fait le signe de la victoire accoutrée d'un costume de saucisse ! Elle joue les femmes sandwichs pour une pub… Et Éric a liké ! Mais je rêve ! Lui qui s'est toujours moqué des artistes animant des goûters pour enfants a osé approuver une photo de comédienne habillée en merguez ! Il a même poussé le vice en écrivant : « Toi, tout te va. » OK. Je pense qu'on est sur un individu qui a perdu la raison. Comment cet homme a pu me tenir de grands discours sur la valeur et l'éthique professionnelles et poster un commentaire pareil sans même un smiley – pleure de rire – en ponctuation finale ?!

Je reçois le coup de grâce quand je découvre que sous sa photo, Miss Chipolata a osé écrire *#ActressLife* et *#LoveMyJob*… Je pars en fou rire nerveux.

Cependant, mon hilarité s'arrête net quand je tombe sur un commentaire d'Éric, daté de quelques jours avant la fin de notre relation. Sous un magnifique cliché en noir et blanc de Cindy-Bécasse, intitulé « NEW LIFE SOON », Éric a répondu « Impatient », suivi d'un cœur. Dois-je y voir la promesse d'une rupture imminente ? Quoi d'autre sinon…

Ma gorge se serre immédiatement. Si fort qu'elle ne laisse plus passer un seul filet d'air. Je commence à me demander si quelqu'un n'est pas derrière moi à m'étrangler. J'explose en sanglots. Je n'ai pas besoin de miroir pour savoir que mon visage se tord dans tous les sens. Ma bouche se déforme. Puis elle s'ouvre encore davantage, et sans que je puisse rien y faire, je vomis avec autant de puissance qu'un geyser. Je suis aussi impuissante que surprise. Mon corps vient de prendre sa décision de manière unilatérale. Il ne m'a pas prévenue. Pas même envoyé un petit signal annonciateur. Hébétée, je regarde cette flaque qui sent l'alcool. Ah tiens ! J'étais peut-être plus imbibée que ce que je croyais. Étonnamment, je me surprends à rire de la situation. Mon corps a préféré me faire vomir plutôt que de me laisser m'apitoyer une fois de plus. J'imagine bien que la fatigue, la pluie, les transports, les émotions et la vodka ont eu un rôle prépondérant dans le résultat de ce réflexe organique. Mais j'aime l'idée que symboliquement, il a cherché à me dégager de cet état de tristesse. Et tout en nettoyant mon œuvre, je me dis qu'il a bien fait son travail. Je suis assommée mais plus désespérée. Je finis d'éponger quand un souvenir me revient. Juste une phrase ! Celle de Katiana la voyante : « Une vérité vous sera révélée. » Est-ce qu'elle aurait vu juste ? Jamais je n'aurais cru Éric capable d'infidélité !

Quoi qu'il en soit, voilà une raison de plus pour me venger ! En ma faveur j'ai mon passé de petite biche effarouchée. Aux yeux d'Éric, je suis incapable de représailles. Insoupçonnable dans le crime. Au mieux il m'envisage comme la naïve, un peu pathétique. Alors tu sais quoi, Éric ? Profite ! Profite tant que tu le peux. Car crois-moi, dès que je serai de nouveau en état de déplier mon clic-clac avant de m'y vautrer, les hostilités reprendront.

9

L'avantage du chômage, c'est que l'on peut rester sous la couette et soigner son rhume sans avoir à affronter cet horrible moment : appeler son employeur pour le prévenir de son absence. Durant mes études et mes petits boulots, si mon état de santé m'obligeait à garder le lit, l'idée de faire faux bond m'accablait davantage. Dans la plupart des cas, je préférais respecter mes engagements même avec 39 de fièvre et un nez purulent.

Ces cinq derniers jours ont été éprouvants. La pluie et le choc de la nouvelle petite amie ont achevé mon corps, mais je ne suis pas femme à me laisser abattre. Pour guérir j'ai donc abusé des grogs contenant un peu de miel et beaucoup de rhum et EVE a poursuivi son rapprochement virtuel auprès d'Éric. Suite à mon message lui laissant croire qu'il avait l'étoffe d'un Ryan Gosling, j'ai commenté d'anciennes photos à lui. Toujours de manière pertinente (fourbe). Et, quand je vois avec quelle facilité il tombe dans le panneau, je me demande bien ce que j'ai pu lui trouver d'intéressant…

Je n'hésite pas à évoquer l'ambiance jazzy ou dantesque de certains de ses clichés. Sous ses posts prétendument intelligents, je fais référence à certains auteurs goncourisés. S'il se sent d'humeur inspirée et cinéphile, je corrobore et cite des réalisateurs de la Nouvelle Vague ou de la comédie italienne. Et je manœuvre avec dextérité. Je m'applique à ne pas laisser transparaître Camille derrière EVE. Pas d'évocation qui pourrait griller ma couverture. Je suis un puits de savoir auprès duquel Éric n'a puisé qu'un tout petit seau d'eau. De toute façon il aimait ma culture uniquement quand elle servait ses intérêts. Une fois réappropriée pour ses besoins, il en oubliait la provenance.

Hier soir j'ai néanmoins pris garde devant ce qui aurait pu être un piège de sa part. Ce pauvre fou a cité *Les Contes de la lune vague*. Pour avoir eu ma période cinéma japonais des années 1950, je connais évidemment cette œuvre de Mizoguchi et Éric le sait très bien. Mais EVE n'est pas une femme à l'orgueil mal placé. Elle a su faire aveu de faiblesse et reconnaître que sa culture japonaise se résume aux *Sept Samouraïs* et à *Kung Fu Panda*. Une faiblesse aussi touchante que drôle. Éric a répondu par des smileys – éclats de rire – et des pouces en l'air. Quoi de plus pertinent pour démontrer son intelligence que de reconnaître humblement quand on ne sait pas ?

Je me délecte de voir que mon avis l'importe. Il en sera d'autant plus impactant quand EVE manifestera sa déception.

10

Aujourd'hui je suis de mariage. Et si je n'étais pas payée pour y assister, j'aurais à coup sûr prétexté une bonne grosse gastro-entérite pour m'éviter ce moment.

Jusqu'à ma rupture je n'étais pas contre l'idée du mariage. Je ne dirais pas que c'était un désir ardent, ni un rêve de petite fille, mais il m'arrivait de me projeter en robe blanche, Éric à mes côtés, célébrant notre union. Depuis, à chaque diffusion d'émission télé sur ce thème, je me retiens d'écrire à la production pour les accuser de prosélytisme abusif.

C'est par l'intermédiaire de Maddy que je suis là. Il y a quelques semaines, au détour d'un brunch avec un cousin du marié, elle a réussi à persuader les futurs époux de faire appel à moi pour immortaliser le « plus beau jour de leur vie ». Et même à se faire inviter. Maddy serait capable de vendre des palmes à un banc de dauphins. Je lui suis reconnaissante de jouer les agents intérimaires. Toutefois j'aurais encore préféré assister au loto bingo d'une maison de retraite.

C'est donc en traînant la patte que j'installe mon matériel vidéo pour capter la sortie des mariés de l'église. Les futurs époux n'ont pas voulu que je filme la cérémonie religieuse. Ce qui me soulage vu les circonstances de ma vie actuelle. J'ai pu échapper aux promesses d'éternité et aux baisers pleins d'émotion. C'est aussi une sage décision de leur part. Ils ont évité le risque de m'entendre hurler « NON » au moment de la question fatidique. J'ai pour habitude de me contenir, mais sait-on jamais. Un drame est si vite arrivé.

Contrairement à moi, Maddy a assisté à toute la célébration. Par choix. C'est la femme la plus libre et indépendante que je connaisse. Pourtant, fait étrange, elle est absolument fan de mariage. Au point de s'être acheté une tenue, spécialement pour l'occasion. Un tailleur rétro, couleur crème, style Jackie Kennedy, qui lui donne une allure renversante. Cette fille m'épatera toujours.

Je la vois sortir de l'église en avance. C'est le signe que les invités ne vont plus tarder à en faire autant. En s'approchant de moi, je remarque qu'elle a les yeux humides. Est-ce qu'elle aurait versé sa petite larme ? Tout à fait :

— C'était si émouvant… Tu aurais dû voir ça…

— Bof…

— Camille, ne joue pas les blasées. On dirait le Grincheux des sept nains…

— Ça me va ! De la bande, c'est selon moi le personnage le plus abouti.

— C'est ça, élude ce que je viens de dire… Je veux bien que tu sois encore ébranlée par ta rupture… Mais inutile de jouer les grosses dures. Tu n'es pas faite pour être célibataire…

— Et pourquoi ça ? Toi, tu l'es bien et tu ne t'en portes pas plus mal.

— Sauf que sur ce terrain nous sommes totalement différentes. Ton cœur aime les papillons, les arcs-en-ciel, les petits chats…

— Mais n'importe quoi ! Et puis, qui n'aime pas ça de toute façon ?

— Moi. Je préfère le léopard, les pluies torrentielles et les roulades dans la boue…, me sort-elle l'air coquin.

— Oh ! Merci de m'épargner tes fantasmes, je n'ai pas petit-déjeuné…

— Camille, tu aimes la vie de couple et ça te va bien. Sauf évidemment quand tu choisis de te consacrer corps et âme à un égocentrique… Tu sais que tu pourrais tout à fait rencontrer quelqu'un ici…

— Tiens donc ?

— Eh oui ! C'est statistiquement prouvé ! Le plus grand nombre de couples se forment en participant à un mariage.

— Heureusement, je ne suis pas concernée étant donné que je n'y participe pas. J'y travaille !

— À force d'être trop négative tu pourrais passer à côté d'un mec génial…

— C'est dingue ! C'est exactement ce que m'a dit la voyante !

Sous le coup de la stupéfaction, j'ai parlé trop vite. Je vois la bouche de Maddy s'agrandir, prête à me bombarder de questions. Je regrette déjà de ne pas m'être mordu la langue.

— Elle t'a annoncé une nouvelle rencontre ?!

— Mais non. Enfin si…

— Et tu ne m'as rien dit ?!

— Maddy, tu n'y crois pas de toute façon ! Et moi non plus d'ailleurs…

— Mais après tout, c'est peut-être vrai ! Et puis on se fout de savoir si c'est une vraie voyante ou pas. L'important, c'est que dans ton esprit elle plante la graine que tu as une jolie vie amoureuse qui t'attend…

— Bon, d'accord, peut-être… Sauf qu'on pourrait en parler à un autre moment ? Là, moi je bosse, madame…

— On en reparlera. Fais-moi confiance, me dit-elle avec un petit sourire entendu.

Les premiers invités sortent de l'église. Ma caméra allumée, je capture leurs sourires, quelques dames aux chapeaux surdimensionnés, une jeune fille qui aide un grand-père à se mouvoir, des enfants pressés de se dégourdir les jambes, et enfin les mariés. Ils transpirent de bonheur. Ils marchent très lentement tout en saluant afin que chaque proche puisse prendre sa petite photo. Tout à coup une pluie de grains de riz s'abat sur moi. Merde ! Je manque de m'en prendre dans l'œil ! Ils auraient pu prévenir. Pas envie d'abîmer mon objectif avec leurs conneries de rituels. Je me dégage et suis le jeune couple jusqu'à son entrée dans la jolie BMW recouverte de rubans. À leur tour, les invités regagnent leur véhicule pour rejoindre la salle et poursuivre les festivités.

Quand je pense que j'en ai encore pour plusieurs heures de moments sirupeux… J'espère au moins que je pourrai taper dans le buffet. J'ai si faim.

Maddy me secoue le bras. J'ai dû avoir une absence de quelques minutes.

— Oh ! Camille ! On y va ?!

— Ah oui, oui…

— À quoi tu pensais ?

— Que je pourrais peut-être récolter les grains de riz au sol et les embarquer pour la maison…

Maddy me dévisage. Elle semble se demander si je suis sérieuse. En effet, je ne plaisante qu'à moitié.

— Vous me suivez, mesdemoiselles ?

De sa voiture, fenêtre ouverte, un homme d'environ 70 ans nous fait signe.

— Si vous voulez, je vous montre le chemin, mes jolies, nous dit-il.

— Heu, d'accord, oui. On vous suit, répond Maddy.

— Alors en route, mes beautés ! Parce qu'avec Marcel, je vous garantis le septième ciel.

Vu l'âge du monsieur on aurait pu s'attendre à une interpellation paternelle. Pourtant, sans nous concerter, Maddy et moi gloussons d'un rire nerveux.

— Maddy… C'est moi ou c'était dit sur le ton de la drague ?

— Non, non, ce n'est pas toi… Tu vois, quand je te disais que c'est dans les mariages qu'on fait les plus belles rencontres. Je crois que tu viens de trouver ton nouvel amoureux.

— Je te déteste !

…

Cela fait déjà trois heures que nous sommes sur les lieux et je m'ennuie ferme. Le bon point, c'est que mes angoisses de famine se sont volatilisées. J'ai largement eu le temps de m'empiffrer étant donné que je ne sers à rien. Pour la séance photo sur le domaine, le jeune couple avait déjà prévu un photographe professionnel. Sans oublier le papa de la jeune épouse qui n'en a pas raté une miette avec son vieux Caméscope. Cette configuration s'est reproduite à l'identique à l'entrée des mariés, au discours des mariés, à l'ouverture de bal des mariés et à chaque temps fort de la soirée. J'en viens à me demander si Maddy n'a pas inventé toute cette histoire de travail. De là à ce que ce soit elle qui règle secrètement la facture, on n'en est pas loin. Il faudra que je pense à lui tirer les vers du nez.

Histoire de me différencier dans mon montage vidéo, j'ai donc pris le parti de filmer des moments de vie : le plan de table, la décoration, l'arrivée des plats, les rires des invités et le regard énamouré des époux. Bien rythmé, avec une musique adéquate, j'obtiendrai un effet clipé, agréable à regarder. Mais toute cette opulence de bonheur me donne la nausée. Et n'allez pas croire que c'est à cause de l'alcool. Je n'ai pas bu une seule goutte. Car non, une coupe de champagne n'est pas ce que j'appelle boire.

Maddy croit peut-être que je suis une femme qui a besoin de vivre des histoires d'amour, eh bien elle se trompe ! J'ai perdu trop de temps à y croire et aujourd'hui ma vie, aussi bancale que désespérante, me prouve bien que j'étais dans l'erreur. D'ailleurs je n'ai pas revu ma prétendue meilleure amie depuis une bonne heure. La dernière fois que je l'ai aperçue elle se trémoussait sur la piste de danse, encerclée par tout un tas de célibataires (enfin, je l'espère). Ils s'agitaient autour d'elle comme des moustiques attirés par la lumière. Une fois, j'ai lu dans un magazine qu'il s'agissait d'une idée reçue. Toujours est-il que les soirs d'été, ils nous empêchent bien de profiter d'un moment en terrasse ces cons-là (je parle des moustiques bien sûr). De mon côté, aucun homme ne me remarque (tant mieux), à l'exception de Marcel (au secours). Le vieux monsieur a apparemment une libido encore bien active et une confiance en lui à toute épreuve. Après une pluie de compliments, plusieurs invitations à danser (refusées s'il est nécessaire de le préciser), j'ai maintenant droit, et depuis un bon quart d'heure, à des sourires et des clins d'œil insistants. Oh, que c'est gênant. Je détourne la tête et cherche à faire diversion. J'observe la salle. J'ai déjà filmé trois fois les bouquets de fleurs, les sets de salières en forme de cœur, les mains des mariés affichant leurs anneaux et je ne calcule plus le nombre de fois où je me suis passionnée pour les tentatives de madison sur la piste de danse. Je n'ai plus aucun prétexte valable pour prendre ma caméra. Techniquement, j'ai tout ce dont j'ai besoin pour mon montage et pour déguerpir d'ici. Malheureusement, la seule demande officielle qui m'a été faite par le marié est de filmer son arrivée au moment de la pièce montée. C'est une surprise pour sa femme. Un supplice pour moi ! L'arrivée du gâteau n'est prévue que dans une heure !

Je décide d'aller me servir un verre au bar. J'ai tout juste le temps de refermer mes doigts sur la coupe qu'une voix à la fois suave et comique me fait sursauter.

— On trinque, ma divine ?

Oh non ! Marcel le libidineux m'a suivie. Je n'ai pas encore répondu à sa question qu'il choque déjà son verre avec le mien et me regarde d'un air qui se veut sûrement séducteur.

— Alors, il se passe bien votre tournage ?

J'avale une gorgée tout en essayant de détourner mon regard de ses oreilles. Et croyez-moi, ce n'est pas chose aisée. Deux énormes touffes grises lui sortent des orifices. Si velues qu'elles pourraient faire office de perruque à un Playmobil.

— Bien, il se passe bien. Je vous remercie.

— Vous savez que vous êtes vraiment charmante.

— Oui, vous me l'avez dit une bonne centaine de fois.

— Et sinon, il est célibataire ce joli petit lot ?

J'hallucine ! En plus de draguer une fille de quarante ans sa cadette, le voilà carrément déplacé. J'ai envie d'appliquer les conseils de vie de Maddy et l'envoyer paître illico presto. Mais son âge avancé m'empêche de faire voler ma politesse en éclats. Je serre les dents.

— Oui, voilà… Je suis célibataire. Bon, excusez-moi, j'y retourne.

— Elle se sauve déjà la gazelle ?

J'ai à peine le dos tourné que l'impensable arrive ! Je sens une main m'agripper les fesses. Je n'en reviens pas ! Pervers pépère vient de me tripoter. Je me retourne, outrée. Mon agresseur ne semble pas déstabilisé, comme en témoigne son petit sourire en coin. Ma main me démange et ne réclame qu'une chose : atterrir sur sa joue. J'arrive à me souvenir à temps que je suis ici en qualité d'employée. Je ne peux pas me permettre de faire un esclandre. Qui me dit que cet odieux personnage n'est pas le vieil oncle fortuné qui finance ce mariage ? Oh ! Mais pourquoi ça n'arrive qu'à moi ?! Je ravale tous les noms d'oiseaux qui me viennent à l'esprit et fonce aux toilettes. Maudit karma ! Je viens pour travailler et je me fais harceler par Marcel le dragueur au déambulateur. Et puis, elle est où Maddy ? Après tout, si je suis là, c'est de sa faute. Au vu de ma situation financière certains diraient « grâce à elle », mais dès que je lui aurai raconté ce qui vient de m'arriver, elle s'en voudra jusqu'à la fin de ses jours.

Je me passe de l'eau sur le visage avant de m'asseoir sur la cuvette et reprendre mes esprits. Posée sur le trône, mon cerveau décide que c'est le bon moment pour faire un bilan sur mon existence. Très mauvaise idée. Il n'y a pas plus pathétique que de passer en revue les échecs de sa vie sentimentale et professionnelle sur les toilettes d'une salle de mariage. Je m'apprête à me relever quand j'entends soudain des grattements à ma porte. Quand j'ouvre, je suis prise d'une vision d'horreur. Devant moi, une marguerite dans la bouche et la chemise largement déboutonnée, Marcel me tend les bras.

— On se fait un petit cinq à sept, ma beauté ?

La proposition est si énorme, si improbable que je suis prise d'un fou rire. Je ne peux plus m'arrêter. Des larmes me coulent sur les joues et je m'accroupis tout en me tenant les côtes. La situation est trop surréaliste pour me faire peur ou me choquer davantage. Marcel me regarde presque comme un enfant à qui on aurait confisqué ses bonbons et je ris davantage.

— Ah bah dis donc ! Il y a de l'ambiance ici.

Après presque deux heures de disparition, Maddy ressurgit de nulle part. Elle attend que je lui explique la situation mais je suis trop hilare pour aligner plus de deux mots. Marcel se tourne vers elle, désemparé. Je vois que Maddy l'observe. Elle repère la chemise déboutonnée, puis la fleur. Son visage change, elle commence à comprendre.

— Oh merde, dit-elle en pouffant. Tu vois, Camille, ça y est ! Ta vie amoureuse reprend du service.

Au même moment, une voix de femme se fait entendre.

— Papy ? Papy ?

Une tête passe rapidement dans l'encadrement de la porte des toilettes.

— Oh non, ce n'est pas vrai ! Papy, qu'est-ce que tu fais ici ?! Ne me dis pas que tu as recommencé ?! Michel, viens voir.

Un homme d'une cinquantaine d'années accourt.

— Papa, pourquoi tu es dans les toilettes des femmes ? Tu as embêté les demoiselles ?

Marcel baisse la tête et semble plus perdu que jamais.

— Pardonnez-nous, est-ce qu'il vous a fait des avances ?

Devant mon incapacité à répondre, Maddy, amusée, prend la relève.

— À moi non... Mais je crois qu'il a sorti le grand jeu à mon amie.

— Oh, mais tu es impossible, papy ! On est vraiment désolés. Mon beau-père n'a plus toute sa tête. Il avait promis de bien se tenir !

— Je suis vraiment déçu, papa. Est-ce qu'au moins tu as pris tes comprimés aujourd'hui ?

Marcel baragouine une phrase incompréhensible quand Maddy interrompt le moment.

— Attendez. Excusez-moi mais, vous dites qu'il n'a plus toute sa tête et vous le laissez conduire ?

— Comment ça ? Bien sûr que non. On est passés le chercher et il est venu avec nous bien sûr, répond le fils de Marcel.

— Et de l'église à ici, il était avec qui ?

— Avec mon épouse.

— Heu, non…, répond la femme. J'ai fait la route avec ma sœur. Papy m'a dit que tu embarquais les petits-cousins avec toi et que la voiture était pleine.

— Mais pas du tout. Il m'a demandé les clés de la voiture pour que tu puisses arriver à la salle plus vite pour…

— Pour ?

— Eh bien, tu sais… Pour te soulager…

— Me soulager ?! rétorque-t-elle gênée. Et tu l'as cru ?

— C'est-à-dire que… Tu as souvent des problèmes intestinaux donc oui.

Maddy et moi observons la scène, regrettant de ne pas avoir un paquet de pop-corn pour sublimer le moment. Une tension silencieuse s'installe, seulement brisée par les derniers soubresauts de fou rire que j'essaye de contenir. Puis la femme explose.

— Alors ça, c'est mal, papy ! C'est très mal ! Tu nous as menti et en plus tu as pris des risques inconsidérés en conduisant ! Est-ce que tu t'en rends compte ?

Marcel se ratatine et donne l'impression d'un petit être égaré.

— Bon, puisque c'est comme ça, on te ramène ! ajoute-t-elle.

La belle-fille récupère la fleur que Marcel a encore dans les mains et la jette au sol. Pendant qu'elle lui reboutonne sa chemise, Michel, le fils, nous présente une fois de plus ses excuses.

— Nous sommes vraiment confus. Vraiment. Et j'espère que tu l'es aussi, papa ! Tu sais que leur présenter tes excuses ne serait pas de trop.

Marcel me jette un regard tout penaud. Il a désormais l'air d'avoir 120 ans.

— Je vous demande pardon, me dit-il d'une voix chevrotante. Je ne voulais pas vous importuner.

— Bon, allez, on y va, papa.

Le couple et Marcel s'apprêtent à quitter les toilettes. Je suis presque touchée par ce vieillard qui, dans le fond, subit les affres du temps qui passe. J'en viens à éprouver de la compassion, jusqu'à ce que Marcel, juste avant de sortir, me fasse un clin d'œil plein de connivence. Bouche bée, je jette un regard à Maddy.

— Tu l'as vu faire ?

— Oh, le coquin. C'est tout sauf un vieux sénile. C'est au contraire un sacré bon comédien.

— Je n'en reviens pas…

— En tout cas je vois que tu t'es bien amusée.

— Recevoir les avances sexuelles d'un papy n'est pas exactement l'idée que je me fais d'un moment festif, vois-tu. Mais je reconnais que je n'avais pas ri autant depuis une éternité.

— Ça, c'est l'effet Marcel le lover…

— En attendant, j'aurais peut-être évité une main aux fesses si tu étais restée avec moi. Où est-ce que tu étais passée d'ailleurs ?

— Oh ! Je suis allée fumer une cigarette dehors.

— Pendant tout ce temps ?

— J'en ai peut-être fumé deux ou trois…

Suspicieuse, je me relève et m'approche de Maddy.

Elle tente la carte de la décontraction mais ses yeux sont fuyants et sa bouche esquisse des petits mouvements étranges, comme pour refréner un sourire.

— Humm… Et ce sont aussi tes cigarettes qui ont totalement fait disparaître ton rouge à lèvres ?

— Non. Ça, c'est Nicolas, me sort-elle en se redressant, avec une pointe de fierté.

— Qui ?

— Nicolas. Le danseur.

— Le danseur ? Mais quel danseur ?

— Eh bien, celui prévu par le marié, au moment du gâteau…

— Hein ? Mais où ? Comment ?!

— Alors où : dans une petite annexe juste derrière, transformée en loge pour l'occasion. Et comment : ça, je ne vais pas te faire un dessin… Je sais que tu es célibataire mais quand même, tu n'as pas encore tout oublié…

— J'hallucine… Alors pendant que moi je m'évertue à fuir un retraité obsédé, toi tu prends du bon temps avec un beau gosse ?! Ma vie est encore plus misérable que ce que je pensais.

— Mais non, allons… Même si je reconnais qu'au niveau des abdominaux, Marcel a du mal à rivaliser avec ceux de Nicolas, me dit-elle en m'embrassant sur la joue. Tu devrais d'ailleurs te mettre en place. Je pense que l'arrivée du gâteau ne devrait plus tarder.

— Ah bah voilà ! Madame est au courant du planning, vu qu'elle fricote avec le personnel…

— Oui… Et je peux même te dire que sa tenue sera très légère… N'hésite pas à faire des zooms intéressants, si tu vois ce que je veux dire.

— Je vois beaucoup trop ce que tu veux dire ! Et maintenant j'angoisse à l'idée de le filmer !

— Tu te rends compte ? Après seulement quelques heures, tu vas déjà immortaliser notre première rencontre…

— Tiens donc ? Parce que tu comptes le revoir ? C'est nouveau ça…

— Évidemment que je vais le revoir. Camille, voyons ! C'est un danseur… Il bouge son corps comme personne, me dit-elle en éclatant de rire.

— Arrête de me mettre des images dans la tête !

— Ah, Camille, vous êtes là. Je vous cherchais.

Le marié nous a rejointes. Il est surexcité. De mon côté je me dis que ces toilettes sont vraiment devenues « *The place to be* ».

— Je viens d'aller voir Nicolas. Il est prêt. Nicolas, c'est le…

— Le danseur, oui je sais…

— Tout à fait. Quand le gâteau va arriver vous devrez bien le filmer. Vous verrez, il est immense. En le découvrant ma femme va être éblouie. Mais c'est en réalité un faux et, au moment où elle s'en apercevra, Nicolas sortira du gâteau.

— Ah tiens. C'est original.

— N'est-ce pas ?

De toute évidence, il n'a pas relevé l'ironie.

— Une fois sorti, il brandira une banderole avec écrit dessus « Tu es la plus merveilleuse des femmes » et il enchaînera sur une danse mémorable. Le tout en caleçon à paillettes.

— À paillettes… Waouh.

— Oui, j'ai pensé à tout. Elle adore les paillettes. Je compte sur vous pour ne rien louper.

— Ne vous en faites pas, enchaîne Maddy. Elle ne va pas en rater une miette. Pas vrai, Camille ?

Maddy me donne une petite bourrade et j'ai presque envie de lui jeter des cailloux.

— C'est vraiment le plus beau jour de ma vie, dit-il des étoiles plein les yeux. Dans le fond, est-ce qu'il y a quelque chose de plus beau que l'amour ?

J'ai bien envie de lui répondre qu'il en existe plein des choses plus belles, mais rien ne me vient. Il faudra d'ailleurs que je pense à trouver des exemples pour les prochaines fois.

En attendant, je regagne la salle pour filmer le cadeau de la mariée ET de Maddy. Quand j'y pense, on n'est vraiment pas tous nés sous la même étoile. Si, à la naissance, les fées se penchent sur le berceau des enfants, la mienne a sûrement dû déraper et me flanquer un bon gros coup de tête. Je ne vois que ça pour expliquer que la vie m'ait désignée comme son souffre-douleur préféré.

11

— Et qu'est-ce que vous pensez de celle-ci ? C'est kiwi-yuzu.

— Oh... Ça risque d'être un peu acide, non ?

— À vous de me le dire...

Depuis une heure, je prends mon petit déjeuner dans le bar en bas de chez moi. À vrai dire je suis surtout un cobaye sur lequel on teste les meilleures confitures que j'aie jamais mangées. Et le fait que la dégustation soit gratuite apporte un goût encore plus savoureux.

— Hmmm... C'est si bon. Contrairement à ce qu'on s'imagine, c'est tout doux. Juste acidulé comme il faut.

— C'est grâce au sucre de canne. C'est une question de dosage.

— Mais dites-moi, vous êtes serveur ou pâtissier ?

— Ah non, moi je ne cuisine pas. Même si je m'y connais un peu, ce n'est pas moi qui prépare les confitures, c'est ma grande sœur. On a cinq ans d'écart. Elle a une petite boutique en ligne. J'ai convaincu mon patron de lui passer commande régulièrement pour en proposer aux clients. Et quand elle sort de nouvelles créations, j'en profite pour les tester et lui faire les retours.

— Eh bien, dites à votre sœur que je valide toutes ses recettes. Si elle a de nouvelles idées, faites-moi signe et je débarque dans la minute. Pour apporter ma contribution bien sûr… Moi, si je peux aider…

— Évidemment, ponctue-t-il d'un rire entendu.

— Mais au fait… Je viens ici depuis plus de trois mois et je ne vous ai jamais demandé votre prénom ?

— C'est vrai…

Le serveur laisse un blanc qui offre suffisamment de temps à mon cerveau pour s'emballer : « Oh non, il trouve que je suis une pimbêche », « J'ai vraiment perdu ma politesse en même temps que mon mec », « Quel genre de personne s'empiffre sans même respecter les règles de courtoisie ? ». Heureusement, le serveur me libère de mon accablement mental.

— Je plaisante… Je m'appelle Ewen.

— Ewen ? Ah, c'est un joli prénom italien.

Je tente un trait d'humour pour me rattraper et lui montrer que, moi aussi, je sais plaisanter.

— Heu… c'est breton…

Échec cuisant. Il n'a pas du tout été réceptif à ma blague et mon esprit me crie très fort que je suis vraiment un boulet. J'ai perdu toute ma finesse. Je dois vraiment faire peine à voir vu la manière dont Ewen réengage la conversation.

— Oh là là, ne faites pas cette petite tête… J'avais compris. Je vous taquine… Je joue les pince-sans-rire. C'est de l'humour breton.

— Oh, d'accord… Ouf. Je crois que je préfère leurs crêpes à leur humour alors…

— C'est peut-être un peu meilleur, en effet. Et vous, c'est quoi votre prénom ?

— Camille.

— Eh bien, Camille, en tant que testeuse officielle de confitures, sachez que je suis ravi de notre collaboration.

— Notre collaboration ?

— Je vous sers des confitures, vous les dégustez. C'est un travail d'équipe, non ?

— Le meilleur qui soit.

— Demain ma sœur doit m'apporter ses nouvelles créations. Des petits bonbons fourrés à la confiture, ça vous dirait d'y goûter ?

— Alors là, partenaire… Vous pouvez compter sur moi. Je me tiendrai prête pour la mission.

— Super ! Vous me retrouvez ici à midi ?

— C'est parfait.

Ewen me sourit avant de rejoindre un client qui lui réclame un café. Je l'observe à la dérobée, enthousiaste à l'idée du moment qui m'attend. Je ne vois pas meilleure activité que donner son avis en contrepartie d'une dégustation. C'est un échange de bons procédés qui convient parfaitement à mon estomac et à mon porte-monnaie.

12

Étrangement, ce matin mon humeur est en hausse. Le plafond de mon studio me semble moins bas, les murs moins gris. La percée de lumière en ce mois d'avril y est sans doute pour quelque chose. Ça et le fait que depuis deux heures, je me cherche la tenue idéale pour retrouver Ewen. C'est stupide, je sais. Mais la perspective de me faire jolie pour quelqu'un (même s'il ne me l'a pas demandé) a réussi à minimiser l'impact de cette relance bancaire, stipulant que mon découvert autorisé devait être renfloué sous quarante-huit heures. Je sais qu'il va absolument falloir que je trouve des solutions financières. Pour le moment je jongle avec les quelques prestations que je facture et les nombreuses dépenses qu'on me réclame. Mais pour l'heure il y a des priorités. Comme décider quel collant sera le plus adapté avec cette petite jupe à carreaux. Le noir ou le gris moucheté ? Avec le noir, la tenue fait décidément trop écolière. Le gris apporte un brin de fantaisie mais maîtrisé. Le choix de la jupe est validé. Elle me donne une allure féminine sans tomber dans le côté sexy. Et puis du style aussi. Tout en évitant l'excentrique. C'est que ça prend du temps de réfléchir à toutes ces questions… Ce qui est en partie ridicule pour deux choses : la première, c'est que pour goûter des bonbons, un jogging ferait tout aussi bien l'affaire. La seconde, c'est que ce déploiement de raisonnement sur le textile n'est souvent que très peu remarqué par la gent masculine… Mais même en le sachant, me poster devant ma garde-robe me donne un élan de vie.

Je m'interroge sur un éventuel changement de chemisier quand la sonnerie de mon téléphone interrompt mes cogitations.

Horreur ! C'est Éric ! Ou plutôt Crevard, depuis que je l'ai renommé dans mon répertoire. Qu'est-ce qui lui prend de m'appeler ? Une envie de me dire qu'il regrette tout ce qu'il m'a fait ? Impossible ! Ou peut-être qu'il a retracé l'adresse IP de EVE et a découvert que c'était moi ?! Si c'est le cas, je nierai tout en bloc. Mais pourquoi il aurait fait ça ? Ça n'a pas de sens… Et il en est bien incapable ! Il sait à peine régler l'heure sur un radioréveil. Je suis complètement pétrifiée. Si mon cœur et mes mains ne tremblaient pas autant, je pourrais penser que Méduse a arbitrairement décidé de me statufier. La dernière sonnerie retentit et je suis toujours dans l'incapacité de réagir. Je me dirige lentement vers le clic-clac. Mes jambes flageolent, j'ai besoin de m'asseoir. De toute évidence, après quatre mois de rupture, je ne suis pas encore guérie. J'ai lu un jour que pour s'en remettre, il fallait la moitié du temps de la relation. Si l'information est exacte et que mes calculs sont bons, j'en ai encore pour un an et deux mois à tirer… Mais ça, je le refuse ! Je ne subirai pas davantage son emprise, car je suis une femme forte, une femme libre, une… Bon sang, il rappelle ! Ma gorge est sèche et ma respiration haletante. Il faut que je me calme. Et que je décroche ! Bien sûr qu'il faut que je décroche. Je ne suis pas une gamine qui se cache par peur de se faire gronder. Pourquoi je pense à ça, je n'ai commis aucune faute, moi. Qu'il essaye de mal me parler celui-là ! Qu'il essaye !

— Allô ?!

Échauffée par mon discours intérieur, j'ai répondu de manière bien plus agressive que je ne l'aurais souhaité.

— Camille ?

Au ton de sa voix, j'entends qu'Éric est un peu perturbé par mon intonation. Je tente de me reprendre. Il faut que je réussisse à avoir l'air détaché.

— Oui…

— Salut, c'est Éric…

— Oui.

Est-ce que je vais réussir à proposer autre chose qu'un « oui » ?

— Ça va ?

— Oui…

Apparemment je ne connais pas d'autre mot.

— Je voulais t'annoncer que le film entre en tournage demain. J'ai donné une interview à ce sujet et j'ai parlé de toi bien sûr.

— D'accord.

Je ne réponds rien de plus. Je fulmine. Je sais qu'il espère attiser ma curiosité. Que je cherche à en savoir davantage sur cette interview, afin de me servir sa soupe sur le fait qu'il n'a pas oublié que j'y étais pour beaucoup. C'est son fonctionnement. Il se fout de me remercier, il a juste envie que je le libère de sa petite culpabilité.

— Voilà. Je tenais juste à te le dire. Si tu veux lire l'article, je l'ai posté sur mes réseaux sociaux.

J'explose de rire. Il me propose d'aller me repaître d'un peu de son égocentrisme. C'est absolument pathétique.

— Eh bien, non, je n'irai pas le lire. D'autant que nous ne sommes plus amis sur les réseaux sociaux que je sache. C'est même toi qui m'as demandé d'arrêter de te suivre.

— Oh, Camille. Je m'excuse si mon message de la dernière fois t'a blessée.

Merde, merde, merde ! En lui disant ça, je viens de faire aveu de faiblesse ! Le voilà à prendre son petit ton mielleux.

— Je t'assure… C'était dans ton intérêt… Pour toi…

— Oui, je sais, je sais. Écoute, je te remercie de m'avoir prévenue. Je lirai ton article, à l'occasion, si je tombe dessus… Et sinon, au sujet des comédiens, tu en es content ?

— Heu… Oui, oui…

À ton tour d'être déstabilisé, Éric. Est-ce que tu vas me balancer que tu te tapes la comédienne ou pas ?

— C'est super… Je te pose la question, vu que je n'ai pas eu l'occasion de voir le casting.

Il doit se demander si j'ai vu sa photo avec Pouffy-Girl. J'entends qu'il déglutit.

— Disons que je suis satisfait du choix de la production. Mais tu te souviens, ce n'est pas moi qui m'en suis occupé. Je les ai rencontrés là… enfin… Il n'y a pas si longtemps…

Tu t'embourbes, Éric. Tu t'embourbes.

— OK. Et l'héroïne ? Elle est comme on l'imaginait ?

Waouh ! Je suis épatée de moi-même. J'ai balancé un « on » assumé. Car oui, ce personnage je l'ai pensé, décrit et réfléchi autant que lui. Et vu le profil Instagram de la comédienne, on est loin du projet initial.

— Ah ! Cindy, heu…

Il a prononcé son prénom sans vergogne. Il vient de me faire ça. Quel enfoiré ! Garde ton calme, Camille.

— Elle est un peu… différente. Mais elle apporte quelque chose d'autre d'intéressant…

— Han, han…

— Bon. Je vais devoir te laisser. En tout cas, ça m'a fait plaisir. Prends soin de toi…

Sans que je puisse rien ajouter, Éric a raccroché. Ce lâche.

Malgré ma tête qui tourne, je m'empresse d'aller sur son compte Facebook. Je lis l'article en diagonale. Je cherche mon prénom mais je ne trouve rien. J'essaye de me concentrer et je reviens sur les questions du journaliste :

« Quel a été votre parcours ? », « Comment décririez-vous vos personnages principaux ? » Oh ! Là, il y a quelque chose.

« Parlez-nous de votre processus créatif.

— Je laisse une idée mûrir en me nourrissant de mon environnement. »

Jolie façon de dire : « J'ai un embryon d'idée et je laisse le soin aux autres de le faire grandir avant de tout récupérer à mon compte. »

« Je m'inspire de certaines chansons, de paysages et j'échange beaucoup avec l'extérieur. Cela me stimule énormément. »

Avoue plutôt que tu mendies de l'aide tant tu es incapable de faire quelque chose de bien tout seul !

« Durant l'écriture de cette histoire, je parlais beaucoup de mes personnages et de leur évolution avec mon ex-compagne. J'écoutais son point de vue de femme et je faisais évoluer la narration en prenant en compte ses remarques. Selon moi, c'est important de le faire. Cela apporte plus de relief, davantage de facettes qui permettent d'enrichir l'histoire. »

Alors là, c'est plus fort que moi, je me mets à hurler ! Il faut que j'extériorise ma colère. Et tant pis pour la terrible injustice que subissent mes oreillers ! À cet instant ils sont la transposition de la tête d'Éric, et ils morflent !

Sa phrase me fait l'effet d'un blender puissance 1 000 W : *« Son point de vue de femme »* ?! À l'entendre, on croirait que je lui ai donné quelques conseils sur la décoration du plan de table à Noël ! Si Éric s'est tourné vers moi, c'est parce que j'en avais les compétences. Point ! Et la seule raison pour laquelle je l'ai aidé, c'est parce que j'étais une femme amoureuse ! (Et bête).

Le plus grossier dans cette histoire, c'est son appel. Oser décrocher son téléphone pour se vanter d'avoir parlé de moi en ces termes ! Mais qui donc m'a jeté de la poudre d'aveuglement durant trois ans ? Que le coupable se dénonce ! Et vite, sans quoi je n'aurai plus d'oreillers décents dans quelques minutes.

Je suis encore en train de malmener ma literie quand j'entends frapper à ma porte.

— Camille, tu es là ?

— NON !

— OK. Je repasserai quand tu seras de retour alors…

Je me lève pour ouvrir à Maddy. Je ne me suis pas regardée dans le miroir, mais ma vision périphérique me permet d'affirmer que ma coiffure est digne d'un buisson foudroyé par le tonnerre.

— Eh… Tu expérimentes la coupe punk ? Je préfère te le dire, ce n'est pas encore revenu à la mode.

— C'est Raclure !

— Éric t'a coiffée ?

— Il m'a appelée pour me proposer de lire ça.

Je tends mon téléphone à Maddy en lui montrant le passage exact.

— Oh ! La condescendance du mec…

— Le culot ! Mais le culot ! Je vais me le faire ! Attends de voir ce que EVE va lui concocter.

— Bon. Je ne vais pas te dire de te calmer et de ne pas y penser. C'est le genre de conseils qu'on donne quand on n'en a aucun de valable à proposer. Par contre, est-ce qu'il ne serait pas judicieux de commencer à prendre tes distances avec lui… ? Je veux dire, vraiment.

— Mais si je fais ça, il gagne !

— Ça dépend des règles du jeu auquel tu joues…

— Maddy, telle que tu me vois là je fais partie de l'équipe premier degré ! Alors les sous-textes et les métaphores, je n'y suis pas trop réceptive.

— OK, OK. Alors est-ce qu'une grosse salade César au bar d'en bas te parlerait davantage ? C'est moi qui invite. Et on pourrait discuter… De choses et d'autres…

— Non merci. Enfin si, mais… Mince ! Quelle heure est-il ?

— Presque 12 h 30.

— Oh non ! Ce n'est pas vrai, il faut que j'y aille !

Je m'agite et enfile la première paire de chaussures venue. Mon choix a pour conséquence de saccager tout mon look si consciencieusement étudié quelques heures plus tôt.

— Mais il faut que tu ailles où ?

— Au bar d'en bas !

— C'est justement ce que je te propose.

— Non mais, c'est parce que je dois manger des bonbons…

— Des bonbons ? Tu ne préfères pas une salade ?

— Je t'expliquerai.

Je claque la porte et plante Maddy dans mon studio avant de dévaler les escaliers.

…

À 5 mètres du bar, je prends quelques instants pour replacer mes cheveux et réajuster mon chemisier. Je ne sais pas pourquoi je fais ça. Ce garçon m'a vu habillée comme un sac, pas coiffée, pas maquillée, au moins aussi souvent que ma mère. Il a été le spectateur récurrent de mes matinées dépressives, de mes après-midi râleurs et même de mes soirées alcool triste. Ça ne l'a jamais empêché de me servir avec sympathie. Au contraire, même les fois où je ne lui jetais pas un regard, que je grognais plus que je ne parlais, il m'a toujours resservie en pot de confitures. Un homme qui offre du rab de confiture est par définition un homme qui ne juge pas, non ? Et puis il ne s'agit que d'une connaissance. C'est juste un serveur chaleureux avec lequel je commence à entretenir une relation conviviale. Alors pourquoi je vérifie mon reflet dans la vitre de cette pharmacie ?

J'entre dans le bar et je cherche Ewen des yeux. Je fais un demi-tour sur moi-même et je l'aperçois qui sort de la réserve. Je m'apprête à aller vers lui tout en préparant une petite phrase d'accroche amusante du type « Moi je suis à l'heure, c'est ma montre qui est en retard » mais je m'arrête net. Ewen ne se dirige pas vers un client pour le servir mais s'agrippe au cou d'une jeune fille assise de dos. Elle se retourne, lui sourit et en profite pour se lever. Il lui replace une mèche derrière l'oreille avant de l'enlacer très fort. L'espace d'un instant j'espère que c'est sa sœur, la grande prêtresse des confitures. Mais de toute évidence, elle n'est pas plus âgée que lui. Elle semble même avoir plusieurs années de moins. Je n'y connais pas grand-chose en matière d'amour fraternel, mais j'ai rarement vu un frère regarder sa sœur avec autant d'adoration.

Ils sont sur le point de sortir du bar et donc de me croiser. Je n'ai pas le cœur à les affronter. Tout ça n'a aucun sens. Hier encore je ne connaissais pas le prénom de ce garçon (et je m'en fichais). Mais je n'y peux rien, je suis blessée. Et comme à chaque situation qui tourne mal, le meilleur des refuges (et le plus accessible) reste les toilettes. Je bifurque avant qu'ils ne me voient et je m'enferme. Assise sur la cuvette, j'observe mes collants gris mouchetés mal assortis à mes derbies jaune poussin. Tiens, dans la précipitation je n'avais pas remarqué que ces chaussures étaient si abîmées. Finalement, ce n'est peut-être pas plus mal qu'Ewen ne m'ait pas vu habillée de la sorte. C'est d'un moche… Mais qu'est-ce que je raconte encore ? On s'en fiche que ce soit beau ou pas ! On s'en fiche de mon look ! Je sors des toilettes tout en m'agaçant contre moi-même à haute voix : *On s'en fiche de lui. On s'en fiche des autres. On s'en fiche de tout !*

— Camille, vous allez bien ?

Ewen apparaît devant moi. Qu'est-ce qu'il fait ici celui-là ? Il n'avait pas pour projet de se bécoter ?!

— Heu… Oui, parfaitement. Je… chantais…

— C'est une chanson qui crie drôlement à la révolte, me dit-il en souriant.

— Hmmm… Sinon. Ça va ? On n'avait pas une dégustation de bonbons ?!

Bien malgré moi, le ton de ma voix laisse entendre des accents de remontrances.

— Heu, si. Je vous ai laissé un pochon.

Ewen passe derrière le bar et me tend un petit sac en toile.

— Voilà… Je suis désolé, exceptionnellement je quitte plus tôt que prévu. Mais vous me direz ce que vous avez pensé ? Je compte sur votre rapport, « partenaire ». Ça m'importe beaucoup.

— Je n'y manquerai pas. « Partenaire »…

— Je suis ravi. On se revoit vite alors…

Ewen récupère son téléphone portable oublié sur le comptoir. Il sort et rejoint la jeune fille qui l'attend un peu plus loin. Tout en marchant, il l'enlace par les épaules. J'attends quelques instants avant de sortir du bar à mon tour.

Dans la rue, mon pochon de bonbons à la main, je me sens comme une gourde. Je m'assieds sur un banc et un mal-être me gagne. Comment une matinée peut-elle basculer si vite, si fort ? C'est quoi ma vie ? Mon curriculum vitae existentiel se dresse devant mes yeux et il déprimerait un moine bouddhiste en pleine méditation contemplative :

— Camille.

— 30 ans.

— Célibataire.

— Cherche à se venger de son ex.

— Galère à trouver du travail.

— Peine à régler ses factures.

— S'emballe auprès d'un garçon sous prétexte qu'il a juste été gentil.

— Porte des chaussures jaunes qui jurent avec sa tenue.

— Mange des bonbons, à 13 heures, toute seule sur un banc.

Seul point positif : les gourmandises de la sœur d'Ewen sont un régal.

À quelques mètres de moi, je vois Maddy approcher en ma direction. Elle s'assied à mes côtés.

— Alors… Est-ce que tu veux bien m'expliquer ce qu'il se passe ?

— Je crois que je ne vais pas bien…

— C'est peut-être à cause de tous ces bonbons que tu engloutis ?

Je jette un regard plein de reproches à Maddy qui me sourit en haussant les épaules.

— Je plaisante. Bien sûr que tu ne vas pas bien, ma belle…

— Tu crois que je suis maudite ?

— Non… Mais tu te laisses encore atteindre par Éric en t'obstinant à prendre ta revanche et tu ne ressasses que du négatif.

Je plonge mes yeux dans ceux de mon amie. Mon cerveau fait tilt. Et si elle avait raison ? Je prends mon téléphone, déterminée.

— Tu fais quoi ?

— Je décide de chasser le négatif…

— Mais tu appelles qui ?

Sans répondre à Maddy, j'attends que ça décroche au bout du fil.

— Allô, Katiana ? Bonjour, c'est Camille. Il faudrait que je fasse quoi pour nettoyer mes mauvaises vibrations ?

13

Parfois on est persuadé d'avoir pris la bonne décision. Sur le moment, une certitude s'empare de nous. Et en passant ce coup de téléphone à Katiana, j'étais absolument convaincue que c'était la meilleure chose à faire. Elle était la clé qui m'ouvrirait la porte du mieux-être. Maintenant que j'agite les bras, en dansant en groupe autour d'un bâton de sauge, je doute lourdement de mes capacités de discernement.

Katiana m'a reçue entre deux rendez-vous. Elle m'a « scanné » l'énergie et a confirmé que j'avais besoin d'un dégagement vibratoire. Dit comme ça, on a l'impression qu'un poltergeist s'est emparé de mon corps. Mais après tout, quand c'est à ce point la merde dans ta vie, on peut considérer que c'est presque comme un cas de possession. Je suis donc possédée par un sac à caca.

Selon elle, un simple soin n'était pas suffisant, il me fallait un travail plus profond. Voilà pourquoi je me suis inscrite à la dernière minute à ce stage de trois jours intitulé : « Nettoyage et ancrage de l'âme ». Katiana a été formelle : « Cette formation tombe à pic, Camille. C'est un signe de l'univers à ne pas louper. » L'occasion idéale de me purifier et ainsi accueillir mon futur amoureux « toujours en chemin ». Décidément ! Je ne sais pas où il est celui-là, mais il en fait des kilomètres ! S'il arrive à me trouver, qu'il ne compte pas sur moi pour lui masser les pieds !

Après mon retour de la consultation, Maddy a eu la délicatesse de ne pas me juger. Pour éviter tout regard exorbité, je lui ai dit qu'il s'agissait principalement d'un stage de méditation qui m'aiderait à me recentrer émotionnellement. En parfaite amie, elle a juste demandé « Combien ? ». Ce à quoi j'ai évidemment répondu : « Je me débrouille. » Elle a réitéré sa question puis a sorti son chéquier, me prêtant ainsi les 300 euros nécessaires.

Me voici donc arrivée depuis quelques heures dans la campagne normande, au milieu d'un gîte, entourée de gens qui semblent tous plus zen les uns que les autres.

Durant mon trajet en train, j'ai basculé sur les réseaux sociaux d'Éric. Ce petit prétentieux n'avait pas menti. Il a partagé son interview absolument partout. J'ai longuement hésité à faire intervenir EVE sur le passage qui parle de moi. Mais le risque de me faire démasquer m'a semblé trop grand. D'autant qu'une meilleure opportunité s'est présentée. Quand le journaliste a demandé à Éric de lui parler de la psychologie de l'héroïne, Crétin-Man s'en est bien sorti. Il a évoqué son intériorité, ses blessures, sa profondeur… Soit le parfait opposé de ce que dégage Cindy-Grognasse. Elle est clairement la candidate idéale pour une pub de shampoing ou une campagne de strings en dentelle mais à part son décolleté, elle n'a rien de profond. De ce fait, EVE s'est donc autorisée à exprimer de son étonnement quant au choix de la comédienne :

Interview très intéressante qui donne une réelle envie de découvrir le film. À travers vos réponses on sent tout le soin apporté à la sincérité et aux émotions du personnage. Cependant, au vu de la description, je m'attendais à un autre choix de comédienne. Peut-être plus âgée, davantage marquée par la vie. Cindy, au demeurant très jolie, dégage plus de candeur et de naïveté que ne le supposent vos adjectifs. Mais j'imagine que si vous l'avez choisie, c'est qu'elle doit être excellente comédienne et qu'elle saura transcender son image initiale et incarner ce personnage si puissant décrit par vos mots.

Voilà ce que j'ai lâché. Je l'admets, plus pompeux tu meurs. Mais je connais la bête. Tous ces éloges vont renforcer l'impact de ma critique. Ce message va lui faire l'effet d'un coup de canif dans le tendon d'Achille. Déséquilibre assuré ! Car si mon instinct est bon, je ne prête à Cindy aucun talent de comédienne majeur. Au mieux elle joue juste. Pas de quoi remporter le prix Romy-Schneider non plus. Éric va s'interroger sur la capacité de Cruchette à remplir la mission que je viens de lui insuffler pernicieusement, à savoir : être à la hauteur de ce chef-d'œuvre !

Gniarc, gniarc, gniarc ! Délesté de la mièvrerie de mon cœur, mon cerveau se réjouit de pouvoir recourir à tant de ruse. L'amour fait vraiment des ravages sur la matière grise. Ils devraient en parler plus souvent dans les émissions sur la santé.

Vous me direz sûrement que je suis terriblement contradictoire dans mes motivations. Je me rends à un stage censé m'aider à oublier mon ex et je m'attelle pourtant à le tourmenter. Certes. Mais rappelez-vous que je suis aussi consciencieuse et appliquée dans mon travail. Je ne peux donc décemment pas m'arrêter en milieu de parcours.

En attendant, comme demandé par Aigle Blanc (l'organisateur de la retraite qui se fait appeler ainsi), je balance mon bassin au rythme du tambour pour « libérer les tensions ». Je commence surtout à avoir la tête qui tourne à force de faire des ronds dans la pièce. Aigle Blanc finit par nous inviter à regagner notre place, « en prenant le temps qui nous est nécessaire ». Je suis la première assise.

— Bien. Respirez calmement et reconnectez-vous au groupe, demande Aigle Blanc. Nous sommes réunis ici depuis à peine une heure et je sens que le taux vibratoire de la pièce est déjà incroyable. Maintenant que nous avons partagé nos énergies, j'aimerais que l'on fasse un tour d'horizon pour se présenter davantage et connaître les aspirations de chacun.

Aigle Blanc tend un bâton de parole à la femme assise à sa droite. Elle semble illuminée.

— Bonjour à tous. Alors moi, c'est Véronique. Avant de commencer, je voudrais d'abord remercier Aigle Blanc pour cette entrée en matière exceptionnelle. Nous purifier au son du tambour et nous permettre de faire vibrer nos énergies communes, c'est un très beau cadeau que tu fais au groupe. Merci à toi…

Véronique est sincèrement émue. Elle se met à applaudir, suivie par le reste du groupe, vraisemblablement d'accord avec elle. Aigle Blanc hoche la tête avec une humilité relative et s'incline en joignant les mains.

— *Namasté*, ajoute-t-il.

J'ai le sentiment d'être passée à côté de quelque chose. D'habitude, quand j'applaudis, c'est à la fin d'un spectacle. Là je reconnais que la performance m'a échappé.

— Sinon j'ai 46 ans, reprend Véronique. Et si je me suis inscrite ici c'est pour me reconnecter à mes chakras. Surtout mon chakra Sacré qui est déséquilibré.

— Fertilité ? Libido ? demande Aigle Blanc avec beaucoup de sérieux.

— Libido, répond-elle en minaudant.

— On regardera ça, conclut-il solennellement tandis que Véronique glousse et rougit légèrement.

Je fronce les sourcils. Je n'ai rien compris à ce dialogue. Ils viennent de parler en Morse et ça ne choque personne.

C'est au tour d'un homme à l'énergie douce de se saisir du bâton de parole.

— Bonjour. Je m'appelle Claude. J'ai 54 ans. Moi, j'attends de ce stage qu'il m'aide à maîtriser mes sorties de corps astral. J'en fais spontanément et ça m'effraie un peu…

— Tu en fais souvent ?

— De plus en plus. Surtout depuis que j'ai commencé à méditer quotidiennement…

— C'est normal, ne t'en fais pas… Il faut un temps d'adaptation.

Mais qu'est-ce qu'ils racontent ? On parle vraiment d'un type qui sort de son corps sans le vouloir ?! Dis donc. Quand je vois la peine que je me donne à extirper le mien du lit, je l'envie.

Le tour de groupe se poursuit et tous les participants ont des attentes d'ordre spirituel. Ils utilisent des mots à base de « contrats sacrés », « guérison holistique », « karma », « lumière intérieure ». Ils s'écoutent, se comprennent, pendant que je m'accroche à déchiffrer des hiéroglyphes sur un papyrus. Il n'y a plus que deux personnes avant moi. J'angoisse. J'imagine ce que je vais bien pouvoir raconter : *Alors moi je suis là parce que mon ex s'est foutu de moi et je veux lui faire payer. Mais j'aimerais aussi aller mieux dans ma vie. D'autant que je suis censée rencontrer un autre homme. Que je n'espère pas ! Vu que je trouve que l'amour est une connerie qui sert juste à faire du mal. C'est Katiana qui m'a dit de dégager mes énergies. En fait, elle s'appelle Catherine, comme ma vieille tante qui écoute en boucle Francis Lalanne. Mais selon elle, s'appeler Katiana, ça fait plus voyante et ça attire mieux le client. J'ai donc suivi les conseils d'une femme qui ment sur son identité, pour assister au stage d'un homme qui, à l'évidence, a aussi un problème de prénom, et à qui j'ai plus envie d'offrir des graines à picorer que ma confiance.*

— Mademoiselle ? Et vous ?

Je prends conscience des regards braqués sur moi.

— Alors moi, c'est Camille et heu… Je… Disons que… Je vais bof.

— Pardon ? me demande Aigle Blanc.

Je ressens une incompréhension générale. Ces gens semblent désorientés dès qu'on abandonne le champ lexical ésotérique. Il faut que je me reprenne. Ne serait-ce que par respect envers les 300 euros dépensés.

— J'ai besoin de dégager en profondeur mes énergies négatives.

— Oh… Je comprends. Quand on ressent que son corps éthérique est chargé, c'est une très bonne initiative de venir se faire nettoyer.

Je m'enorgueillis de ma capacité d'adaptation quand je remarque que ma voisine de droite me regarde de travers. Je la vois qui tente discrètement de s'écarter de moi. Elle a sûrement peur que je lui refile ma pollution éthérique. Elle fait ce qu'elle peut pour s'éloigner au point d'être maintenant presque tournée de trois quarts. Ça doit être pénible et douloureux. Pour rester dans l'axe d'Aigle Blanc, elle effectue une impressionnante torsion du cou, dans le sens opposé de son corps. J'ai envie de lui dire de changer de place. Je ne mérite pas qu'on aille jusqu'au torticolis pour moi. Je crains qu'en forçant un peu plus, elle finisse par nous reproduire la scène de *L'Exorciste* avec une tête qui tourne à 360 degrés. J'imagine sa réaction si je décide d'éternuer… Peut-être que de peur, elle bondira en salto arrière et se mettra à fuir en marchant sur les mains. Je suis très curieuse d'essayer pour voir… Je ne suis plus qu'à deux narines frétillantes de tenter l'expérience quand Aigle Blanc nous informe que l'heure du déjeuner est arrivée. Déjà ? Il ne se ficherait pas un peu de nous ? Le prix du stage, multiplié par vingt-cinq participants, revient à 1 250 euros la demi-journée et notre première matinée se résume bêtement à nous présenter ?!

Vite qu'on mange ! Je sens que je commence à devenir grognon.

…

Décidément, les astres ne sont pas avec moi. Ou alors ma concentration…

Je viens de découvrir que le premier repas du midi est pris en charge par les participants. C'était écrit sur la feuille d'information… Feuille dont je me suis évidemment épargné la lecture des détails. À ma décharge, je suis passée par Katiana qui m'a trouvé une place de dernière minute quelques jours avant. Une fois le mail de confirmation reçu, je me suis contentée de ne retenir que le jour et l'adresse. Je suis donc la seule à être venue les mains vides et cette situation est extrêmement gênante. Autour d'une grande table qui sert de buffet, tout le groupe s'affaire à disposer ses victuailles maison. Des quiches, des cakes, des friands, de la salade… J'ai envie de me jeter sur ce festin alors que je n'ai rien à offrir en échange. De son vivant, ma grand-mère disait que mon rire était délicieux. Si je m'esclaffe durant tout le repas, cela fera peut-être illusion sur ma contribution alimentaire…

Pour le moment, je tente de faire diversion en brassant de l'air. Je remplis les carafes d'eau, je repositionne chaque saladier et je viens même de bouger trois fois la salière de place. Dans peu de temps, l'intrus du groupe sera repéré. Réfléchis, Camille. Réfléchis. Dans mon sac, j'ai bien un petit paquet de chips et un cookie, achetés à la gare… Pour le cookie je prévoyais de me le garder pour cette nuit. Quand je dors loin de chez moi, j'ai toujours besoin d'une douceur réconfortante. Étrangement, depuis que j'habite dans mon studio, je m'enfile une « petite douceur » un soir sur deux. Je ne peux pas l'abandonner ! De toute façon un cookie pour vingt-cinq c'est ridicule. Je suis goinfre, pas mesquine. Je vais plutôt sacrifier mes chips. Je réfléchis à la meilleure façon de les mettre en valeur. Car ce ne sont pas n'importe quelles chips ! Elles sont bio et préparées à l'ancienne. C'est écrit sur le paquet. Si je les dispose dans un bol, personne ne s'en apercevra. Ce serait dommage. Il vaut mieux faire moitié-moitié. Une partie dans un récipient, l'autre dans le paquet avec la marque en évidence. Je m'entends penser. Décidément, je délire ! C'est tout bonnement stupide ! La vérité, c'est que j'envisage de déposer un pauvre sachet de pommes de terre déshydratées à côté d'une tourte qui sent aussi bon que le paradis… Car c'est évident, si le paradis a une odeur, c'est forcément celle de cette tourte ! Il est préférable de ne rien mettre. Après tout, avec cette multitude de plats, qui saura que je n'ai rien apporté ?

Aigle Blanc entre dans la salle à manger. Aussitôt, le volume sonore de la pièce baisse d'un cran. Quelques femmes du groupe se mettent à papillonner autour de lui. J'ai l'impression qu'un gourou vient de faire son entrée. Il nous invite à nous servir et à passer à table. Je profite de l'attention des participants portée sur le chaman pour remplir discrètement (et abondamment) mon assiette avant de m'asseoir. Personne ne se rue sur la nourriture. Ils sont tous en attente d'un échange privilégié avec Aigle Blanc. Ces gens-là n'ont-ils pas faim ?

Dans la salle à manger, plusieurs tables de cinq ont été dressées. Pour le moment, à part Jacqueline, une retraitée de la Poste, personne ne m'a rejointe et cela me convient parfaitement. Le souci, c'est que Jacqueline ne connaît pas l'expression « on ne parle pas la bouche pleine ». Et elle parle autant qu'elle mange…

— Quel bonheur d'être ici ! Ça me fait toujours le même effet. On se sent immédiatement apaisé, pas vrai ?

— C'est-à-dire que c'est ma première fois. Alors j'ai peut-être du mal à me rendre compte…

Je lui réponds tout en retirant les morceaux de pommes de terre qu'elle vient de me postillonner dessus.

— C'est ta première fois, vraiment ? dit-elle avec un enthousiasme démesuré. Mais c'est formidable. Tu vas adorer.

— Peut-être, oui…

Je poursuis mon nettoyage de façon ostentatoire pour qu'elle comprenne que j'ai bien assez de nourriture dans mon assiette et qu'il est inutile d'en rajouter sur mon pull. La manœuvre ne semble pas fonctionner des masses. Elle enfourne une grosse fourchette de salade de riz et reprend.

— Moi, c'est la sixième fois et ces stages sont toujours aussi surprenants.

Aïe ! Les allitérations en « S », ça ne pardonne pas. Des grains de riz sont venus se loger dans mes cheveux et un morceau de poivron a carrément tapé contre mon front. J'hésite à me lever pour changer de place mais Jacqueline poursuit et pique ma curiosité…

— J'adore venir ici. C'est l'occasion de se retrouver avec le groupe, de voir les avancées des uns et des autres…

Même si je redoute d'être la cible de son bout de camembert, je prends le risque de la questionner.

— Parce que vous vous connaissez tous ?

— Pour la majorité d'entre nous, oui, depuis plusieurs années. Il doit y avoir quatre ou cinq personnes que je n'ai jamais vues. Sûrement parce que le stage n'était pas prévu.

— Ah bon ?

— Oui... Aigle Blanc nous a envoyé un mail hier matin pour nous proposer une retraite de dernière minute...

— Hier ? Et vous avez répondu présent, aussi sec ?

— Bien sûr ! Ses stages sont désormais si rares que pour lui on lâche tout, s'esclaffe-t-elle en recrachant au passage un morceau d'aliment non identifié que j'évite de justesse.

Je reste perplexe. Comment ai-je pu être mise au courant de cette retraite, plusieurs jours avant ses admirateurs ? Je jette un coup d'œil à Aigle Blanc. Il mange à part, sur l'unique table de deux, en compagnie de son assistante, une jolie jeune femme dont le nom d'emprunt à la consonance indienne est « inretenable ». Je n'ai pas le temps d'interroger davantage ma retraitée des Postes (et de moins en moins envie, elle attaque un flan au caramel) que les derniers membres du groupe viennent s'asseoir à notre table. Je ris intérieurement. Je comprends que si les seules places restantes sont les nôtres, c'est parce que tout le monde doit connaître « Jacqueline le Geyser ». Et à voir l'expression ennuyée de celui qui se retrouve assis juste à côté d'elle, je suppose que mon hypothèse est bonne.

— Cette tourte est sensationnelle... Quelqu'un sait qui l'a faite ? demande une quadra dont les boucles d'oreilles en plume de paon s'agitent nerveusement.

— C'est moi, répond Claude, l'homme aux sorties extracorporelles.

— C'est toi, mon Claude ? surenchérit Jacqueline. Elle est excellente. Pense à nous en apporter une autre la prochaine fois... Moi, si vous voulez, j'ai fait un petit cake au thon...

— Je viens d'en prendre une part, délicieux, ajoute Claude.

Oh non ! La conversation prend une tournure qui ne m'arrange pas du tout. La tourte du bonheur risque de causer ma perte imminente. Il faut vite que je m'esquive avant qu'on ne m'interroge.

— Et toi, Camille ? me demande Jacqueline. Qu'est-ce que tu nous as rapporté de bon ? J'y ai peut-être goûté...

Mince. Trop tard. Je pourrais dire la vérité. Je pourrais. Mais j'ai déjà un membre du groupe qui me fuit comme la peste. La contorsionniste s'est d'ailleurs assise à l'autre bout de la salle et se masse le cou. Si je reconnais m'être empiffrée sans avoir apporté ma contribution, j'ai peur que Jacqueline se rue sur une grappe de raisin et me mitraille de pépins en guise de punition. Je décide malgré tout de prendre mes responsabilités et de répondre.

— Du shmalobok...

— Du quoi ? me demande Claude.

— Du shmalobok... C'est bon mais c'est meilleur avec une petite sauce. Vous m'excusez, je dois vous quitter. J'ai un coup de téléphone important à passer avant d'attaquer la séance de cet après-midi.

Je débarrasse mon assiette à toute allure et je sors de la salle à manger plus vite que mon ombre. Oui, j'ai inventé de toutes pièces un plat dont le nom aurait pu remplacer le gloubi-boulga dans le cœur de Casimir. Je n'en suis pas fière. Mais on peut au moins m'accorder mon ingéniosité.

Je pars m'isoler à l'extérieur. Dans le parc du gîte, j'observe une tente. Elle n'a rien à voir avec un tipi. Il s'agit d'une grande tente. Comme celle qui sert de réfectoire sur les plateaux de tournage. Je m'approche pour aller voir. Mais au moment d'entrer, je me fais littéralement gronder.

— Stop ! Interdit de franchir les portes du lieu.

Je me retourne. Au loin, Aigle Blanc se dirige vers moi, les yeux exorbités. Arrivé à ma hauteur, le chaman me foudroie du regard puis se poste devant l'entrée de la tente et se met à faire des signes étranges tout en psalmodiant. Une fois sa chorégraphie ésotérique terminée, il se tourne vers moi.

— On ne doit pas s'approcher du temple avant mon accord, me dit-il autoritaire.

— Cette tente, c'est un temple ? Je ne savais pas. Je croyais que c'était juste… une tente.

— Non ! C'est un endroit sacré pour la cérémonie de trans-purification des quatre éléments. Retourne avec le groupe, on va bientôt reprendre.

Sans dire un mot, je tourne les talons. Je suis de moins en moins à l'aise. J'aimerais en parler à Maddy. Lui dire que je ne sais pas ce que je fais là. Sauf que mon amie a beau être compréhensive, j'ai peur qu'elle finisse par se lasser de mes *up and down* émotionnels.

J'ai bien pensé à téléphoner à ma mère, mais si je lui dis que je suis en Normandie dans le but d'apaiser mon âme, elle va s'inquiéter. Pour calmer ses nerfs, elle va se mettre à la préparation d'une tarte au maroilles et risque de m'en envoyer une part par Colissimo… Elle l'a déjà fait ! Après cet épisode, mon facteur m'a punie durant des mois en refusant de monter jusqu'à mon étage. Le plus prudent reste encore de surfer sur les réseaux et de vérifier si Éric a répondu à mon commentaire. Un coup d'œil rapide m'indique que non. Il n'a pas répondu. Mais sa nouvelle petite amie, oui ! Et sa réponse est digne des plus grandes : « LOL. Bah oui, je vais réussir à jouer ce rôle, je suis comédienne »… Mais qui répond LOL ? Eh bien, la reine du bal, j'ai nommé Cindy-Pintade ! Je me réjouis. Éric a toujours détesté l'emploi de ce genre d'expression. Pas digne d'un intellectuel selon lui. Alors la voir l'utiliser, qui plus est sous mon retour si constructif, n'est rien d'autre qu'un petit miracle.

Je ne sais pas par quel instinct je décide de consulter ma boîte de réception. Le compte de EVE n'a que très peu d'« amis ». Tous des inconnus qui ont suivi mon compte parce que je m'étais abonnée au leur, et seulement trois photos dont une pompée sur Internet. En général je ne reçois que des spams. Pourtant, je ne m'y suis pas trompée, j'ai bien un message. C'est Éric. Finalement ce stage a peut-être des vertus sur ma clairvoyance.

Bonjour. J'ai lu votre commentaire sur mon interview. Déjà je tenais à vous remercier pour votre engagement et votre implication. Les réseaux sociaux peuvent être source de bêtises mais offrent aussi la possibilité d'échanger de façon intéressante. Comme avec vous. Vos remarques sur le choix de la comédienne m'ont interpelée. Pour être sincère, à l'écriture ce n'était pas non plus l'idée que je me faisais du personnage. Mais durant ses essais, Cindy a su démontrer son envie et sa détermination. Nous avons pris le parti d'aller à contre-courant et avons fait le choix de l'audace. J'espère qu'il sera récompensé.

Mission accomplie ! Je peux garantir que j'ai ébranlé sa confiance. Dans ses moments de doute, Éric se réfugiait auprès de moi afin que je l'écoute, le rassure, le conseille. Mais là, où va-t-il pouvoir trouver du réconfort ? Je l'imagine déjà passer un air de jazz mélancolique et remettre en cause toutes ses décisions. Ou peut-être est-il sur le tournage ? Le connaissant, il a certainement dû insister pour être présent. À coup sûr il va mettre la pression sur Cindy. Et je doute qu'elle soit aussi patiente et conciliante que moi. Oh, si seulement je pouvais me télé-transporter pour voir la scène. Je peux toujours demander à Claude d'aller lui rendre visite avec son corps astral. À quoi peut bien servir une capacité pareille, si ce n'est celle d'espionner son ex…

…

— Auuuuummmm… Aummmmmmm…

Depuis une demi-heure, je suis assise en tailleur à vibrer au son du mantra. Je ne prétends pas que ce n'est pas relaxant. Ça l'est. Mais je m'interroge beaucoup sur la fonction de l'organisateur, vu qu'il n'est pas là. Aigle Blanc nous a tous réunis dans une salle. Puis il a lancé un CD d'ambiance « Chant des vagues », avant d'allumer de l'encens et nous laisser pour consigne de réciter le mantra le temps qu'on soit appelé pour une consultation individuelle. Jacqueline m'a expliqué que c'est le moment privilégié que tout le monde attend. Chacun d'entre nous a droit à un tête-à-tête et revient au bout de dix minutes avec la recette personnalisée à sa demande. Quand je vois les yeux rouges et remplis de larmes de la dernière personne à y être passée, j'ai plutôt envie de conserver la position du lotus jusqu'à la nuit tombée.

— Jacqueline ? Pssttt… Jacqueline…

La retraitée ouvre un œil et se tourne vers moi. Je viens de casser sa méditation mais son sourire béat m'indique qu'elle ne m'en veut pas.

— Je commence à avoir peur d'aller voir Aigle Blanc. Si c'est pour finir en pleurant…, dis-je en chuchotant.

— Ce n'est pas le cas pour tout le monde, rassure-toi. Ceux qui ont besoin d'une purge se purgeront. Aigle Blanc sait ce qui est bon pour nous. Et tout dépend aussi de ta demande…

— Ah ! Et toi, c'était quoi ta demande ?

— Je voulais qu'il me donne des informations sur ma mission de vie.

— Et alors, tu as eu ta réponse ?

— Oui. Je suis un messager.

— C'est-à-dire ?

— Je transmets des messages aux gens… C'est d'ailleurs pour ça que j'ai été factrice… Inconsciemment, j'ai choisi un métier qui délivrait des nouvelles. Aigle Blanc ne s'y est pas trompé.

— Mais, il savait que tu travaillais à la Poste avant d'être à la retraite ?

— Bien sûr, il sait tout de nous.

Je suis abasourdie par le raisonnement de Jacqueline. Elle me touche autant qu'elle me consterne. J'ai envie de creuser la conversation mais c'est à mon tour d'être appelée. Je rejoins la petite assistante d'Aigle Blanc, tout en me persuadant que je ne suis pas tombée chez les fous. Après tout, je suis peut-être trop fermée. Je juge ces personnes mais dans le fond, elles semblent plus détendues que moi. La jeune femme me fait entrer dans une petite pièce. Aigle Blanc, assis sur une chaise, les yeux fermés, inspire et expire de manière concentrée. Puis, sans même me regarder, il me propose de m'asseoir sur la chaise en face de lui.

— Camille… Je vois que tu veux te débarrasser de tes énergies parasites, n'est-ce pas ?

— Heu oui… Enfin, comme je vous ai dit ce matin, quoi…

— Inutile de me dire, je ressens… Tu aimerais te dégager d'une lourdeur qui t'encombre émotionnellement, j'ai juste ?

Mais enfin, qu'est-ce qu'il me chante ? Je lui ai expliqué la raison de ma venue il y a à peine quelques heures. Évidemment qu'il a juste !

— C'est ça, voilà…

— Si tu éprouves des difficultés, c'est parce que tu as une énorme larve sur toi.

— Quoi ?!

Je bondis de mon siège et j'ausculte mon corps avec frénésie.

— Une larve ? Où ça ? Où ?!

— Non, c'est une larve du bas astral ! Tu ne peux pas la voir.

— Aaaaahhhh… OK.

Je me rassieds soulagée.

— Et donc, c'est quel genre de bestiole, ça ?

Aigle Blanc me considère avec gravité et n'apprécie pas mon détachement. De mon côté, tant qu'un gros ver baveux ne se balade pas sur moi, je vais bien.

— C'est une substance énergétique malsaine qui se colle aux personnes et pompe leur énergie vitale. J'en vois une grosse collée à toi et plein de petites tout autour.

— Ah carrément ! J'ai toute une famille sur le dos. D'accord. Et on s'en débarrasse comment ? Avec une bombe insecticide ?

Rien n'y fait. Je n'arrive pas à dérider mon gourou. Pourtant j'estime qu'avec l'hébergement gratuit que j'offre à ces sangsues, j'ai bien le droit à une petite boutade.

— Je vais m'en occuper. Lève-toi, je vais les retirer.

J'obtempère et Aigle Blanc se met à exécuter de grands gestes. Il bataille avec une larve invisible. Il tire de toutes ses forces, s'y reprend à plusieurs fois. Elle doit vraiment être énorme vu l'écart qu'il y a entre ses deux mains. Il se fait attaquer, riposte. Aigle Blanc est essoufflé mais il ne lâche pas, il y retourne. Esquive, étranglement. Le combat est digne d'un film de gladiateurs. Au bout de quelques minutes de lutte acharnée, il semble en être venu à bout. Avec un couteau imaginaire, il mime de lui couper la tête et termine en la jetant par la fenêtre (qui n'est même pas ouverte).

— Elle était costaud. Elle devait être là depuis un long moment. Inutile de s'occuper des petites larves. Maintenant que la mère est éliminée elles tomberont toutes seules.

— Je comprends. C'est le même principe que les verrues, quoi…

— Sauf que c'est beaucoup plus nocif qu'une verrue, me dit-il, tranchant. Tu dois déjà te sentir mieux là. Tu sens ? Tu sens comme tu es plus légère, comme tu respires mieux. Respire ! Tu remarques ?! Tu respires mieux ! Vas-y inspire, expire. Tu vois comme ton énergie est différente ?

À dire vrai, je ne ressens aucune différence. J'ai beau essayer, je n'arrive pas à prendre ce type au sérieux. Mais cette fois j'ai bien envie de l'applaudir. Qu'on ne s'y trompe pas, je sais apprécier une belle performance de mime quand j'en vois une.

— La cérémonie de ce soir finira par te nettoyer complètement. Dis à Chumani que j'ai besoin d'une demi-heure de repos avant de reprendre. Il faut que je me recentre…

— OK… mais je dis ça à qui ?

— À Magalie, mon élève. Celle qui est venue te chercher… elle attend derrière la porte.

— Ah. Elle s'appelle Magalie… Entendu, je lui dis.

Je sors et j'informe la jeune femme de la décision du *charlaman*.

— Heu… Je crois qu'il veut se reposer pendant une trentaine de minutes. Il s'est battu avec une larve géante. Il est crevé.

— Oh. Je vais lui apporter un peu d'eau alors.

— Dis-moi, Magalie. C'est quoi ce nom qu'il te donne… Chirachi, Chouchouki…

— Chumani. Ça veut dire « goutte de rosée » en amérindien.

— Hmmm. Mais on est d'accord que ni lui, ni toi n'êtes amérindiens ?

— Ah non, moi je suis une pure Normande. Mais c'est mon nom de chamane. Enfin, d'apprentie…

— Han, han… Et sinon, Aigle Blanc, il n'a pas un prénom ? Je veux dire pour tout ce qui est Sécurité sociale, impôts, banque ?

— Bien sûr que si, me répond-elle avec un sourire niais. Bon, je vais lui chercher de quoi boire. Il est capable de se déshydrater sans s'en rendre compte. Il donne tellement aux autres qu'il en oublie de penser à lui.

Elle se précipite en direction de la cuisine comme s'il y avait un feu à éteindre. De mon côté, je ne sais pas si on m'a débarrassée d'une larve, mais je sens bien que j'ai perdu 300 euros.

…

— D'habitude, la séance de trans-purification des quatre éléments a lieu le dernier soir de la retraite. Mais comme il y a quelques nouveaux dans le groupe, nous y avons droit dès le premier jour… C'est formidable.

J'observe Jacqueline qui sautille comme une enfant en direction de la tente. Enfin, pardon, du « temple ». Tous les participants sont habillés d'une longue chemise de nuit, d'un peignoir ou d'une tunique… Évidemment, c'était écrit dans le document d'inscription (encore), que je n'ai pas lu (toujours).

Après le dîner, nous avons eu une demi-heure de pause pour regagner nos chambres et nous préparer. Quand Jacqueline m'a vue en sortir à l'identique, vêtue du même pull et du même jean, elle s'est mise à rire. Elle m'a alors apporté une robe en mousseline légère qui me donne l'air d'une vieille folle évadée de l'asile.

— Jacqueline, allez ! Explique-moi pourquoi il faut absolument porter une tenue spéciale ?

— Certainement pas, ça te gâcherait la surprise…

— Oh, non, crois-moi ! Être ici est un étonnement de tous les instants…

— Tu n'es pas réceptive à l'enseignement d'Aigle Blanc, n'est-ce pas ?

— Tu veux la vérité ? J'ai l'impression d'assister à une farce collective. Tout à l'heure, en allant aux toilettes, je l'ai croisé avec Magalie dans la salle de repos. Il lui disait de fermer les yeux et de se connecter à son double supérieur...

— Ce qui me semble tout à fait bienveillant.

— Sauf que pendant qu'il lui parlait avec une voix d'outre-tombe, il lui palpait la nuque d'une main et surfait sur Twitter d'une autre !

— Sur quoi ?

— Twitter ! C'est un réseau social... Je saurais reconnaître cet oiseau bleu à des kilomètres, même avec de la poussière dans les yeux. Bref ! Ce que je veux dire, c'est qu'il était sur son téléphone pendant une soi-disant méditation guidée. Permets-moi de douter de ses compétences.

— Tu ne crois pas que nous puissions avoir des capacités spirituelles qui méritent d'être développées ?

— Je ne sais pas, si, peut-être. Je veux bien croire que Véronique a besoin d'harmoniser ses chakras. Et même que Claude sort de son corps sans bouger de son canapé... Mais je ne crois pas que ce type puisse vous aider !

— Et pourquoi pas ?

— Parce que les gens viennent ici avec une attente... Ils veulent être écoutés, se sentir mieux, trouver une solution...

— Tout comme toi je pense. Sinon tu ne serais pas venue. Et à sa façon, Aigle Blanc nous donne tout ça...

Je n'insiste pas plus. Elle a en partie raison. Je cherche un moyen d'aller mieux. Mais je ne m'attendais pas à un tel folklore. Rien n'y fait, je n'accorde aucune crédibilité à cet homme.

Nous approchons du groupe formé en cercle qui attend devant la tente. L'excitation des participants laisse place à un silence cérémonial quand Aigle Blanc entonne un chant ethnique de l'intérieur du « temple ». Il finit par sortir vêtu d'une longue toge blanc cassé et d'une coiffe de chef indien. Il se dirige vers un amas de bois et l'allume. De hautes flammes se dressent devant lui. Puis c'est au tour de Magalie de sortir de la tente. Elle porte deux énormes seaux de boue qu'elle dépose péniblement à côté du feu. Aigle Blanc désigne un participant qui de toute évidence sait ce qu'il a à faire. Ce dernier déroule un long tuyau d'arrosage, tandis que Magalie fait un dernier passage dans la tente et en ressort avec deux grandes feuilles de palmier en plastique. J'écarquille les yeux. Je crois que ma dernière heure est venue. Je viens d'intégrer une secte.

Aigle Blanc prend place au centre du groupe et se met à lever les mains au ciel.

— Ô sylphe, gnome, salamandre et ondine. Je vous invoque ! Venez à moi, je vous en conjure, je vous l'ordonne, clame-t-il, habité. Mes amis, nous y sommes ! Les quatre éléments sont avec nous, vous les sentez ?

C'est un oui collectif de la part du groupe. Y compris le mien. Habillée d'un bout de tissu aussi léger que ridicule, je sens bien l'élément air ! Le vent du soir me fouette le corps avec une préférence pour ma nuque et mes fesses !

— Mes amis, l'heure est venue de démarrer la trans-purification. Nous allons entrer en contact avec les quatre éléments qui nous permettront de franchir le seuil du temple sacré. Véronique, c'est à toi…

D'avoir été appelée la première, Véronique pleure de joie. J'imagine qu'elle doit avoir le sentiment d'avoir gagné un César. Elle a joué le jeu du *dress code* à fond : une couronne de pâquerettes sur la tête et une liquette quasi transparente, que je n'envisagerais même pas pour une nuit torride. Tout en se dirigeant vers le brasier, elle semble submergée par l'émotion et j'ai franchement peur qu'elle finisse en barbecue.

— Jacqueline, il se passe quoi là ?

— Tout va bien, Camille, n'aie pas peur…

C'est aussi ce qu'on a dû dire à Jeanne d'Arc… Mais le courage n'a jamais empêché la peau de brûler.

— Elle ne va pas se jeter dans les flammes, voyons. Elle doit juste se purifier pour ensuite avoir accès au temple…

— Mais vous y faites quoi de si spécial dans cette foutue tente ?

— Ça dépend. Le plus souvent on discute, on livre aux autres nos ressentis et ensuite on chante…

— Bah, les scouts aussi font ça ! Mais eux au moins ont le droit de manger des chamallows et d'enfiler un pull. Oh, bon sang ! Qu'est-ce qu'il lui fait là ?

À présent, Véronique est recouverte de boue. Aigle Blanc lui balance joyeusement de grosses poignées de terre mouillée qu'elle reçoit sans broncher. Je me tourne de nouveau vers Jacqueline

— Et là ? Tu as une explication ?!

— Oui, elle entre en communion avec les gnomes…

— Tiens donc. On communique avec les gnomes comme on torpille une condamnée mise au pilori… Épatant !

Voilà maintenant Aigle Blanc qui se saisit du tuyau d'arrosage. Véronique a droit à une douche digne d'un centre de thalassothérapie. Elle dégouline d'eau et de terre. La pauvre ! Elle ressemble à un parterre de fleurs après une inondation. Son corps commence à grelotter mais, au lieu de lui offrir une couverture chauffante, Aigle Blanc récupère les grosses feuilles de palmiers et se met à l'éventer.

Ce spectacle finit de m'achever. C'en est trop pour moi ! Je suis peut-être un peu déphasée, mais si je veux me rouler dans la boue, je peux tout aussi bien le faire dans ma campagne natale. Et gratuitement ! Hors de question que j'y passe.

— Jacqueline, il faut se barrer de là !

— Oh non… Pas avant d'entrer en connexion avec les éléments.

— Mais il n'y a rien ! Il n'y a pas de gnomes, ni de salamandres, ni aucun esprit de la nature là ! C'est juste une mise en scène ridicule. La seule chose avec laquelle tu vas entrer en connexion, c'est avec une rhino-pharyngite.

— Et si ça me plaît d'y croire ?

— Comment ça ? Parce que tu sais que c'est faux ?

— J'ai 68 ans. Mon mari est décédé il y a cinq ans, mon fils unique oublie systématiquement de me téléphoner et me rend visite une fois tous les six mois. J'ai passé une vie entière à être sérieuse, pour ne pas dire triste. Ici, pour la première fois de mon existence, je me lâche, je retrouve des gens, je m'amuse… Ça n'a pas d'importance que ce soit réel ou pas.

Je suis abasourdie. Décontenancée par la lucidité de Jacqueline. J'observe Véronique remercier Aigle Blanc avant de s'asseoir près du feu (et de sécher). Ce dernier se tourne vers le groupe et cherche des yeux qui sera le prochain. Jacqueline se redresse, impatiente d'être choisie. Mais Aigle Blanc ne l'appelle pas. Il dévie son regard et me dévisage.

— Camille. C'est à toi. Rejoins-moi…

Mon cœur palpite, je n'ai aucunement l'intention de participer à cette mascarade.

— Je vais m'abstenir, merci.

— Camille, tu ne peux pas…

— Si, si, je peux… C'est ce qu'on appelle l'intégrité physique.

— Camille, il le faut… Les éléments me disent qu'ils seront très fâchés si tu refuses. Je les sens s'agiter… Vous aussi, mes amis, vous ressentez leur contrariété, n'est-ce pas ?!

Je n'ai plus froid ! Non, je bouillonne de l'intérieur. Ce mec est un charlatan et je ne peux pas laisser passer ça !

— Mais arrêtez ! Les éléments ne vous disent rien du tout ! Vous êtes juste un gros mythomane doublé d'un escroc. S'il vous plaît, réveillez-vous, tout le monde ! Vous ne voyez pas qu'il vous manipule ?! Est-ce que quelqu'un ici sent réellement la présence d'un esprit ? Tout ce qu'il sait faire, c'est recueillir vos problèmes et vos attentes pour ensuite vous faire croire qu'il a vu des choses sur vous. Tiens, Magalie… Elle était bien ta méditation guidée ? Demande à ton chaman ce qu'il faisait pendant ce temps-là !

— Ça suffit, Camille ! Je vais t'exclure du groupe !

— Oh, des menaces ? Mais je tremble devant toi, Grand Pigeon des Andes ! Mais allez-y, dites-lui que vous étiez sur Twitter ! Et profitez-en aussi pour lui avouer que vous voulez coucher avec elle, ce sera plus direct.

J'entends le groupe qui s'agite.

— Vous n'avez pas remarqué ? Comme par hasard son apprentie est une très jolie jeune fille…

Magalie recule d'un pas.

— Quoi ? Ce n'est pas vrai, maître ? Vous ne voulez pas coucher avec moi, hein ?

— Non… Bien sûr que non. Et si ça devait se passer, il ne faudrait pas l'envisager comme l'union de nos corps charnels mais bien celle de nos âmes.

Magalie affiche une expression de dégoût aussi soudaine que radicale.

— Quoi ? Ah non, c'est mort ! Je ne couche pas avec les vieux, moi !

Avec un naturel déconcertant, l'apprentie entre dans la tente et en ressort avec une doudoune sur le dos et un téléphone à la main.

— Chumani, qu'est-ce que tu fais ?

— Je me casse... Attends, c'est abusé !

— Chumani, reviens.

— Non, franchement je suis grave déçue. En plus mon mec me l'avait dit... Franchement, c'est quoi ça ?!

Elle s'éloigne tout en nous offrant le début de sa conversation téléphonique : *Ouais, c'est moi, tu viens me chercher ? T'avais raison, il voulait juste mon cul... C'est une baltringue, je te jure...*

Je suis agréablement surprise de ce retournement d'opinion. Finalement cette petite a du caractère.

Galvanisée par la situation, je poursuis mon putsch.

— Quelqu'un d'autre veut partir ? À part Véronique, bien sûr...

La quadragénaire me fusille du regard.

— Bah oui, Véro, on a tous compris que toi tu venais dans l'espoir de te serrer l'organisateur.

— Oh... !

Véronique joue les scandalisées, mais ne nie pas.

— Claude ! Honnêtement, tu ne crois pas que tu perds ton temps ? Un homme comme toi, qui fait d'aussi bonnes tourtes... Tu mérites qu'on te respecte. Ça fait combien de fois que tu assistes aux stages d'Aigle Blanc ?

— C'est la quatrième fois.

— Et est-ce qu'il t'a déjà aidé à gérer tes sorties de corps ?

— Eh bien... Je ne sais pas... Peut-être un peu...

J'essaye de l'encourager en le regardant avec toute la bienveillance possible. Il finit par admettre.

— Pas vraiment.

— Bien sûr que non ! Parce qu'il ne peut pas ! Moi, je ne sais pas ce que tu vis. Si tu te balades vraiment dans des mondes parallèles ou si tu fais tout simplement des rêves lucides. Ce que je sais par contre, c'est que tu ne trouveras pas l'aide dont tu as besoin avec lui...

Claude, stoïque, acquiesce de la tête. Je m'épate. Je ne me connaissais pas ce talent d'oratrice. Moi qui me rêve toujours en héroïne, je suis plutôt fière de la manière dont je défends mon rôle. On ne m'arrête plus.

— Jacqueline... Tu es faite pour créer du lien, c'est certain... Mais ne reste pas ici... Dans le délire d'un pauvre type mégalomane. Appelle-moi, viens me voir, on ira boire des cafés ou des mojitos... On appellera ton fils pour l'enguirlander de ne pas prendre de tes nouvelles et je t'offrirai même des bains de boue si ça peut te faire plaisir...

Jacqueline a les yeux qui se remplissent de larmes et son sourire est désarmant.

— Allez ! Faites votre valise, prenez votre voiture, foncez rejoindre votre famille, vos amis, votre chat... Mais fuyez cet imposteur !

Je me moquais de la mise en scène grandiloquente du chaman, voilà que je prends la relève haut la main.

— Si vous faites ça, les esprits se retourneront contre vous, vous m'entendez ?! tente Aigle Blanc.

— C'est ça, oui... Dans ce cas dites-leur de m'attaquer maintenant. Allez-y ! Montrez-nous vos pouvoirs ! Envoyez-moi quelqu'un, je suis prête à recevoir ma punition...

Tout le groupe retient son souffle et observe. Certains attendent sûrement que je me fasse malmener par un prétendu esprit pour continuer à croire en Aigle Blanc et m'accuser d'agitatrice. De mon côté, même si je sais qu'il ne se passera rien, j'ai tout de même une légère appréhension. J'attends. Mis à part une légère goutte de pluie liée aux soirées normandes, pas d'attaque à l'horizon.

— Bien... Pas la moindre petite agression... C'est donc le signe pour moi d'aller boucler ma valise...

— Il ne se passe rien car j'ai décidé qu'il ne se passerait rien, rétorque Aigle Blanc, la voix éraillée et déstabilisé.

— Bah voyons... Comme c'est pratique. Allez, salut la compagnie. J'ai un bain chaud et un bon verre de vin qui m'attendent à la maison. Avec ça au moins, j'ai la garantie des effets. Ceux qui veulent faire comme moi n'ont qu'à me suivre...

Je tourne les talons et j'espère que d'autres personnes vont en faire autant. Je préfère ne pas me retourner au risque de réaliser que non. Dans ma projection idéale, j'ai réussi à interpeller ces gens. Dans mon fantasme absolu, ils sont tous derrière moi et une musique épique nous accompagne… J'arrive quasiment à l'entrée du gîte quand je tente un petit coup d'œil derrière moi. Une petite dizaine de personnes m'ont suivie, soit presque la moitié du groupe. Dans le tas, Claude et Jacqueline en font partie. Cinquante pour cent de réussite ! Pas mal. Pour une première fois dans le milieu de la revendication, je suis plutôt très satisfaite de mon coup !

14

Je suis remontée comme une pendule. Il est à peine 7 heures du matin et j'en suis à mon huitième café. Il faut dire que je n'avais aucune envie de m'endormir sur la banquette du troquet dans lequel j'ai passé une partie de la nuit.

En quittant la retraite d'Aigle Blanc, j'étais galvanisée. Pour la première fois de ma vie, j'avais réussi à dépasser la bienséance et oser m'opposer avec force et conviction à une personne qui le méritait. Mon fantasme de dire merde ouvertement venait d'être assouvi et j'étais pleinement comblée. Quelques participants m'ont remerciée de leur avoir ouvert les yeux et économisé de futures dépenses inutiles. Jacqueline a proposé de me déposer à la gare avant de reprendre la route. Après m'avoir donné son numéro, j'ai regardé ma petite retraitée s'éloigner et je suis entrée dans la gare. Le menton haut, la poitrine bombée, je m'attendais presque à ce qu'on m'arrête pour me féliciter d'avoir fait éclater la vérité sur cet escroc. Personne ne m'a rien dit. Sauf un agent de la gare : « Désolé, la gare ferme ! Le dernier train pour Paris est parti il y a trois heures, le prochain est à 5 h 39 ». Soit sept heures plus tard !

Suite à cette nouvelle accablante, je me suis réfugiée dans un bar de nuit. J'y suis restée jusqu'à sa fermeture, me persuadant que patienter les deux heures restantes dans les rues de la ville était une idée acceptable. Eh bien, croyez-moi, voir le jour se lever quand ce n'est pas sur une plage après une nuit d'amour, c'est tout sauf une bonne idée. Et maintenant que je suis de retour sur Paris, excitée comme une puce en overdose de vitamine C, je ne trouve aucune raison valable pour ne pas pourrir le réveil d'une certaine personne.

Je viens d'arriver chez Katiana et je tambourine à sa porte. Au bout de quelques minutes, la voyante m'ouvre, habillée d'un peignoir, les cheveux encore en bataille. Malgré son air surpris, je ne lui laisse pas le temps de comprendre et j'entre.

— Vous m'avez envoyée chez les fous !

— Je vous demande pardon ?

— Votre stage, là… C'est une escroquerie. Vous savez que je peux vous dénoncer ?!

— Vous y allez fort… Je peux comprendre que vous n'ayez pas aimé mais de là à parler d'escroquerie…

— Comment vous pouvez cautionner les pratiques de ce type ?

— Quel type ?

— Aigle Blanc !

— Jacky ?

— Aigle Blanc s'appelle Jacky ?! Oh ! au moins j'aurai appris son prénom ! C'est sûr qu'on est davantage sur du franchouillard que de l'amérindien…

— Mais qu'est-ce qu'il faisait au stage de Luciole ?

— De qui ?

— Luciole, l'organisatrice de la retraite.

— Mais c'est quoi cette manie de prendre des noms d'animaux ?!

— C'est son vrai prénom.

— Ah… Bon. En tout cas il n'y avait aucune Luciole. Juste « Jacky » et ses délires.

— Comment c'est possible… Il faut que je tire ça au clair. Camille, s'il vous plaît, vous voulez bien nous faire un peu de café ? La cuisine est juste là, me dit-elle en quittant la pièce.

Je suis un peu confuse. J'étais venue avec l'objectif de passer mes nerfs sur Katiana et me voilà en train de lui préparer son petit déjeuner. L'odeur de l'arabica me donne des haut-le-cœur. Je suis en overdose. Je me sers un verre d'eau quand le volume sonore d'une conversation me donne autant mal au crâne qu'il m'intrigue. Katiana vient de débouler dans le salon et fait des allers-retours au téléphone.

— Jacky, tu as recommencé ?! Depuis quand ? Quoi ?! Tu sais que tu n'as plus le droit… Non. Pas même de temps en temps. C'est une honte, Jacky ! Une honte ! Tu pensais que ça ne se saurait pas… ?! Tu nous discrédites avec tes conneries. Tu vas trop loin. Je vais devoir prévenir l'institut. Je suis désolée, Jacky. Tu sais qu'on a essayé de faire autrement ! Mais c'est fini !

La voyante raccroche, passablement remontée, et me rejoint.

— Je n'en reviens pas... Je suis confuse. Ça n'aurait pas dû arriver.

— Vous m'en dites plus...

— Par quoi commencer... Il y a eu un très fâcheux malentendu. Luciole a dû annuler sa retraite à la dernière minute. Elle a envoyé un mail groupé à un listing de collègues qui auraient pu être intéressés par la reprise de la réservation du gîte. Jacky a sauté sur l'occasion.

— Je vois. Donc votre Luciole ne vaut pas mieux que lui... Vous êtes tous de mèche en fin de compte !

— Luciole n'est pas au courant de tout... Elle n'y est pour rien. La réalité, c'est qu'Aigle Blanc a été quelqu'un de très compétent. C'était un magnétiseur formidable et il y a encore quelques années je vous l'aurais même conseillé. Mais depuis deux ans, il a perdu la tête. Après que sa femme l'a quitté, il est parti en dépression. Et il s'est mis à... délirer comme vous dites. Il a commencé à prétendre qu'il était investi d'une mission, qu'il était connecté aux esprits supérieurs. Avec quelques amis on a essayé de le sortir de ce mauvais pas. On l'a encouragé à se soigner et surtout à arrêter toutes ses consultations... Ce qu'il a fait. Du moins pendant un temps. Mais Jacky a pour lui son ancienne bonne réputation. Certains clients l'ont lâché mais d'autres l'ont suivi...

— Sa femme le quitte et lui se met à voir des fées et des gnomes ?! Si c'est ça les symptômes d'une rupture, j'ai hâte de voir une licorne…

— Mettez-vous à boire et à consommer autant de plantes hallucinogènes que lui et vous en verrez…

— Oui, eh bien, en attendant, il y a un illuminé qui encaisse des centaines d'euros pour des stages bidon et qui fragilise le mental des gens. Pardon, mais ça ressemble drôlement à une secte.

— Voilà pourquoi je vais le signaler. Nous avons un institut qui s'occupe de prévenir et de sanctionner les praticiens déviants. J'aurais préféré ne pas en arriver là, par amitié pour lui, mais vous avez raison… C'est une chance que vous y soyez allée, Camille. C'est sûrement pour ça que l'univers vous a amenée à moi… Pour que vous puissiez intervenir…

— D'accord, l'univers m'a envoyée en mission… Mais pour les 300 euros de perdus ? On envisage un remboursement ou c'est aussi l'univers qui s'en occupe ?

— Ah oui, ça, alors…

Tiens, Katiana a moins d'emphase tout à coup.

— Il faudra voir avec Luciole. Je vais la prévenir de la situation…

— Mouais… C'est bon, j'ai compris.

— Mais je peux au moins vous offrir une consultation avec moi…

— Non, merci. J'ai déjà eu tout ce qu'il me faut.

— Je vous assure que quelque chose de bon est en route pour vous…

— Bon, je vais vous laisser. Je crois que j'ai eu ma dose de bizarreries.

Je me dirige vers la porte. Katiana me talonne.

— N'hésitez pas à revenir me voir. Dans notre milieu il n'y a pas que du mauvais… Je vous assure. Et encore une fois, je vois une jolie rencontre vous concernant… Vraiment.

— Au revoir, Katiana…

Je claque la porte.

Sur la route qui me ramène chez moi, je sens que les effets de la caféine se dissipent. Ma nuit blanche me revient comme un boomerang coulé dans le plomb. Je suis rincée. Vite, mon lit. Ah ça ! Je voulais du folklore, de l'inattendu, j'ai été servie. La prochaine fois je me contenterai d'un roman d'*heroic fantasy*.

En passant devant le bar où travaille Ewen, mon plexus se fait attaquer par un crabe ! Et il pince fort ! J'hésite à tourner la tête. Depuis que je l'ai vu avec sa petite copine, je suis mal à l'aise. Et je m'en veux de lui en vouloir. C'est vrai, quoi ! Il a tout de même le droit d'avoir quelqu'un dans sa vie sans que je lui en tienne rigueur. C'est d'autant plus absurde que nous n'avions même pas passé le cap du tutoiement… J'ai beau essayer de me persuader, je suis pourtant incapable d'aller le saluer.

Comme un fait exprès, mon regard se pose sur un magazine en kiosque. Le titre, en gros et en jaune, clignote devant mes yeux : « Immaturité affective, reconnaissez les symptômes ». Et si c'était mon cas ? Je trifouille dans mon porte-monnaie. Il me reste quelques pièces. Je fais un rapide état des lieux mental de mon frigo et de mes placards. J'ai encore du fromage, des pâtes, et du café. Pour le papier toilette je pourrai toujours en piquer à Maddy.

Je tombe de fatigue, mes paupières ne sont plus que deux chiffons froissés, pourtant, en quelques secondes, la question de savoir si je suis une immature affective devient ma priorité.

Mon magazine sous le coude, j'arrive chez moi et m'affale sur le clic-clac. Armée d'un stylo, je fonce à la page qui m'intéresse. Dans dix questions j'aurai ma réponse… Alors :

1. Je travaille fort pour me sentir apprécié et avoir de la reconnaissance.

Assurément.

2. J'ai de la difficulté à recevoir (compliments, petites douceurs et autres).

En effet, c'est parfois compliqué.

3. Je me sens souvent triste, en quête d'amour et de tendresse.

Oh ouiiii.

4. Je renie mes valeurs ou mes besoins pour m'adapter à ceux de l'autre, pour ne pas déplaire.

Cela va sans dire. En témoigne mon expérience avec Éric.

5. Je dramatise facilement les situations, j'ai tendance à m'apitoyer, à me plaindre.

Heu… En ce moment je me plains peut-être un peu… beaucoup. Mais j'ai des circonstances atténuantes, non ?!

6. J'ai de la difficulté à dire non et j'accepte de vivre des choses qui me font mal.

Évidemment ! Puisque j'ai répondu oui à la question 4…

7. Je me sens victime, déçu(e) dans ma relation et j'ai abondamment besoin d'attention.

Mais je suis une victime ! J'ai croisé la route du plus grand des bourreaux !

8. Je suis mal à l'aise de prendre du temps pour moi.

Du temps j'en ai. Ça s'appelle le chômage… Difficile de se sentir à l'aise.

9. Je n'arrive pas à parler ouvertement de mes peurs, émotions, frustrations, à une personne qui sait écouter, m'accueillir sans juger. Je ne sais pas écouter suffisamment non plus.

C'est quoi cette question ?! S'ils pensent que c'est si facile de se livrer ! Et puis écouter les autres, ça, je sais faire ! Je ne fais que ça depuis des années ! Et j'en ai justement ras le bol ! Non mais oh !

10. Je deviens facilement impatient(e), énervé(e), quand les choses ne vont pas à mon goût.
Ooooh… ! Oui, bah ! Peut-être… Arrêtez de m'agacer !

La mine renfrognée, je referme le magazine. D'après le test je suis bel et bien une immature affective. Je n'aurais pas dû y répondre dans mon état. Je manque de sommeil. Je suis sûre que cela a faussé les réponses. Je vais plutôt aller dormir. Longtemps. Avec un peu de chance je me réveillerai l'année prochaine… ou au moins pour le petit déjeuner.

15

Une maman sent quand son enfant a besoin de réconfort. C'est ce que je me suis dit quand, ce matin, j'ai vu un e-mail de sa part avec comme objet : « Ma petite fille chérie ». Même à distance, une mère a des antennes. Puis j'ai ouvert le message et j'ai découvert qu'elle s'était contentée de me transférer les GIFS rigolos envoyés par ses copines. J'imagine qu'il y a parfois de la friture sur la ligne… Ma mère a 64 ans et a vécu la majeure partie de sa vie sans connaître Internet. Son métier de couturière n'a jamais nécessité la création de site web ou l'envoi de dossier dématérialisé. Les gens l'appelaient au téléphone ou passaient directement à la maison pour lui remettre une jupe trop grande ou commander un pull tricoté. Ils s'entendaient sur un prix et se faisaient confiance. Mais depuis qu'elle est à la retraite, elle découvre les joies qu'offre la communication virtuelle. L'envoi de cartes postales animées et de blagues issues du Net en fait malheureusement partie. Le plus drôle c'est qu'elle me téléphone souvent juste après, pour s'assurer que son e-mail a bien été reçu. Elle en profite alors pour me reparler de la bonne plaisanterie envoyée cinq minutes plus tôt. Cette fois-ci, j'ai reçu dans la foulée un second courriel de sa part :

Ma puce,

J'espère que mes petites photos animées t'ont amusée. Ma préférée est celle du chien habillé en père Noël, il est si adorable. Mon amie Martine m'a également montré des vidéos de chats qui bondissent à la vue d'un concombre. Je ne sais pas si tu les as déjà vues ? C'est très drôle. Je te les enverrai.

Je profite aussi de cet e-mail pour savoir si tu comptes repasser à la maison bientôt. Je commence à trouver le temps long et j'aimerais bien revoir et discuter avec ma petite fille. Tonton Hubert demande aussi des nouvelles de toi. Il t'embrasse.

Et tant que j'y pense, si tu n'en as plus l'usage, pourrais-tu rapporter la soupière de mamie ?

Gros bisous,
Ta maman qui t'aime.

Dans ce message relevons trois choses.

Tout d'abord : le progrès ! Ma mère ne s'est pas précipitée sur le téléphone pour me détailler le contenu de son message. Elle s'est contentée de le faire à l'écrit, ce qui, en soi, est une belle avancée.

Ensuite : le manque. Je ne lui ai pas rendu visite depuis plusieurs mois. Après ma rupture et ses conséquences, j'ai préféré lui épargner ma tête de six pieds sous terre. Elle qui s'inquiète déjà quand tout va bien… Pourtant j'aurais adoré manger un de ses petits plats, boire un bon thé chaud lovée dans ses bras ou même écouter les récits de voyages de tonton Hubert. On l'appelle ainsi mais en réalité nous n'avons aucun lien de parenté. C'était le camarade d'enfance de mon père et le plus vieil ami de la famille. Avant de se marier et d'ouvrir son garage, mon père et lui ont un temps vadrouillé, un sac sur le dos, aux quatre coins du monde. Après sa rencontre avec ma mère, mon père s'est sédentarisé mais Hubert a poursuivi ses explorations. À chacun de ses retours, j'avais droit à un petit cadeau. Mais ce que j'attendais le plus, c'est qu'il nous parle des paysages qu'il avait vus et des rencontres qu'il avait faites. À la mort de mon père, tonton Hubert nous a beaucoup soutenues et s'est montré très présent. Il est revenu s'installer dans la région et a ouvert une baraque à frites qui connaît toujours un succès inégalé.

Passons maintenant au point numéro 3 : la soupière de mamie. C'est là que les choses se corsent. Après moi, c'est sans doute le bien le plus précieux de ma mère. Un objet chargé de souvenirs, soigneusement conservé depuis toutes ces années. J'en ai eu besoin l'hiver dernier. Quand j'ai tenu à faire goûter à Éric la fameuse potée de ma grand-mère qui, tradition oblige, ne peut être servie que dans cette soupière. Malgré la recette sous les yeux et le récipient sacré, je n'ai réussi qu'à servir un bouillon fadasse, couleur jus de lessive. Une livraison de pizzas plus tard, j'ai fini par nettoyer la soupière, l'enrouler dans une serviette de bain, la disposer dans un carton, lui-même soigneusement déposé dans un placard. Puis je l'ai sortie de ma tête. Mais pas de chez Éric ! Ô, petite soupière de mamie, je suis désolée de t'avoir oubliée. Mais ne t'en fais pas, je vais te sortir de là. Et pour ce faire, deux options s'offrent à moi. La première étant bien sûr d'appeler mon ex, l'informer du pourquoi de ma venue, convenir d'un jour et repartir avec mon récipient sous le bras. Mais cet égocentrique patenté risquerait d'y voir l'approche d'une femme éplorée. Et ça, je ne le supporterais pas ! La seconde est de me rendre dans mon ancien chez-moi, en l'absence de Mister Boulard. C'est une possibilité envisageable grâce, non pas à mon double, ni à mon triple, mais à mon quadruple des clés. Après quelques mois sous le même toit, la multiplication des trousseaux était devenue indispensable. Éric a toujours eu tendance à égarer ses affaires. Son esprit créatif au-delà de la moyenne ne s'embarrassait pas de ce genre de considérations matérielles. Et puis à quoi bon ? J'étais là pour ça. Dès qu'un objet disparaissait, c'est à moi que revenait la mission de le retrouver. Camille, chien de piste attitré ! Cette quatrième clé je suis la seule à en connaître l'existence et elle est encore dans un de mes sacs à main. Pour récupérer mon bien, il suffit que EVE guette les réseaux sociaux d'Éric. Depuis le début du tournage il n'a jamais été aussi loquace. Il partage ses moindres déplacements. Il doit s'imaginer que le monde est avide de connaître les coulisses des stars. Je me demande ce qu'il attend pour nous informer de ses passages aux toilettes. Cependant, son emploi du temps détaillé arrange bien mes affaires. Je n'ai plus qu'à patienter. Un vrai jeu d'enfant. Sois rassurée, mémé ! Je pars en mission. En ton honneur !

16

Au moment de prendre ma décision tout me semblait facile. Maintenant que je suis devant la porte de mon ancien logement, j'ai un nœud dans le ventre. Il n'aura fallu que deux jours pour qu'Éric nous informe de sa présence sur le tournage. Ce matin, grâce à Instagram, j'ai pu le voir claquer la porte, descendre les escaliers, prendre le métro et rejoindre l'équipe du film. J'aurais aimé que Maddy m'accompagne. Qu'elle me tienne la main si je perds pied en revoyant le décor de ma vie d'avant. Mais Maddy s'est absentée pour quelques jours. Elle est restée évasive sur les raisons de son départ. Je n'ai pas voulu contrecarrer ses projets en l'informant des miens.

Avant d'insérer la clé dans la serrure, je jette un dernier coup d'œil sur le profil d'Éric. Sa dernière *story* remonte à quinze minutes, sur le plateau de tournage. Je ne cours donc aucun risque. La porte s'ouvre et la première chose qui me frappe, c'est l'odeur. Impossible à définir mais caractéristique de cet appartement. C'est fou comme certains lieux ont une empreinte olfactive. On ne s'en rend pas compte quand on y vit. On en prend conscience quand on y revient. J'entre dans le couloir et avance dans le salon. Sur le canapé je vois mon plaid. J'ai toujours eu de nombreux plaids. Je ne les ai pas tous emportés avec moi. Mais soudainement celui-là me manque et j'ai envie de m'y pelotonner et de me faire un chocolat chaud. Une vague de nostalgie m'envahit. Je tourne la tête en direction de la loggia. Il n'y a plus le bureau. Cet espace que j'avais tant aimé a été remplacé par une commode sans intérêt. C'est dommage. Les commodes n'ont pas besoin d'avoir une vue sur les arbres. Je me dirige dans la cuisine pour y récupérer la soupière. Elle est stockée dans un placard du bas. Le deuxième, à côté de celui sous l'évier. J'ouvre la porte. Le carton est là. Il n'a pas bougé. Je le récupère et l'examine. Rien à signaler. Je peux repartir aussi vite que je suis venue. C'est même préférable. Il ne faut pas que je m'éternise ici. J'ai le cœur qui se ramollit. Je suis sur le point de sortir de la cuisine quand mon corps m'intime de revenir en arrière. Ce que je vois me fait presque lâcher mon trésor. Sur le réfrigérateur, des dizaines de photos d'Éric avec sa nouvelle petite amie me narguent. Ils me rient au nez, s'embrassent goulûment et ont même l'indécence de me forcer à les regarder prendre un bain. Mais quand ont-ils eu le temps de vivre tous ces moments ? À croire qu'ils ont attendu que je referme la porte derrière moi pour commencer leur roman-photo nauséabond. Je me précipite dans la salle de bains. L'étendoir à linge est déplié. Sur la majorité des barres, ne sèchent que des strings et des soutiens-gorge. Réflexe obligatoire, je regarde la taille des sous-vêtements. Du S pour le bout de ficelle, du 90 C pour le bonnet. Quelle morue, celle-là ! Je jette un œil au lavabo. Une brosse à dents supplémentaire, des élastiques à cheveux et une crème pour peau sensible et couperosée ! Ah ah ! bien fait ! Après les vaisseaux dans l'espace, place aux vaisseaux dans la face. J'espère qu'elle finira par en être recouverte. Je fonce dans la chambre. J'ouvre la penderie. Des robes, des tops, des chaussures, là encore, gros melon s'est étalée. De toute évidence, elle s'est installée ici. Chez moi ! Oui, chez moi ! Parce que cette décoration, ce cocon, c'est moi qui l'ai créé. Mes tentatives de faire douter Éric, de le rendre imbuvable au point de faire fuir son entourage n'ont pas l'air de fonctionner… Je reviens dans le salon et je fonce du côté de la loggia. J'espère que la vue du parc va aider à calmer ma respiration de roquet en manque de croquettes. Mais rien n'y fait et pour cause… Derrière la commode, coincée en équilibre contre le mur, je vois ma jolie boîte à café. Celle que j'ai offerte à Éric. Elle est recouverte de poussière et le cadavre d'une mouche sur le couvercle me donne une estimation de son temps passé ici. Qu'est-ce qu'elle fiche là ? Je croyais qu'il l'adorait. Décidément ce type ne respecte rien. Pas même les souvenirs. Je décide de la récupérer. *Allez, viens, petite boîte, tu vas repartir avec grand-mère soupière, tu ne manqueras à personne ici.* Je suis en train de lui retirer ses dernières saletés quand mon regard se pose sur une pochette cartonnée.

Une feuille en dépasse et laisse entrevoir un titre. Le titre ! Celui de notre film : « La vie dont je rêvais » (encore une de mes trouvailles niaiseuses). Je vais voir de plus près. Il s'agit de la feuille technique. Et elle est en *full access*. Toutes les informations du tournage y sont notées. Lieux, adresses, horaires. Il ne manque rien. Croyez-le ou non, j'ai l'intuition que c'est un cadeau de mamie pour me récompenser d'être venue récupérer sa vaisselle. Je prends mon téléphone et en photographie chaque page. C'est une mine d'or pour EVE. Je retourne à la cuisine et récupère la soupière sans oublier d'accomplir une dernière petite mission. Puisque ma boîte à café a subi de mauvais traitements, il est normal qu'elle demande des dédommagements. En son nom, je décide donc de déverser du poivre dans le paquet d'arabica. Une bonne grosse dose. Cela ne les tuera pas, mais c'est l'assurance de mal démarrer la journée. Et cette perspective me met en joie.

17

Dépitée. Je suis dépitée. Une semaine que EVE est passée à l'attaque dans son opération sabotage et c'est un échec cuisant. J'ai beau guetter les *stories* d'Éric, espérant le voir se plaindre de ces contretemps, mais rien ne vient. J'ai pourtant œuvré de manière rapide et efficace. Pour vous expliquer, voilà ce que j'ai fait… Après avoir étudié la feuille de service, j'ai investi mes dernières économies dans l'achat de ce que j'ai nommé mes « colis parasites ». Il y a quelques jours, l'équipe s'est rendue dans un restaurant pour tourner une séquence forte et intimiste. J'ai donc fait livrer deux cents éponges, avec obligation de bon contre signature. De quoi faire perdre un temps considérable sur le planning de tournage. J'imaginais déjà le livreur tambouriner à la porte, bien déterminé à remettre le colis. Paniqué, l'assistant de production aurait cherché à comprendre, les techniciens se seraient agacés, le réalisateur aurait poussé une gueulante et Éric se serait mis à suer à grosses gouttes. Pourtant, pas la moindre évocation en *story* de cet incident. Avec mon envoi suivant, deux jours plus tard, j'étais certaine de mon coup. Un des temps forts du film se déroule dans une ruelle piétonne. Tourner en extérieur est une source de stress supplémentaire. Les changements de lumière naturelle rendent la multiplication des scènes compliquée. Il faut saisir l'instant, être bon immédiatement afin d'éviter les faux raccords. Pour freiner cette étape, EVE la machiavélique a donc fait livrer dix énormes ballons de Pilate à madame Marquez, habitant 38 passage des Marchands ! Pour le numéro d'habitation, il se situe en plein milieu de la ruelle, facilement trouvable. Pour ce qui est de madame Marquez, c'est une autre paire de manches. Elle n'existe pas ! Vous voyez où je veux en venir ? Mettez-vous à la place de ce livreur qui débarque en plein milieu d'un tournage, avec ses cartons encombrants, et se met à chercher un nom de famille introuvable… Il y a de quoi perdre patience. Des deux côtés. J'espérais me délecter à la vue d'un ex-compagnon en état de décomposition. Mais là encore, pas un mot. Alors cette fois, j'ai mis le paquet. Dans le scénario, l'héroïne fait une rencontre déterminante dans un parc. Voilà pourquoi j'ai appelé la mairie et les pompiers pour prévenir qu'un nid de frelons asiatiques s'agitait dans ce square du XIVe arrondissement de Paris. Mon objectif étant bien sûr qu'Henry, le producteur, finisse par se lasser de ce film « à problèmes ». Et qu'Éric commence à y voir les signes d'une malédiction. Il est du genre à ne pas passer sous une échelle ou à ne jamais ouvrir un parapluie dans une maison.

Et surtout j'espère que cette série d'accrocs le poussera à s'exprimer ! Bon sang, c'est vrai, quoi ! Je me suis beaucoup impliquée dans ce sabotage, j'aimerais qu'on m'accorde une petite récompense.

Je rafraîchis la page de son profil ! Oh ! Oui ! Enfin une *story* d'Éric. J'augmente le son :

Salut, tout le monde. Alors là, il faut que je vous raconte. Aujourd'hui on tourne dans un square et on vient encore d'être interrompus. Pourquoi je dis « encore » ? Parce que depuis plusieurs jours on est victimes de livraisons intempestives... (Il rit. Pourquoi il rit ? Ce n'est pas drôle.)... *On a eu droit à une centaine d'éponges, à des ballons de gym...* (De Pilate, abruti !) *et aujourd'hui on a carrément eu la visite d'un agent de la mairie venu pour un nid de frelons asiatiques* (Comment ça UN agent ? J'avais demandé une armada de pompiers. Où sont-ils ?!) *Donc je vous rassure, après vérification, il n'y a rien. On se demande juste un peu ce qu'il nous arrive... Bon, c'est les aléas du métier comme on dit...* (Mais enlève-moi ce petit sourire de ton visage, tu devrais être inquiet là !)

... *Ouais, ou alors c'est ton ex qui s'amuse !...* Ça, c'est Cindy-Bouche-en-cul-de-poule qui vient d'intervenir !

J'arrête la *story* net ! Foudroyée ! Qui l'a autorisée à s'incruster dans les *stories* des autres ? Pour m'accuser publiquement, en plus ! Et depuis quand cette bimbo est aussi perspicace ?!

Mon téléphone sonne. Mon cœur bondit. Ouf ! Ce n'est pas Éric. Mais ce n'est pas beaucoup mieux. C'est ma banquière. Je préfère ne pas décrocher. Trop d'émotion négative. Je la laisse me laisser un message. Elle souhaite me voir pour qu'on fasse un état des lieux de ma vie financière. Une manière détournée de dire qu'il va falloir rapidement trouver une solution avant de m'interdire l'accès à ma carte bleue. Je suis assommée. Je suis un piètre agent infiltré et une miséreuse en carton. Heureusement que mes achats étaient en promo, je viens de dépenser plus de 200 euros pour une vengeance qui fait un flop.

Il est midi, l'heure de déjeuner. Je jette un coup d'œil en direction de mon frigo. J'ai faim mais pas la motivation de me préparer à manger. Je peux essayer de faire une sieste, une longue sieste… Après tout, il paraît que « qui dort, dîne ». Mouais. Sûrement une expression encore inventée par un pauvre.

18

Connaissez-vous la phrase qui dit « Demain est un autre jour » ? Évidemment. Tout le monde la connaît. D'ailleurs, prise au pied de la lettre, cette formule a tout l'air d'une insulte à l'intelligence. Bien sûr que demain est un autre jour. Mais l'heure d'après est aussi une nouvelle heure, comme la minute d'avant n'est pas celle d'après... C'est le genre d'expression qu'on imagine inventée au détour d'un apéro bien entamé et qui aurait connu un succès involontaire. En réalité, sous ses airs simplistes, son créateur est un génie, un visionnaire qui a su résumer en une phrase toute la profondeur du temps en mouvement. J'en fais des caisses ? C'est bien possible. Mais je suis exaltée par ce qui m'arrive. Hier, au sortir de ma sieste léthargique, j'ai reçu le coup de téléphone miracle. Celui qui va peut-être me sortir de la panade professionnelle et du marasme financier.

Raphaël Marquez m'a téléphoné. C'est un producteur que j'ai rencontré durant ma troisième année d'étude. À plusieurs reprises, l'école l'avait sollicité en tant qu'intervenant afin de nous expliquer les rouages de son métier. Bel homme, sûr de lui, une position sociale déjà bien établie, il en était d'autant plus impressionnant qu'il était à peine plus âgé que nous. Entre lui et moi le feeling était bien passé. Il m'avait complimentée sur mon travail et même pris mon numéro. Cependant il n'avait jamais fait appel à mes services et j'avais fini par le sortir de ma mémoire. Mais parfois le vent tourne. Au moment le plus critique de ma vie, le voilà qui appelle. Je n'irai pas jusqu'à dire qu'il est mon sauveur, j'ai gardé un tant soit peu le sens de la mesure. Néanmoins, si après notre rendez-vous il m'offre un contrat, je décréterai officiellement que j'ai trouvé le nouveau Messie.

En attendant de connaître mon sort, je patiente dans ses locaux. L'espace est grand et moderne. Il y a un flipper, des poufs colorés design et des Rubik's Cube sur les étagères. À l'instar des start-up à l'américaine, tout respire à la fois la décontraction et la réussite. Je sirote le café offert à mon arrivée tout en regardant les affiches publicitaires signées par l'agence de Raphaël. Des grandes marques alimentaires, de la cosmétologie, du high-tech… J'ai tout juste le temps de sentir le stress monter en moi que l'assistante vient me chercher.

— Raphaël a terminé sa réunion. Vous me suivez ?

Je longe un long couloir qui borde plusieurs bureaux vitrés. Aussitôt je pense à l'empreinte que laisseraient mes mains si je les collais aux carreaux. Elles sont si moites. Personne n'aime les mains moites. C'est poisseux, visqueux, on dirait des nouilles chinoises restées trop longtemps dans de l'eau amidonnée... Ça me rappelle ces petits bonshommes gluants, qu'on lançait, enfants, sur les vitres et qui restaient accrochés. Il y avait également la version en forme de main collante, ma préférée... Mais enfin, ma pauvre Camille, à quoi tu penses ? Recentre-toi ! Pourquoi faut-il toujours que mon cerveau m'emmène vers des divagations saugrenues.

Je m'essuie les doigts discrètement sur mon pantalon avant d'entrer dans le bureau de Raphaël.

— Camille ! Comment vas-tu ? Ça faisait si longtemps... Je suis ravi de te revoir.

Raphaël se lève et m'embrasse chaleureusement sur les deux joues. Malgré la surprise, la tournure des évènements m'arrange. Au moins mes mains transpirantes ne feront pas de dégâts.

— Je t'en prie, installe toi... Alors, que deviens-tu ?

Je note l'emploi du tutoiement. D'accord. On valide le mode détente.

— Qu'est-ce que je deviens ? Eh bien, ça va... Je bosse. Enfin, quand j'ai du travail.

Je conclus d'un petit rire ridicule que je regrette aussitôt. Heureusement, Raphaël a la délicatesse de ne pas relever et poursuit.

— Tu étais sur quoi dernièrement ?

Même si c'est la vérité, je n'ai aucune envie de répondre « un mariage ». Durant nos études, les professeurs nous conseillaient de ne pas refuser les vidéos d'anniversaire ou de baptême. C'était l'opportunité de se faire la main et d'offrir à moindre coût, voire gratuitement, une vidéo-souvenir un peu plus qualitative que le film de tonton Jacques. Mais aujourd'hui, je n'envisage pas d'avouer que ma dernière mission consistait à immortaliser le fessier d'un danseur sorti d'un gâteau géant.

— Oh, pas mal de choses… Tu sais ce que c'est…

— Je ne suis pas étonné. Tu étais déjà très douée quand je t'ai rencontrée. Tu sais pourquoi j'ai pensé à toi récemment ? Parce que je suis tombé sur un de tes reportages, figure-toi.

— C'est vrai ? Lequel ?

Je sens déjà que je reprends confiance en moi. Sans prétention, j'ai réalisé pas mal de petits films dont je suis fière. Et si Raphaël m'a contactée à la suite de l'un d'entre eux, c'est bien la preuve que je me débrouille.

— Un truc sur les poissons…

Ma jauge d'estime personnelle vient de s'effondrer aussi vite qu'elle est montée. Je n'ai pas honte de mon reportage, mais j'aurais préféré qu'il tombe sur autre chose que *La vie des truites en rivière* vue par Camille.

— Ah oui, celui-là…

— Bon, je ne te cache pas qu'un sujet sur les saumons, ce n'est pas ma grande passion. Mais va savoir pourquoi, ça m'a accroché… C'était dynamique, bien réalisé. Et j'ai eu l'instinct de regarder le nom du réal' au générique… et c'était toi.

— Eh bien comme quoi, merci, les saumons…

J'évite de le corriger sur sa confusion. Je ne vais pas mettre ma carrière en péril, tout ça pour une erreur de poissonnaille.

— Alors maintenant parlons peu, parlons bien. Mon agence grandit de plus en plus. Comme tu le sais, on fait beaucoup de campagnes de pub, mais on commence aussi à toucher la télé. J'ai besoin de recruter. Et je vais avoir besoin de pigistes solides et compétents. Est-ce que tu as un peu de dispo prochainement ?

Alerte ! Alerte ! Alerte ! Le Messie est devant moi ! J'ai follement envie de hurler : « OUI JE SUIS DISPO ! Dès aujourd'hui, dès maintenant, de jour comme de nuit, où tu veux, quand tu veux. » Mais je me retiens. Trop d'emballement trahirait la réalité de mon misérable agenda vide. Il risquerait de trouver ça douteux et de faire un pas en arrière. Non, je tiens quand même à montrer que je suis une professionnelle sollicitée.

— De la disponibilité, bien sûr, ça s'envisage. Je viens tout juste de couvrir un match de… enfin un grand championnat sportif. Il doit me rester un jour de montage et après je peux me rendre disponible.

— Super ! Prochainement on doit s'occuper du lancement d'une nouvelle gamme de rouge à lèvres de luxe. La marque organise un évènement presse et elle aimerait un film pour leur site et leurs réseaux sociaux. Ce sera ambiance glamour, *beauty-girly*, tu vois le genre ?

— Complètement…

En fait, pas vraiment. Mon rouge à lèvres le plus haut de gamme se résume à du baume hydratant à la cerise. Mais je pressens l'idée.

— Si ce tournage se passe bien, je vais avoir des tas de choses pour toi. Et comme je te l'ai dit, on commence à avoir nos entrées en télé. Il va me falloir des gens talentueux.

— Je serais ravie de me donner à fond…

— Formidable. Je suis très content de cette nouvelle. Je suis certain qu'on va pouvoir faire de grandes choses ensemble.

Raphaël plante son regard dans le mien et me décoche un sourire à faire plier un roseau. Mes joues chauffent un peu. J'envoie à mon cerveau l'interdiction formelle de me transformer en pudding. Je ne veux rien laisser paraître de mon trouble.

— Je ferai mon maximum en tout cas.

— Je t'envoie les informations par e-mail, et on se revoit quelques jours avant le tournage pour un dernier brief ?

— Parfait.

— Très heureux de t'avoir revue, Camille…

— Moi aussi.

Raphaël me fait la bise et je me sens toute chose. Décidément, demain est vraiment un autre jour.

19

— Alors voilà… J'ai signé un contrat avec une boîte de tournage.

— Mais nooon ?

Maddy manque de s'étouffer avec sa gorgée de menthe à l'eau. Dès mon départ du bureau de Raphaël, je me suis précipitée pour l'appeler. Mon amie ayant disparu de la circulation depuis une semaine, je m'attendais à lui annoncer la nouvelle par téléphone. Mais de retour dans la capitale, elle m'a donné rendez-vous au bar d'Ewen. J'aurais préféré la retrouver chez elle, mais il aurait fallu lui avouer mon embarras envers le serveur. N'ayant aucune raison valable de vouloir éviter notre QG – si ce n'est prendre en considération mon immaturité affective – (foutu magazine), je n'ai rien dit.

— Tu as retrouvé du travail ? Mais c'est fantastique !

— Oui ! Enfin, d'abord je dois assurer mon premier tournage… Mais si tout se passe bien, je vais enfin réintégrer une agence et surtout un réseau.

— Je n'ai aucun doute sur ta réussite. Je suis si contente pour toi…

— Je reconnais que c'est un petit miracle. Des semaines que je développe des plaques de stress à chaque fois que je croise une banque. Sans parler de mon porte-monnaie qui me hurle dessus dès que je pose mes yeux sur lui…

— Notre petite patate sort enfin la tête hors de l'eau…

— Croisons les doigts ! Jamais je n'aurais pensé que Raphaël se serait souvenu de moi…

— Raphaël ?

— C'est le patron de l'agence.

— Oh… c'est joli comme prénom…

— C'est vrai…

— Piégée !

— Comment ça ?

— Tu viens de faire ton petit air là…

— Mais de quoi tu parles ?

— Quand tu expires en levant légèrement les yeux au ciel, c'est qu'il se trame quelque chose… Il est comment ce Raphaël ?

— Maddy, enfin ! On parle de mon boss là.

— Il est comment ?! insiste-t-elle sans sourciller.

— Beau ! Du genre acteur de *télénovela*.

Maddy explose de rire.

— J'en étais sûre !

— Sauf qu'il n'est pas question d'envisager quoi que ce soit. J'ai besoin de bosser.

— Évidemment… Tu as raison. Le travail avant tout.

— De toute façon tu connais mon avis sur les relations amoureuses…

— Lequel ? Celui que tu revendiques en disant que c'est nul pour t'en convaincre ou le vrai ?

— Maddyyyyy…

— C'est bon. J'arrête ! Mais sait-on jamais… L'amour se cache partout. C'est peut-être ton stage de méditation qui a fait bouger les choses, qui sait ? C'était comment d'ailleurs ?

Je ne lui ai toujours pas raconté ma folle expérience chamanique. Je m'apprête à lui faire promettre de m'interdire d'approcher un bâton d'encens à moins de 200 mètres, quand quelque chose me stoppe. Je repense à Katiana. Ne m'a-t-elle pas prédit une rencontre avec un homme en lien avec mon travail ? Et si tout était vrai finalement ?

— C'était particulier… mais formateur dans un sens. En tout cas ne t'inquiète pas, dès réception de mon salaire, je te rembourse aussitôt.

— Je ne suis pas inquiète, je suis assoiffée. Et comme on a une très bonne raison de trinquer, voici ma question : pti punch ou mojito ?

— Maddy, il est à peine 13 heures…

— C'est vrai, mais il faut bien fêter l'enterrement de ton découvert bancaire, non ?

— Tu ne veux pas qu'on fasse ça ce soir plutôt ? C'est vendredi, on pourrait sortir, aller danser et dire oui au rhum, quelle que soit la recette.

— Ce soir… Hmmm…

Je vois Maddy hésitante et ennuyée. Ce qui m'étonne beaucoup étant donné qu'en une proposition j'ai réuni trois de ses activités favorites.

— Tu as déjà quelque chose de prévu ?

— En quelque sorte… mais je vais annuler.

— Ah non. N'annule pas pour moi. C'est quoi, une crémaillère, un anniversaire ? Je peux t'accompagner sinon…

— Non, non, je vais reporter… Ne t'en fais pas.

— Mais dis-moi, qu'est-ce que tu as de prévu ?

Ma meilleure amie a décidément bien du mal à se confier. Je ne l'ai jamais vue aussi fuyante. En temps normal on se dit tout. Son silence commence à m'inquiéter.

— Maddy, tu me caches quelque chose de grave ?

— Absolument pas ! Rien à voir…

— Alors quoi ?

— Je… Je ne sais pas.

— Je ne comprends rien. J'ai fait quelque chose de mal, c'est ça ?

— Pas du tout… C'est juste que… j'ai un rendez-vous, me dit-elle embarrassée.

— Oui, ça, j'ai compris…

Je ne vois pas où elle veut en venir, jusqu'à ce que mon cerveau finisse par percuter.

— Oh ! Un rendez-vous amoureux tu veux dire ?

— Oui, enfin non, si…

J'hallucine. Je n'arrive pas à saisir pourquoi Maddy n'a pas voulu me tenir au courant. C'est incompréhensible. Elle sait à quel point j'adore quand elle me raconte ses histoires de garçons, ses rencontres, ses rendez-vous. Durant ma relation avec Éric, c'était mon magazine *people* vivant. Je vivais ses aventures par procuration. Qu'est-ce qui a changé ?

— Mais pourquoi tu ne me l'as pas dit ? Tu sais que ça m'amuse beaucoup…

— Oui, je sais mais…

Le regard de Maddy change. Puis je comprends pourquoi.

— Mais cette fois c'est différent ! C'est juste ? Tu es amoureuse ?

— N'allons pas jusque-là…

Je ne sais pas « où on en est », mais je peux affirmer que cette réserve n'est pas du genre de Maddy. De toute évidence cette relation ne ressemble pas à ses précédents flirts sans conséquences. Preuve ultime : entre une soirée à mes côtés ou retrouver un amant, Maddy n'a jamais hésité à me choisir.

— Est-ce que… tu as passé les derniers jours avec lui ?

Maddy acquiesce.

— On s'est échappés une semaine en Bretagne. Sur un coup de tête…

— Tu es partie en vacances avec un mec ?! C'est une grande première ! C'est génial… Surprenant, aussi. Mais génial. Pourquoi tu me l'as caché ?

— C'est un peu compliqué… Disons que ça me tombe dessus. Ce n'est pas vraiment mon genre, tu me connais… Et puis, j'ai essayé de t'en parler avant que tu partes à ton stage de méditation, mais entre tes soucis avec le travail, ta rupture avec Éric, je n'ai pas trouvé le bon moment.

— Le bon moment, c'est dès que tu as envie de me le dire, voyons !

Je prends conscience de la piètre amie que je suis. Maddy a raison, j'étais tellement accaparée par mes problèmes que je ne lui ai pas laissé le temps pour me parler d'elle. Je la regarde et je m'en veux.

— Je suis désolée… J'ai été nulle.

— Arrête ! Je n'avais pas envie de te chanter la mélodie du bonheur alors que tu traverses une période compliquée, voilà tout… D'ailleurs, je ne sais pas où je vais… C'est juste que c'est… nouveau.

— Dis donc… Et moi qui pensais que j'arrivais avec la nouvelle du jour. J'apprends que Maddy a un véritable coup de cœur pour quelqu'un. Ça, ça dépasse tous les scoops des magazines. Bien sûr, maintenant, je veux tout savoir. À quoi il ressemble ? Tu l'as rencontré où ? Il fait quoi dans la vie ?

— Il s'appelle Nicolas et tu le connais…

— Un Nicolas que je connais ? Laisse-moi réfléchir… J'en vois deux mais c'est impossible. L'un est déjà marié, l'autre homosexuel. Un indice ?

— Tu as déjà vu ses fesses…

— Quoi ?

Je suis complètement dans le brouillard, ce qui amuse beaucoup mon amie. Puis je finis par avoir un flash.

— Le danseur en string à paillettes ?

Maddy confirme en éclatant de rire.

— Il n'y a vraiment pas de justice. Je filme un mariage et c'est toi qui repars en couple.

— J'ai hâte de te le présenter. Dans de meilleures conditions, je veux dire.

— Habillé, quoi…

— Voilà. Et tu découvriras que ce fabuleux petit cul est aussi un super kinésithérapeute.

— Gogo dancer et kiné ? Il n'y a que toi pour tomber sur ce genre de profil.

Maddy me fait un clin d'œil au moment où j'entends une voix derrière moi.

— Bonjour, Camille. Alors, ces bonbons, ils étaient comment ?

Pas besoin d'être enquêteur pour comprendre qu'Ewen vient d'arriver au bar pour prendre son service. À voir la tête de Maddy, je prends conscience que ma réponse traîne à venir. Je me tourne enfin vers lui et là… la claque ! Dieu que ce garçon est beau ! Comment j'ai pu ne pas le remarquer avant ? Il attend une réaction de ma part mais je focalise sur ses fossettes aux coins des lèvres. Si les fossettes avaient accès aux concours de beauté, les siennes seraient élues Miss Univers. Ah non ! Je ne vais pas recommencer. J'ai l'impression d'être de retour quatre ans en arrière, quand j'ai croisé la nuque d'Éric. Je me mets un coup de pied aux fesses mentalement.

— Ils étaient excellents !

— Ah ! Je suis content que ça vous ait plu.

— Pardon, il y a un business friandises et je ne suis pas au courant ? demande Maddy enjouée.

— Ce sont ceux de ma sœur. Elle fait tout un tas de produits autour de la confiture et Camille est ma testeuse la plus fiable.

À ces mots, un accès de colère me traverse le corps. Qu'est-ce qu'il entend par là ? Que je suis une grosse goulue dont la seule fonction est de se remplir la panse en concluant ses bouchées par des « hmmm, délicieux » ?! Je riposte.

— Oui, enfin, n'abusons pas non plus ! Je donne mon avis à l'occasion, quoi. De toute façon ça ne va plus être possible ! Je reprends les tournages. Alors, pour les confitures et les pâtisseries à tester, il faudra trouver quelqu'un d'autre !

— Bah, Camille, il te prend quoi là ? réagit Maddy, surprise par mon ton sec.

— Non, mais ce que je veux dire, c'est que chacun son boulot ! Moi, c'est de faire des films, pas des comptes rendus sur des marmelades.

Et voilà comment je viens de remballer gratuitement un gentil garçon. Je m'en veux mais il est trop tard. Ewen encaisse l'information et tente de conserver un sourire poli mais on sent que le cœur n'y est plus.

— OK… Je comprends. En même temps, c'est tant mieux pour vous. Si vous n'avez plus le temps de passer ici, c'est que ça bosse bien. Bon… Je vais m'y mettre aussi.

Je lui fais un petit signe de la tête, sans un mot. Au fond de moi j'ai envie de lui dire : « Pardon, je suis affreuse. C'est parce que je suis jalouse. Quand ils sont en couple, aucun garçon aussi gentil ne devrait parler aux filles célibataires dans mon genre. Elles ne savent pas se tenir. » Mais je le laisse passer derrière le comptoir.

Le regard par en dessous et le sourcil relevé, Maddy me fait revenir à la réalité.

— Tu m'expliques ?

— Quoi ?

— J'ai loupé un épisode ? Qu'est-ce qu'il se passe entre toi et le serveur ?

— Rien.

— Pourquoi tu l'as rembarré comme ça, alors ? Il est adorable.

— Justement. C'est le souci… Et après, moi, je m'emballe et je souffre…

— Tu avais des vues sur lui ?

— Moins fort ! Il pourrait t'entendre.

— Tu sais que tous les hommes ne sont pas Éric…

— Il a une petite copine ! Voilà ! Et dans ma situation, l'amitié homme-femme n'est pas recommandée. Donc comme je n'y arrive pas, il vaut mieux…

— Lui parler extrêmement mal et se priver d'un troquet sympathique en bas de chez nous !

— Hmmm… Je n'ai pas dit que j'étais au point dans ma manière de faire…

— Je te le confirme. Espérons qu'il ne soit pas trop rancunier et qu'à l'avenir il ne crachera pas dans nos cafés.

— Ah… Parce qu'on va revenir boire des cafés ici après ça ?

— Oh oui, Camille ! Et avec notre plus joli sourire et de gros pourboires…

Heureusement pour moi, j'ai décroché une pige payée. Parce que des pourboires, je sens que je vais devoir en laisser un paquet pour rattraper mon attitude.

20

— À ton premier tournage, Camille. Félicitations et bienvenue chez nous !

— Merci à tous ! Merci pour votre accueil.

Dans l'*open space* de l'agence, tout le monde lève son verre et j'en fais autant. Pour célébrer ma première mission, Raphaël a organisé une soirée en mon honneur. Enfin presque. Je viens d'apprendre il y a dix minutes que les *afterworks* du vendredi soir étaient une habitude. Mais cela n'entache pas mon plaisir. Je viens d'intégrer une équipe de travail et ce verre, c'est à ma santé qu'ils le boivent.

— Tout se passe bien ? me demande Raphaël.

— Oui. Merci pour cette attention.

— C'est normal. Tu fais partie de l'agence maintenant. Et tu as assuré aujourd'hui.

— Je n'ai fait que mon travail. Je vais attaquer le montage dès demain.

— Déjà ? Tu sais que c'est samedi ? Tu peux te reposer le week-end…

Je brûle de lui répondre qu'au chômage depuis un bail, les week-ends de repos me sortent par les trous de nez. Heureusement je m'arrête à temps. Je suis censée être une réalisatrice active.

— Bien sûr. Je vais juste faire un peu de dérushage. Pour me donner une idée du rendu.

— Talentueuse et consciencieuse. Je crois que j'ai tiré le gros lot en t'embauchant.

Je rougis. Si, si. Je chauffe des joues.

— En tout cas, ne t'épuise pas. Je ne voudrais pas être la cause de l'arrivée de cernes sur ce joli minois.

Mon visage doit être cramoisi. Ça picote jusqu'à mes lobes d'oreilles. Raphaël se fait happer par un collègue et me quitte en m'accordant un clin d'œil. J'en profite pour aller me servir une carafe d'eau. Oui, une carafe. C'est le minimum dont j'ai besoin pour faire redescendre ma température corporelle. Il faut dire que je ne suis plus habituée à toutes ces attentions. J'ai la sensation d'être une reine déchue dont on célèbre le retour sur le trône. Déstabilisant mais bien agréable.

Durant deux bonnes heures, c'est dans une atmosphère délicieuse que j'ai échangé avec mes collègues et surtout surpris Raphaël me regarder à la dérobée. Il est 22 heures quand je décide qu'il est temps pour moi de rentrer. Je préfère m'éclipser sobre et à une heure convenable pour donner l'image d'une femme sérieuse et tempérée. Ça, c'est dans la forme. Parce que dans le fond, mon ego mis à mal depuis plusieurs mois aurait bien aimé prolonger le moment pour se délecter d'un peu plus de félicitations et de sourires ambigus.

Je me dirige dans la salle de déjeuner pour récupérer mes affaires. Je me mets sur la pointe des pieds pour attraper mon sac à main posé en haut d'une étagère quand deux mains m'encerclent la taille.

— Tu pars déjà ?

Je me retourne. Raphaël n'est qu'à quelques centimètres de ma bouche. Une décharge électrique me transperce. Ce type est un concentré de sex-appeal.

— Eh oui, il est déjà tard...

— Tu plaisantes. C'est presque le début de soirée. Et puis, c'est vendredi, non ?

— Oui, mais...

Mais, mais... Mais tu es un patron beaucoup trop sexy. Mais je viens tout juste de décrocher ce job. Mais j'ai repris un nombre incalculable de verres de ce délicieux vin pétillant. Mais j'ai une banquière qui utilise ma photo comme cible aux fléchettes. Bref, des raisons valables pour ne pas me laisser aller, j'en ai pas mal en stock. Mais je choisis d'en inventer une...

— J'ai un chat qui m'attend. Je dois le nourrir...

Avis à la population. Vous cherchez des excuses capables de détruire votre image de femme désirable ? Faites confiance à Camille : utilisez l'excuse du chat. Ajoutez-y une litière à nettoyer et vous ferez fuir n'importe qui, à votre guise.

— Oh...

Raphaël esquisse un sourire surpris. Néanmoins l'effet est immédiat. Il me lâche et recule de quelques pas.

— Dans ce cas, je comprends. Un estomac qui gronde passe avant tout…

— Attention, je ne suis pas dépendante de mon chat non plus. C'est juste qu'il a des médicaments à prendre à heure fixe en ce moment…

Mais où je m'embarque ? Je n'ai qu'à lui parler des selles molles de mon matou imaginaire tant que j'y suis.

— Ton chat est malade ? Je suis désolé. J'adore les chats. J'en ai eu toute ma vie. De quoi souffre-t-il ?

Mais qu'est-ce que j'en sais, moi ? Et puis comment on en est arrivés là ? Ah oui. À cause de mes inventions.

— Il a… une otite.

— Oh, le pauvre. Et il mange encore malgré la douleur ?

— Oui… C'est un affamé… En toutes circonstances.

— Et c'est quoi son petit nom ?

— … Bouffe tout !

Raphaël prend un air perplexe. J'en profite pour bifurquer la conversation et clore le sujet félin.

— En tout cas, merci encore pour cette soirée et cette belle opportunité de travail.

— C'est normal. Tu le mérites.

— J'espère profondément te satisfaire.

Raphaël marque un temps et me dévisage, amusé. Je comprends l'allusion tendancieuse. Je me reprends aussitôt.

— … Professionnellement je veux dire ! Que tu sois satisfait de mon travail, telle est ma priorité !

Quelqu'un a-t-il déjà entendu phrase plus minable ? On croirait la devise moyenâgeuse d'un chevalier qui aurait forcé sur l'hydromel ! Malgré tout, Raphaël se met à rire.

— Tu es mignonne… Je te souhaite un bon week-end alors.

— Oui, à toi aussi, dis-je en me précipitant vers la sortie mi-troublée mi-ridiculisée.

— Camille ?

— C'est moi !

— N'oublie pas ton sac…

— Ah bien sûr… mon sac… Merci.

Eh allez ! Jusqu'au bout, Camille ! Jusqu'au bout…

Une fois dehors, j'inspire une grande bouffée d'air. Je suis euphorisée. La roue du destin tourne enfin. Sur le chemin du retour, je me hâte et accélère le pas. Je pense à mon chat qui doit se désespérer devant sa gamelle vide… Le pauvre ! Je promets qu'il m'a fallu parcourir au moins trois rues avant de me souvenir que je n'en ai pas. C'est effrayant de découvrir cette capacité d'autopersuasion. Les choses s'arrangent peut-être mais, soyons lucide, dans ma tête tout n'est pas encore à sa place.

21

Voilà trois semaines que j'ai intégré l'agence de Raphaël et je suis une nouvelle femme. Ce nouveau travail m'aide énormément. Il permet à EVE de temporiser son obsession sur Éric et refrène même ses réflexes de traques virtuelles. C'est bon signe !

Il faut dire que je n'ai pas chômé. Après avoir livré la vidéo de lancement des rouges à lèvres en un temps record, Raphaël a été surpris par ma rapidité d'exécution et par le résultat. Aux côtés de mon employeur, j'ai ainsi travaillé à d'autres tournages dont une publicité pour une nouvelle enceinte radio en tant qu'assistante-réalisatrice. L'équipe m'a félicitée et j'ai été créditée comme il se doit sur chacun des projets. Il y avait si longtemps que je n'avais pas été reconnue à ma juste valeur. Pas davantage, pas moins, juste à hauteur du travail fourni. Et ce soir, c'est mon sacrement. La marque de cosmétiques a fait un retour dithyrambique sur ma prestation et Raphaël m'a invitée au restaurant pour fêter l'évènement. Pour l'occasion, j'ai même mis du gloss (offert par la marque). Et en me regardant j'admets que cela me va plutôt bien.

— Attention, ça pue...

Je détourne ma tête du miroir. Une dame d'une soixantaine d'années, habillée comme pour assister à un gala de charité, vient de sortir des toilettes que je convoite depuis plusieurs minutes.

— Évitez les crevettes en salade. Je crois qu'elles ne sont pas très fraîches.

Abasourdie par sa décontraction, je la regarde se laver les mains, puis quitter les lieux comme si de rien n'était. J'éclate de rire. Je suis dans un des restaurants les plus chics de la capitale et une bourgeoise vient de m'annoncer avec le plus grand des naturels qu'elle a contracté la diarrhée. Au même moment, une jeune femme arrive à son tour dans les cabinets. Son entrée crée un appel d'air et soulève une odeur pestilentielle qui embaume toute la pièce. Aussitôt la jeune femme me regarde et je me sens jugée.

— Ce n'est pas moi, hein... C'est la dame aux crevettes.

C'est signé, je viens de passer pour une malade mentale. J'ai toujours ressenti le besoin de me justifier. Toujours. Dans les lieux publics je me sens mal à l'aise à l'idée que l'on puisse penser que j'ai fait la grosse commission. En temps normal, j'y aurais repensé plusieurs fois dans la soirée, honteuse. Mais pas ce soir. Ce soir je me sens forte. Ce soir j'ai une coupe de champagne qui m'attend. Ce soir je fête le retour de Camille, la vraie.

J'expédie mon passage aux toilettes et je retrouve Raphaël. Je mentirais si je disais que je n'ai pas été surprise d'apprendre que nous ne serions que deux à dîner… Je mentirais aussi si je prétendais que cela ne m'a pas fait plaisir. Entre nous, il s'est installé une forme de complicité ambiguë qui n'est pas pour me déplaire. Nous sommes sur la même longueur d'onde. Notre approche du travail est similaire, sérieuse mais détendue. Et à la différence d'Éric, Raphaël ne s'attribue pas les mérites de mon labeur.

De retour à table, il me tend une coupe.

— On trinque ? À toi, Camille. Bravo pour ton travail. Tu es devenue en très peu de temps un élément clé de l'agence.

— Merci à toi de m'avoir offert cette opportunité.

Nos verres se choquent. Raphaël me sourit en plissant ses yeux qui pétillent. C'est agréable et un peu perturbant. Malgré les circonstances, je tente de ne pas oublier que je suis en présence de mon patron. Mais le décor élégant, les bougies, sa chemise légèrement déboutonnée et son regard à tomber ne me facilitent pas la tâche.

— Alors, Camille, parle-moi de toi…

— Qu'est-ce que tu veux savoir ? Ce que je fais dans la vie ? Mes horaires de boulot ?

Raphaël rejette sa tête en arrière et laisse étinceler ses trente-deux perles qui lui servent de dents. Il n'en manque pas une, c'est sûr !

— … Non, j'aimerais justement savoir ce que tu

fais, à quoi tu passes ton temps libre quand tu n'es pas à mes côtés.

Argh ! Il a bien dit « à mes côtés » là, non ?

— Oh... Alors, je vois mon amie Maddy, je... je...

J'avale une gorgée de champagne pour gagner du temps. Je réalise que je n'ai rien à lui répondre. J'ai consacré mes derniers mois à chercher désespérément du boulot (je ne peux pas l'avouer), me venger de mon ex (je ne peux pas l'avouer non plus) et manger des tartines à la confiture (une activité désormais compromise). J'essaye de me remémorer ce que j'aimais faire avant que ma vie ne bascule, avant ma rupture. Je ne vois pas grand-chose de plus palpitant. J'articulais ma vie entre mon travail et le bonheur chronophage d'Éric. Je force ma mémoire à aller encore plus loin en arrière, avant ma rencontre. L'impression qu'un voile se lève. J'ai une drôle de sensation, comme si je rêvais. Et là tout me revient. J'aimais regarder des films en mangeant des coquillettes au ketchup, me balader en forêt juste après la pluie, lancer une musique et chanter à tue-tête et surtout faux...

Depuis combien de temps n'ai-je pas fait ces choses simples ?

— En réalité j'ai rompu il y a quelques mois. Ça n'a pas été facile alors depuis je me concentre sur le travail.

— Vraiment ? Et pas de nouveau petit ami à l'horizon depuis ?

Je m'attendais à ce que ce dîner nous amène à discuter de sujets plus personnels mais pas si vite.

— Non. Ce n'est pas ma priorité.

Pour être honnête, je ne suis pas certaine de ma réponse. Bien sûr, je ne veux pas qu'il s'imagine que je suis de celles qui séduisent leur patron et en oublient leur rang. Pour autant, si je ferme complètement le sujet, je passe peut-être à côté d'une relation naissante. Mais est-ce que je suis prête ? Est-ce que j'en ai envie ? Est-ce que je ne me fais pas plutôt des idées ?

— Enfin, ce que je veux dire, c'est... tout dépend de ce que la vie me réserve. Disons que je ne cherche pas, mais si ça arrive...

— Tu as raison. Il faut prendre les choses comme elles viennent. Sans forcer, sans attente, c'est aussi ma philosophie. On a décidément beaucoup de points en commun, chère Camille.

De nouveau son regard plonge dans le mien. Mon cœur s'accélère et je déglutis. Heureusement le serveur intervient pour prendre la commande et, par là même, ralentir mon rythme cardiaque.

— Madame, monsieur, avez-vous fait votre choix ?

— Camille ?

— Heu oui, je vais prendre le tartare d'aubergines.

— Et moi les crevettes en salade, s'il vous plaît.

— Les crevettes, tu es sûr ?

J'ai très envie de l'en dissuader. Vraiment. Pour le bien de tous et surtout de ses intestins. Mais comment lui dire élégamment ? Qui plus est devant le serveur... Dans le fond, peut-être que le mal de ventre de cette dame n'est qu'une coïncidence. C'est même certain.

Jamais un établissement pareil n'autoriserait un manque de fraîcheur dans ses aliments. Je crois que m'abstenir de tout commentaire est préférable. Et puis je n'ai pas envie de gâcher cette soirée en associant mon image à l'arrivée d'une diarrhée éventuelle.

— Oui, j'aime beaucoup ça, pas toi ?

— Si…

— Donc des crevettes pour moi et… Allez, faisons sauter les conventions culinaires, apportez-nous une bouteille de côte-rôtie.

Raphaël m'adresse un clin d'œil plein de connivence. Je lui réponds par un sourire de façade. Je n'ai absolument pas compris le concept de conventions culinaires.

— Excellent choix, monsieur.

Cette réponse m'interpellera toujours. Pourquoi « excellent » ? Dans un restaurant, est-il possible d'en faire un mauvais ? Existe-t-il des chefs qui s'amusent à piéger leurs menus en proposant des plats infects ? Je devrais me pencher sur la question…

— Tu apprécies le bon vin, Camille ?

— Bien sûr…

Non. Pas du tout. Je ne sais pas reconnaître une piquette d'un grand cru. Mais j'apprécie les découvertes.

— Tu sais, si je t'ai invitée ce soir, c'est pour célébrer ton travail chez nous, mais pas que…

— Ah oui ? Pour quoi d'autre alors ?

— Camille, j'ai envie de…

Hasard ou volonté, Raphaël baisse les yeux tout en laissant sa phrase en suspens. Avec le champagne qui commence à faire son effet, je joue malgré moi au jeu du « complétez la phrase ». Et dans mon esprit, toutes les suites sont possibles, même les plus coquines.

— J'ai envie de… je ne sais pas. Il faudrait que tu le veuilles aussi bien sûr…

Oh bah, sers-moi un verre de ta côtelette rôtie et je risque d'avoir très envie, oui.

— Je t'écoute…

— Voilà ! J'aimerais t'envoyer en Écosse, pour suivre des chasseurs de fantômes.

— Hein ?!

Je viens de répondre avec la voix de Ginette, 70 ans, pilier de comptoir depuis 1982. Outre le fait que j'attendais (espérais ?) une proposition un peu plus indécente, l'excentricité de la demande m'a fait perdre toute tenue.

— Excuse-moi ? Des fantômes, en Écosse ?

— Oui, je sais, c'est un peu farfelu. Mais ce genre de programmes cartonne sur les chaînes du câble. On nous a sollicités pour réaliser le tournage et la postproduction d'un épisode pilote. Si on arrive à les séduire, c'est vingt épisodes qui nous seront commandés. Tu réalises ?

— Oh ! C'est un très joli contrat, en effet.

— Et une super-opportunité pour l'agence de faire son entrée dans le milieu des programmes télé.

— Je comprends, ce serait fabuleux.

— Mais pour y arriver, je dois être sûr de mon équipe. Tu t'en sens capable ?

— Waouh, eh bien… Filmer des fantômes, je dis banco !

— Attention, ce n'est pas à prendre à la légère… C'est l'avenir de l'agence qui en dépend.

Je comprends l'enjeu et récupère mon sérieux. Même si je trouve qu'il force un peu dans le côté mélodramatique. Décidément, le paranormal et moi, ça commence à devenir la routine.

— Je suis partante et plus que motivée.

— Je n'en attendais pas moins de toi. Je sais qu'avec ton œil et ta patte, ce sera au top !

— Merci.

Je ne rajoute rien. Surtout pas. Trop de blagues me traversent la tête. Je me vois déjà expliquer le contenu de mes images : « Ah, si. Là, il y a un spectre. Mais comme les fantômes sont invisibles… »

En revanche, ce que je visualise sans difficulté, ce sont les prochains mois de travail que ce contrat peut m'assurer.

— Tartare d'aubergines pour madame, crevettes en salade pour monsieur et côte-rôtie.

Le serveur dépose nos plats, débouche la bouteille et propose à Raphaël de goûter le vin. Il se saisit du verre, le respire, acquiesce… Je le vois faire… Ce qu'il est classe. On est loin de mes soirées shots de vodka. C'est plaisant de se sentir un peu princesse.

— Bon, eh bien, maintenant que le sujet du travail est clos, on peut poursuivre la soirée. Qu'en dis-tu ?

Il me tend un verre de vin.

— Oui… Santé ! À nos prochaines collaborations !

— Je dirais même, à nous…

…

— C'est encore loin chez toi ?!

— Non, on y est dans deux minutes.

— Je ne tiens plus là, j'ai trop envie !

La fin de soirée s'annonçait pourtant si belle. Après avoir bu la bouteille de vin qui, malgré mon peu de connaissance, s'est avérée très bonne, Raphaël et moi avons discuté, ri et, disons les mots, flirté. En sortant du restaurant, mon charmant patron a réajusté le col de ma veste avec la même sensualité qu'un acteur de comédie romantique. Et quand il a insisté pour me raccompagner en voiture, je n'ai pas bataillé pour refuser. Ma raison a vaguement tenté de me freiner. Comme un murmure de mise en garde qui évoquait les dangers de succomber aux bras de son employeur. Mais le charme du moment et surtout l'alcool dans mon sang ont vite fait taire cette rabat-joie. Sur la route, je me disais : « Tant pis. S'il me demande de monter, je dis oui. Nous verrons bien… » Sauf que depuis un bon quart d'heure, plus de mystère possible. Raphaël espère arriver chez moi plus que tout au monde ! Mais pour des raisons beaucoup moins glamour.

— Tu crois que c'est à cause des crevettes ?!

— Hmmm… C'est bien possible !

— Ils vont voir le commentaire que je vais leur laisser sur le site ! C'est une honte ! 200 balles la note et je me tape une intoxication alimentaire ! Je vais leur pourrir leur réputation ! On arrive bientôt ou pas ?!

— Oui, à la prochaine tu tournes à gauche et on y est.

Heureusement, une place libre nous attend. Raphaël se gare en trombe. Une fois dans l'immeuble, il oublie l'ascenseur et moi je me découvre la capacité de monter des marches six à six.

— C'est où ?!

— Juste à droite de la cuisine.

Raphaël se transforme en tornade. Il fait tomber sa veste, un cadre au passage et n'a vraisemblablement pas le temps de fermer la porte des toilettes correctement. La situation est un peu gênante. Le bruit aussi. Peut-on convenir que ma fin de soirée est des plus insolites… (Douteuse ?) Plantée au milieu de mon studio, je n'ose pas bouger. J'attends. Quand Raphaël sort enfin, il est livide. Pour ce qui est des causes de son état, aucun doute possible. Même odeur abominable… Je déclare l'accusé coupable ! Que l'on condamne les crevettes ! Et qu'on leur coupe la tête… une deuxième fois !

— Ouf ! Ça va un peu mieux…

— Est-ce que tu veux un verre d'eau ? Une tisane ?

— Non, je préfère rentrer chez moi…

— Je comprends.

— Désolé, hein, me dit-il en récupérant ses affaires.

— Pas de souci.

— Bon, je te dis à lundi. On discutera des détails pour le tournage en Écosse.

— Bien sûr, à lundi… Repose-toi bien.

Sur le pas de la porte, blafard mais pensif, Raphaël m'interpelle.

— Au fait, Camille ?

— Oui ?

— Tu ne m'as pas dit que tu avais un chat ? Il n'est pas là ?

Mais enfin ! Quelle idée de me poser cette question ? Dans son état en plus…

— Un chat ? Si, bien sûr. Mais… il est mort ! Cette semaine.

— Ah…

— Eh oui… Foutue otite !

— Mince. Bon… Bah, salut.

Fébrile, mon patron quitte l'appartement en me laissant un petit fumet qui manque de me plonger dans un coma profond. J'ouvre la fenêtre en grand et me mets à chercher de quoi désodoriser la pièce. Bien sûr il a fallu que je termine ma bouteille de parfum aujourd'hui ! Et mon déodorant est un stick à bille. À la place d'une nuit torride, je vais crever asphyxiée. Mon regard se pose sur une bombe insecticide. Les sigles présents sur l'aérosol sont : un éclair, une tête de mort, une planète en décomposition. J'ai en ma possession une arme de destruction massive. Tant pis, je prends !

Je préfère inhaler n'importe quoi plutôt que cette odeur de cadavre !

Finalement, je n'aurai pas eu à décider de la suite des évènements avec Raphaël. Non, j'ai été battue par le pouvoir de la crevette pas fraîche.

22

— Tu n'as pas oublié ton passeport, ma patate ?

— Non, Maddy... Et j'ai même pris ma carte d'identité.

— Tu as bien vérifié que tes papiers étaient encore valables ?

— Tout à fait...

— Si tu as soif, il y a une bouteille d'eau dans la poche arrière de mon siège.

— Ça va aller, Nicolas, je te remercie...

— T'as pensé à prendre un coupe-vent ? Il fait froid là-bas...

— Maddyyy !

Pour mon départ en Écosse, Maddy et son nouveau petit ami ont proposé de m'emmener à l'aéroport. Quand je dis « proposé », le terme « imposé » serait plus exact. La veille au soir, ma meilleure amie a déboulé chez moi avec l'idée non négociable de me conduire à l'aéroport. L'occasion, selon elle, de rencontrer Nicolas de manière informelle tout en me facilitant le trajet.

Sauf que depuis dix minutes, assise sur la banquette arrière de la voiture, j'ai l'impression d'être une enfant de parents divorcés, qui part pour un mois de colonie et dont la mère culpabilise de lui avoir présenté son nouvel amant sur la route de l'abandon. Maddy n'est pas du tout à son aise. Elle gigote nerveusement, se retourne vers moi toutes les deux minutes et m'assomme d'un tas de questions futiles. Elle évite clairement les temps morts et ne me laisse aucune possibilité d'en apprendre un peu plus sur son petit ami. Il faut reconnaître qu'en huit ans d'amitié, elle ne m'a jamais « présenté » qui que ce soit. J'imagine donc qu'elle n'a pas réalisé que faire connaissance par rétroviseur interposé n'était pas le meilleur des moyens. Nicolas, de son côté, semble plutôt avenant et décontracté. Pour le peu que j'en vois et que j'en entends… Je décide d'outrepasser le stress de Maddy et de le questionner. Après tout, c'était le projet initial et il devient urgent d'alléger l'atmosphère de cette voiture.

— Alors comme ça, Nicolas, tu es kiné ?

— Exact ! J'ai mon cabinet depuis quelques années et je m'éclate bien.

— Et de ce que j'en ai vu, tu danses aussi dans des gâteaux…

Maddy se raidit, contrairement à Nicolas qui rit et ne paraît pas du tout contrarié par ma question.

— Ça m'arrive, oui. En réalité j'ai fait dix ans de danse. Et un jour je me suis fait une belle fracture à la cheville. Ballot pour un kiné, hein ? Du coup, j'ai arrêté de danser progressivement. Je ne comptais pas devenir professionnel de toute façon. Mais de temps en temps, quand un copain a besoin de moi pour une petite animation ou qu'on me propose un remplacement, je le fais volontiers. Ça m'amuse toujours !

— Et ça te permet de séduire de jolies sirènes comme Maddy.

— C'est grâce au pouvoir du caleçon à paillettes ! C'est mon arme de séduction numéro 1, je mise tout sur lui, dit-il sur le ton de la plaisanterie.

— T'es bête, rétorque Maddy en lui caressant furtivement la main.

Je ne m'y attendais pas. Maddy vient d'avoir un élan de tendresse. Encore pudique, certes, mais réel. Jusqu'à présent je ne m'étais jamais posé la question du devenir sentimental de mon amie, tant son indépendance farouche la caractérisait. Mais il est clair que cette relation la révèle sous un autre jour.

Nous poursuivons le trajet dans une ambiance détendue. Arrivés devant l'aéroport, Maddy propose de m'accompagner jusqu'à l'entrée du terminal et demande à Nicolas de l'attendre. Je récupère ma valise en remerciant mon chauffeur.

— Salut, Nicolas. Encore merci. J'ai été ravie de te rencontrer.

— Pareil ! À très vite, j'espère…

Il jette un coup d'œil à Maddy comme pour recevoir la validation d'une prochaine rencontre, mais elle se contente de sourire et me saisit le bras pour avancer.

— J'espère que ton tournage va bien se passer. C'est incroyable ça, tu pars filmer des fantômes…

— Oui, ce n'est pas banal.

— Si ça se trouve tu vas vraiment en voir…

— Eh oui… Si ça se trouve.

— Tu imagines ? Tu tombes nez à nez avec le spectre d'une ancienne comtesse…

— Bon, Maddy… Tu ne m'accompagnes pas jusqu'ici pour me parler de mon tournage, si ? Pose-moi plutôt la vraie question.

— De quoi tu parles ?

— Allez, pas à moi…

Maddy baisse le regard.

— Je n'y arrive pas… Je sais, c'est bête. Mais c'est tellement nouveau…

— OK, je passe direct à la réponse alors : il est très bien !

— C'est vrai, tu trouves ?

— Absolument. Naturel, drôle et franchement sympa de s'être levé à 6 heures du matin pour conduire la meilleure amie de sa copine à l'aéroport.

— Oui, c'est vrai, il est cool… Bref, on verra bien.

Maddy a remis son masque de femme forte mais je ne compte pas la lâcher.

— D'habitude, c'est toujours toi qui me conseilles sauf que, pour une fois, laisse-moi te dire un truc… Tu as le droit de te laisser aller. Tu as le droit de montrer des signes d'affection et tu as même le droit de ressembler à une guimauve posée sur une glace onctueuse.

— C'est Nicolas la glace onctueuse ?

— Pas vraiment ou peut-être bien. Je ne sais pas, je trouvais que l'image était parlante. Quoi qu'il en soit, profite, Maddy. Tu viens de rencontrer un homme qui te donne envie de démarrer une relation. Ne te ferme pas.

— C'est moi qui te dis ça en général... !

— Tout à fait. Comme quoi, j'écoute tes recommandations...

— Je vois ça... Fais attention à toi, me dit-elle en me serrant un peu trop fort dans ses bras.

— Je rentre dans deux jours ! Ça devrait aller.

— Oui, mais quand même.

— Oh, je les plains...

— Qui ça ?

— Vos futurs enfants ! Tu vas être une mère étouffante...

— Arrête ! Ne commence pas à parler bébés...

— Tu préfères qu'on parle mariage ?

— Camille !

— Allez, je file ! Et n'oublie pas : pour la cérémonie, ton témoin, c'est moi !

Maddy me fait les gros yeux pendant que je sautille en lui faisant un dernier signe de la main. L'amour lui va bien à ma pin-up.

23

Après un vol d'une heure trente, je suis arrivée à Édimbourg. Une voiture m'attendait pour me conduire jusqu'au lieu de tournage, situé à quarante-cinq minutes de la capitale. Une fois sur place, je rejoins Ludovic, le premier réalisateur, ainsi que Claire et Axel, les deux chasseurs de fantômes. La petite équipe, arrivée la veille pour faire du repérage et des images d'illustration, m'attend devant la bâtisse.

En découvrant les lieux, je suis surprise, voire un peu déçue. Le prétendu château hanté est en réalité une vieille auberge isolée du XVIIIe siècle. Rien qui ne fasse particulièrement peur. Certes, le jardin est défraîchi et un arbre aussi sombre que tordu agite ses branches avec une impression de vouloir engloutir n'importe quel individu qui s'en approcherait. Si l'idée de venir y faire un pique-nique ne me viendrait pas à l'esprit, pas de quoi prendre ses jambes à son cou non plus. Mais je ne suis pas là pour donner mon avis, juste pour faire ce que je fais le mieux : filmer. Avant de rentrer dans la maison, Ludovic me fait un bref topo.

— L'auberge fait aussi Bed and Breakfast, mais l'affaire tourne mal. En dix ans, il y a déjà eu quatre propriétaires différents. Tous ont déguerpi…

— Et pour quelles raisons ?

Claire et Axel, qui ne s'étaient pas encore exprimés sur le sujet, me jettent un regard douteux.

— Bah, à cause des fantômes ! me rétorque Axel comme si c'était une évidence.

— Eh oui… Bien sûr.

Je me retiens de pouffer de rire. Claire poursuit.

— D'après nos recherches, on sait qu'il y a eu beaucoup de décès dans cette auberge…

— Il faut reconnaître qu'en trois cents ans d'existence, les probabilités de décès sont grandes…

Oups ! Je n'aurais pas dû dire ça. Je le vois. Je suis là depuis à peine cinq minutes et je les agace déjà. Contente-toi de filmer, Camille.

— De ce qu'on nous a rapporté, il y aurait surtout deux entités qui se manifesteraient, reprend Claire. À plusieurs reprises des gens ont aperçu l'ombre d'un homme, au bar… On dit qu'il briserait des verres et des bouteilles de whisky… Il cognerait parfois dans les murs et ferait tomber des chaises.

J'acquiesce, l'air sérieux et concerné. J'essaye de chasser de ma tête l'idée qu'on est venus traquer un spectre alcoolique.

— Les autres témoignages évoquent l'apparition d'une femme, précise Axel. D'après les descriptions, elle porte une robe d'époque victorienne. Pour les gens du coin, c'est sûrement le fantôme de Lady Margaret MacNeil. Margaret était l'épouse de Sir Logan, un homme riche mais violent. Selon la légende, elle serait tombée éperdument amoureuse d'un paysan des Highlands, et une des chambres de l'auberge aurait été le théâtre de leurs rendez-vous secrets. Malheureusement, Logan aurait découvert la trahison…

— Et après ?

Je suis une enfant à une soirée pyjama. Je veux connaître la suite même si je sais que je devrai dormir la lumière allumée.

— Logan serait devenu fou. Il aurait débarqué avec une hache, surpris Margaret au lit et l'aurait sauvagement assassinée.

— Ah oui ! Sacrée histoire… Et l'amant, il est devenu quoi ?

— On dit qu'il s'est éclipsé quelques minutes plus tôt, comme à son habitude, pour ne pas éveiller les soupçons.

J'observe Axel sans rien ajouter. J'ai très envie de lui dire que les soupçons étaient déjà bien éveillés pour que le mari débarque avec une hache, mais je me tais. Ce tournage est très important pour l'agence et par extension, pour moi. Raphaël me fait confiance. Depuis notre rendez-vous au restaurant, il s'est montré sympathique mais moins engageant que ce que supposait notre dernière soirée. Il faut dire que nous n'avons pas reparlé de son départ précipité (épique). Il m'a néanmoins fait livrer un bouquet de fleurs la veille de mon départ avec un petit mot : *Pour ma talentueuse réalisatrice. Hâte de fêter la signature de ce nouveau contrat. Promis, la prochaine fois je commanderai un steak bien cuit. La soirée sera à nous.* J'ai trouvé cela drôle et charmant. Alors, un prochain dîner, pourquoi pas… mais il ne faut pas que je me disperse. Pour le moment je suis ici. Je lui ai garanti mon professionnalisme et cela commence par entretenir une bonne entente au sein de l'équipe.

— On te montre l'intérieur ? propose Ludovic, le réalisateur. On s'est déjà entretenus avec les propriétaires. Pour le moment, ils ont encore deux clients qui quittent les lieux en début d'après-midi. On va donc éviter de les effrayer avec nos caméras. Mais, dès ce soir, on aura l'auberge pour nous tout seuls.

Une fois entrée, impossible de faire abstraction de l'ambiance lugubre. Je ne sais pas si le commerce fonctionne mal à cause des esprits frappeurs, par contre, je peux affirmer que les têtes de sangliers accrochées au mur et le corbeau empaillé n'aident pas à attirer la clientèle. Tout est sombre et vieux. Un couple termine son petit déjeuner. Ils n'ont pas l'air reposé. Peut-être le fantôme du vieux bourré leur a-t-il réclamé un scotch toute la nuit… Ou alors, ils ont simplement leur tête du matin. On monte à l'étage. Le plancher craque et donne sur un couloir aussi accueillant que celui de l'Overlook Hotel dans *Shining*. Pour ce qui est du style, nous avons droit à une tapisserie tellement datée que même les motifs floraux ont décidé de faner. Axel décide de me montrer la prétendue chambre de Lady Margaret.

— Voilà. C'est ici que le meurtre aurait été commis.

J'espérais que le décor des chambres serait différent. Mais non. C'est d'un glauque… Des rideaux en dentelle jaunis. Des tables basses avec des napperons. Des tableaux d'inconnus patibulaires. Ici, pas besoin de meurtre pour décéder. Quiconque y passe plus d'une nuit a forcément envie de mourir. Est-ce qu'ils ne diffusent pas des émissions de déco en Écosse ?

— On va suivre Claire et Axel avec les caméras infrarouges, m'informe Ludovic. La consigne est simple : on les suit, on n'en rate pas une miette et on reste discrets.

— C'est entendu.

— Jusqu'à maintenant, avec Claire, on a toujours mené nos enquêtes seuls, ajoute Axel. On avait nos petites caméras mais ce n'était pas toujours simple de gérer la technique et les phénomènes paranormaux. Avec vous, on va enfin pouvoir se concentrer uniquement sur les manifestations.

— L'important, c'est de rester attentif, que vous soyez nos yeux, précise Claire. Cette émission, on l'espérait depuis des années. Dix ans qu'on pratique, qu'on va sur le terrain. C'est notre chance.

— Vous chassez les fantômes depuis dix ans ? À plein temps, je veux dire ?

— Malheureusement non. On a un vrai boulot, comme on dit. Moi, je suis programmateur informatique et Claire bosse dans un salon de coiffure. Mais tous nos week-ends, toutes nos vacances, on les consacre à ça…

Je suis stupéfaite. Voilà comment ces gens organisent leur temps libre. Je me demande s'ils ont déjà fait l'expérience d'une semaine mojito/transat en République dominicaine.

— Bon ! On va profiter de la lumière du jour pour tourner les lancements, l'historique de la maison et interviewer les propriétaires, conclut Ludovic. Après on mangera un petit bout et si on a le temps, on se reposera une heure ou deux avant d'attaquer la nuit.

Nous nous apprêtons à sortir de la chambre quand, pour je ne sais quelle raison, je me retourne brusquement vers le portrait d'un homme au teint livide. Un frisson me parcourt le corps. C'est moi ou il me dévisage ? Non, je n'ai pas peur. Je pense juste qu'il faudrait remplacer ce cadre par un tableau de petits chats. Tout le monde aime les petits chats…

…

Après un après-midi de travail et un dîner rapide, nous voilà prêts à attaquer le tournage de nuit. Je suis un peu fatiguée et je regrette d'avoir goûté au dessert proposé par notre hôte. Le cranachan – une crème constituée de framboises, d'avoine, de yaourt et de whisky – me pèse sur l'estomac et me brûle encore l'œsophage. Je ne connais pas les proportions de ce dessert, mais au goût j'aurais simplement pu le renommer « whisky et flocons d'avoine ». Avant de nous laisser les clés de son auberge, Mary, la propriétaire, nous a promis de nous en préparer à volonté si on arrivait à débarrasser son établissement des fantômes. Elle ne devrait pas utiliser ses talents de pâtissière comme monnaie d'échange. Vraiment pas...

— Camille, tout est OK de ton côté ? me demande Ludovic.

— Tout est bon.

Claire et Axel déposent deux petites caméras grand angle à vision nocturne au coin du bar et du couloir, pendant que j'observe le décor. Si de jour l'endroit n'est pas accueillant, de nuit il est carrément sinistre. Je regarde par la fenêtre. Nous sommes seuls. Aucune voiture à l'horizon et pas âme qui vive (j'espère).

— Si vous êtes prêts, on commence par le bar, nous lance Claire.

Ludovic et moi acquiesçons de la tête. Axel éteint toutes les lumières. Il est 21 heures et je vais filmer des fantômes. Je suis moyennement rassurée. Il est évident que je ne m'attends pas à en croiser, mais j'ai vu *L'Exorciste* comme tout le monde...

Équipés d'un boîtier détecteur de champs électromagnétiques, les chasseurs commencent leur rituel.

— Bonsoir, nous sommes Claire et Axel. Nous venons ici afin d'entrer en contact avec vous. Si vous êtes là, approchez-vous du détecteur.

Je suis concentrée. Derrière ma caméra, j'observe

le boîtier dans la main d'Axel. Les voyants lumineux ne s'allument pas, signe qu'aucun esprit n'est dans le périmètre.

— On sait que l'esprit d'un homme perturbe régulièrement cet endroit. Il casse des verres et des bouteilles de whisky. Est-ce que vous êtes là ?

Toujours rien. J'en viens à me demander si la barrière de la langue subsiste dans l'au-delà. Après tout, le fantôme alcoolique est peut-être assis à côté de nous, à se demander ce qu'on baragouine. Claire passe derrière le bar et se saisit d'une bouteille de scotch.

— Est-ce que c'est ça que vous voulez ? Vous aimeriez que je vous serve un verre ?

Claire remplit un shooter et le dépose sur le comptoir. Le boîtier ne réagit pas.

— Tant pis pour vous ! Moi, je vais le boire, dit-elle en avalant le contenu d'un trait.

À ce moment précis, les voyants lumineux s'allument. Miséricorde ! J'en ai froid dans le dos.

— Vous avez vu ça ?! nous demande Claire excitée.

De mon côté, j'essaye de me raisonner. Même si tout est éteint, ces compteurs réagissent à la présence d'appareils électriques. Il y a sûrement une vieille cafetière branchée quelque part.

— Ça vous donne envie, hein ? reprend Axel en enclenchant ce qu'il appelle la *spirit box*, un appareil censé capter les fréquences et les voix d'outre-tombe. Dites-nous votre nom et on vous laissera la bouteille !

Quel chantage ! Je constate que les méthodes envers les revenants sont peu scrupuleuses. Offrez des bonbons à un enfant en échange d'un service, et vous verrez tous les partisans de l'éducation positive vous tomber dessus.

— Allez, ne soyez pas lâche ! Manifestez-vous !

L'appareil ne fournit aucune réponse, que des grésillements. Je trouve qu'Axel manque un peu de diplomatie. On peut être fantôme et apprécier la courtoisie.

— Vous ne voulez pas donner votre nom ? Pourquoi ? Vous avez peur de nous ?

La *spirit box* laisse entendre un bruit rauque. Comme un râle. Je l'ai entendu. Comme le reste de l'équipe qui retient son souffle. Mon cerveau fait son maximum pour trouver une raison rationnelle mais mes jambes s'entrechoquent déjà. Axel s'interroge.

— C'était quoi ? Un raclement de gorge ?

— Je dirais plutôt un grognement, dit Claire.

Au même moment, un grincement à l'étage retient notre attention. Claire et Axel se précipitent. Je n'ai pas d'autre choix que de les suivre. Au premier, l'atmosphère est digne d'un film d'horreur. Et dire que ce matin j'étais déçue de ne pas tourner dans un château…

— Margaret, c'est vous ? demande Axel. Nous connaissons votre histoire. Soyez rassurée, vous n'avez rien à craindre de nous.

Ah ! Le ton n'est plus le même. Décidément, même dans la sphère de l'ectoplasme, certains bénéficient de traitement de faveur. Malgré la délicatesse de l'approche, aucune manifestation à l'horizon. Le silence est seulement rompu par nos pas sur le vieux plancher. Ce qui suffit à me filer la frousse. Mes envies oscillent entre filmer du spectaculaire (et ainsi signer un contrat de vingt épisodes) et n'avoir rien à filmer du tout (et conserver un cœur en état de marche).

— Bon. Je propose qu'on se sépare. Claire et Camille, vous restez ici et vous essayez d'entrer en contact avec Margaret. Ludovic et moi, on redescend.

Alors, je sais que je n'ai pas mon mot à dire, mais pourquoi se séparer ? Pourquoi me laisser là, à l'étage, au plus loin de la porte de sortie ?

— On va s'installer dans la chambre de Margaret, OK ?

— D'accord...

Non, pas d'accord du tout en fait. Est-ce qu'on ne pourrait pas plutôt se trouver un petit pub sympa et partager une bonne bière brune ? Je suis même prête à retenter l'expérience du cranachan de Mary, si ça peut aider à me sortir de là. Il faut que je me raisonne. Honnêtement, je ne m'attendais pas à gérer si peu mes émotions. Toutefois, en y repensant, j'aurais pu m'en douter. Après avoir vu le premier volet de *Damien la Malédiction*, j'ai cauchemardé pendant trois mois. Et j'ai refusé de parler à tous les Damien que je rencontrais. Certes, j'avais 12 ans. Mais à l'époque, j'ai tout de même harcelé ma mère pour obtenir une bouteille d'eau bénite au cas où l'antéchrist se retrouverait dans ma classe. Ces traumatismes-là, ça vous marque à vie.

Claire et moi entrons dans la chambre. Elle s'installe sur le lit et pose le détecteur à côté d'elle. Pour avoir un plan large je reste à l'entrée de la pièce, un pied dans le couloir. Mon dos est à la merci de n'importe quel poltergeist. Je fais un effort surhumain pour ne pas regarder derrière moi toutes les cinq secondes.

— Margaret, je m'appelle Claire. J'imagine la peine et la douleur que vous avez dû ressentir. Si vous avez envie de communiquer avec moi, je suis là...

Je retiens ma respiration pour éviter de parasiter la bande par mon souffle de bovin en détresse. À l'extérieur, le vent s'est levé et cogne aux carreaux. D'où je suis, je vois le vieil arbre du jardin. Ou plutôt la mygale géante. Car ce ne sont plus des branches tortueuses qui s'agitent, mais de grosses pattes crochues qui vont bientôt venir jusqu'à nous pour nous dévorer.

— Margaret, pouvez-vous me faire un signe ? Pouvez-vous vous approcher du boîtier qui est posé sur le lit ?

Après quelques secondes, le détecteur s'active. Les voyants s'allument timidement mais en continu. Grand Dieu ! Je regrette l'époque où je filmais des petits pois et des truites saumonées.

— Merci, Margaret. Merci d'entrer en contact avec moi.

Mais qu'est-ce qu'elle raconte ?! Personne n'entre en contact avec personne ! Pauvre Claire, elle n'a pas conscience qu'elle communique simplement avec la lampe de chevet qui émet des ondes électriques ! Voilà ! Bien sûr ! C'est aussi bête que ça... Elle communique avec la lampe de chevet qui... n'est pas branchée ! Et qui n'a même pas d'ampoule... Oh bon sang ! Il faudra que je sermonne Mary. Un établissement hôtelier doit faire attention à ce genre de détails. Rien de plus désagréable que de s'apercevoir au moment du coucher qu'on ne peut pas savourer quelques pages de son livre. Oui, j'essaye par tous les moyens de m'évader mentalement.

— Maintenant, Margaret, pouvez-vous déplacer un objet ou toucher l'une d'entre nous ?

Hein ? Quoi ? Comment ça « l'une d'entre nous » ?! Ah non, je n'ai rien demandé moi ! Je ne suis pas d'accord ! Je ne veux pas ! Mamaaan j'ai peur !

Aaaaaahhhhh !

Impossible de passer à côté du hurlement d'Axel. Son cri retentit dans toute l'auberge. J'aimerais en faire autant, mais j'ai une pierre de la taille d'un menhir, matière mi-frayeur, mi-sanglots, coincée dans le gosier.

— On descend, vite !

Claire se précipite et dévale les escaliers pour rejoindre le bar. Je ne sais pas par quel miracle mes jambes me portent encore. Une fois en bas, personne. Claire s'affole.

— Axel ? Ludovic ? Où êtes-vous ?

— À la cave, répond Ludovic.

— On y va, m'intime Claire.

Eh bien d'accord ! Allons-y. Descendons à la cave. Entrons sciemment dans l'antre du démon. Pourquoi s'en priver, hein ?

— Est-ce que tout va bien, Axel ? demande Claire en haut des marches qui mènent à la cave.

— Ça va, je me suis juste cogné.

— Tu veux qu'on allume la lumière ?

— Non. Rejoignez-nous mais gardez vos lampes torches éteintes. Je sens qu'il se passe quelque chose ici…

Oh bah oui, n'allumons surtout pas ! Restons dans le noir le plus total. C'est bien connu, le diable n'aime pas manger l'âme des humains en lumière.

Claire et moi descendons prudemment les escaliers. Pour nous éclairer, seuls les petits voyants de ma caméra nous aident. La descente est interminable. Je sais maintenant ce que ressent un condamné dans le couloir de la mort. Je ne suis plus qu'à quelques marches d'atteindre le sol quand la porte du haut claque en se refermant. Je n'arrive plus à me contenir. Je pousse un cri.

— On remonte ! Continue de filmer, me somme Claire. Filme !

Je la laisse passer et la suis tout en refoulant mes larmes. Je ne suis pas faite pour ce job. Pourquoi ai-je accepté ? Pourquoi dois-je toujours prouver que je suis capable de plus ?

Claire atteint la porte et l'ouvre.

— Qui est là ? Qui a refermé la porte de la cave ? Vous nous voulez du mal ? Répondez !

Mais toi, Claire, tais-toi ! Pourquoi tu leur donnes des envies à ces fantômes ?!

— Je vous préviens, vous essayez peut-être de nous effrayer mais ça ne marche pas !

Si, si ! Complètement. Je suis tétanisée.

Un léger bruit provenant de l'étage nous parvient.

— Vous êtes en haut maintenant ? Vous jouez avec nous…

De nouveau, la chasseuse de fantômes se précipite. Collée à ses trousses, je la suis dans le couloir. Nous poursuivons en traversant la salle à manger pour arriver aux escaliers qui mènent aux chambres. Je ne suis plus que panique. Mes membres commencent à faiblir, j'ai le souffle court et le cœur en position « tachycardie activée ». Pour me calmer je tente une inspiration profonde quand l'effroyable apparaît ! Là, sous mes yeux, dans un recoin en bas des marches, une silhouette se dresse clairement devant moi. Je hurle ! Puis plus rien. Noir complet. Je viens de m'évanouir.

24

— Tiens, ton ibuprofène.

— Merci, Maddy. Aïe ! fais-je en me relevant de mon lit.

— Ça te fait toujours aussi mal ?

— Moins…

Douleurs et honte. Tel est le titre du nouveau chapitre de ma vie. Cela fait une semaine que je suis rentrée de mon tournage en Écosse. Enfin, quand je dis tournage, entendez par là fiasco, catastrophe, désastre et tout autre mot qui évoque le malheur. Face à ma rencontre avec un spectre, je me suis bel et bien évanouie. Pour une réalisatrice embauchée sur une émission de chasseurs de fantômes, c'est déjà peu glorieux. Ça l'est encore moins quand on apprend que le fantôme en question n'était rien d'autre que mon reflet dans un miroir. Impossible d'en douter, les dernières images de ma caméra le montrent. On me voit me croiser dans la glace, pousser un cri de porcin en direction de l'abattoir, puis m'effondrer façon poupée de chiffon. Au passage, j'ai fracturé mon appareil vidéo. Et mon crâne aussi ! Venu s'éclater sur la première (et seule) marche, dépourvue de moquette. La soirée s'est terminée aux urgences d'Édimbourg. Mortifiée, j'ai attendu plusieurs heures le diagnostic du médecin. J'ai prié pour qu'il m'annonce un traumatisme crânien. Cette nouvelle aurait peut-être réussi à susciter un peu d'empathie de la part de Claire et Axel, furieux contre moi et mon sabotage involontaire. Sans parler de Raphaël… Avant de quitter l'auberge, Ludovic l'a appelé pour lui expliquer la situation. Il n'a pas demandé à me parler au téléphone. Il a juste donné la consigne de m'emmener à l'hôpital et de rentrer au plus vite, si mon état le permettait. Hélas, j'ai été en mesure de prendre le premier vol. Mis à part quelques points de suture et une belle bosse, le médecin s'est montré très rassurant : *You are a lucky girl.* Bof ! Pas vraiment. Peut-on poursuivre les examens ? Histoire de me trouver quelque chose. Une insuffisance rénale ou une gangrène, peut-être… Là, tout de suite, ce serait fort arrangeant.

Arrivés à l'aéroport de Paris, Claire et Axel sont partis sans m'adresser la parole. Avec un traumatisme crânien j'aurais au moins pu m'insurger de leur manque de compassion. Mais ma bosse *versus* leur déception n'a pas fait le poids.

Ludovic s'est isolé pour téléphoner à Raphaël. Je suis restée à l'écart, en attendant ma sentence. Quand il est revenu vers moi, il m'a juste proposé de patienter. « Pour le moment, repose-toi. Je retourne à l'agence. Avec Raphaël on va réfléchir à la suite des évènements. Il t'appellera de toute façon. » Il a appelé. Trois jours plus tard. Trois longs jours pendant lesquels j'ai essayé de comprendre pourquoi la vie s'acharnait sur moi. Pour tout vous avouer, je me suis même mise à pousser les meubles dans mon studio, à la recherche d'une poupée vaudou ou d'un pentacle inversé qui expliquerait le délabrement de ma vie. Au téléphone, Raphaël a été froid et factuel. Il a évoqué les répercussions financières et humaines liées à l'échec du tournage. Le nouvel épisode à préparer en urgence. Ainsi que son besoin de temps pour appréhender la suite avant de revenir vers moi. Puis, juste avant de raccrocher, il a terminé par un « Je croyais en toi, Camille ». J'ai pleuré tellement fort que Maddy m'a entendue, malgré les deux étages qui nous séparent. Elle s'est précipitée chez moi et m'a consolée tant bien que mal. Depuis cinq jours, elle passe avant et après son travail pour s'occuper de moi comme au chevet d'une mourante.

— Je t'ai mis un Tupperware dans le frigo. N'oublie pas de le réchauffer ce midi.

— C'est quoi ?

— Nouilles sautées aux petits légumes maison.

— C'est toi qui as préparé ça ?

Je pose la question car Maddy est bourrée de qualités mais les talents de cuisinière n'en font pas partie.

— Tu peux manger sans risque. Cette fois, c'est Nicolas qui s'en est occupé.

— Nicolas cuisine chez toi… Tiens, tiens, tiens… C'est une histoire qui progresse à grands pas, réussis-je à lui dire plein de sous-entendus.

— Oui, bon, il aime cuisiner voilà tout. On ne va pas en faire tout un plat.

— Bah si ! La preuve…

Maddy rit en levant les yeux au ciel.

— Bon, tu as prévu quelque chose aujourd'hui ?

— Oui, j'ai fait une liste de plusieurs activités : fixer le plafond, me taper la tête contre le mur, manger du verre pilé… J'aurais bien aimé pouvoir m'ébouillanter dans un bain, mais je n'ai pas de baignoire, dommage.

— Camille, arrête de te flageller. Tu t'es évanouie, ça arrive. Je remercie le Ciel qu'il ne te soit rien arrivé de plus grave.

— Mais ça n'arrive qu'à moi ! J'ai foutu en l'air un tournage. C'était important. Raphaël me faisait confiance et je l'ai déçu. J'ai mis en péril sa société.

— C'est une plaisanterie !

— Non… quoi ?

— Tu recommences à te préoccuper des autres au lieu de te soucier de toi ! Sérieusement ! Ce type a une boîte qui roule, du fric et un front sans hématome ! Tu n'as pas à le plaindre ! Tout va bien pour lui. Est-ce qu'il t'a seulement demandé comment tu allais ? Non ! Il s'est contenté de te mettre sur la touche.

— C'est mon patron, j'ai fauté, il me met à l'écart, c'est normal, lui dis-je d'une petite voix.

— Tu parles d'un patron qui t'invite au restaurant en tête à tête, qui te raccompagne chez toi, qui t'envoie des fleurs avec un petit mot ambigu… ?! C'est ça le souci ! Si c'était juste un employeur tu serais en train de pester contre lui, au lieu de t'accabler. Mais comme ce type te plaît tu l'excuses et tu endosses toute la responsabilité. Arrête.

— Il va me virer, c'est sûr.

— Bon, pour le moment il ne l'a pas fait que je sache ! S'il te plaît, relativise… Tu ne veux pas sortir prendre l'air ?

— Hmmm…

— Pourquoi tu ne descendrais pas prendre un petit déjeuner au bar…

Je fronce les sourcils et Maddy interprète parfaitement mon expression.

— Et sache que l'excuse qui consiste à éviter le serveur avec qui on a été odieuse n'est pas recevable ! Allez, sors d'ici, va te changer les idées. Descends manger une bonne tartine et profites-en pour être mignonne avec ce garçon. Je n'ai pas envie de faire des kilomètres pour déguster un apéro.

Maddy m'embrasse délicatement le front avant de quitter mon appartement. Je reste assise quelques instants. Mon ventre gargouille et je reconnais volontiers que la perspective d'engloutir une demi-baguette recouverte de confiture de framboises me fait saliver. Je me croise dans le miroir. Ma tête n'est pas belle à voir mais ma bosse et mes points de suture ont au moins le mérite d'être assortis. Ils sont tous les deux violines. Une couleur qui s'accorde à merveille à mon vieux jogging gris élimé.

Une fois dehors, la lumière me fait du bien. À l'entrée du bar je croise les doigts pour qu'Ewen ne soit pas de service ce matin. La première raison est évidemment que je culpabilise, la seconde est qu'avec mon visage déformé, j'ai malgré moi effrayé un pigeon. Quand on pense qu'à la base ils n'ont pas peur des gargouilles, cela devient inquiétant…

Je suis à peine installée qu'Ewen sort de la réserve et croise mon regard. Je m'attendais à plusieurs réactions possibles de sa part. La froideur, l'épouvante, l'indifférence dans le meilleur des cas, mais pas autant de sympathie.

— Camille… Ça me fait si plaisir de vous voir.

— C'est vrai ?

— Oui.

Diable. Il a l'air sincère en plus. Soit cet homme est très peu rancunier, soit il est atteint d'amnésie profonde.

— Mais qu'est-ce qui vous est arrivé au front ?

— Oh. Appelons ça un accident professionnel… Les risques du métier comme on dit…

— Je comprends. La dernière fois j'ai mal décapsulé une bière en bouteille, j'ai frôlé l'amputation de l'index… Depuis je suis prudent. Je demande à mes collègues de le faire.

J'explose de rire. Je reconnais son humour à froid.

— Est-ce que vous voulez un petit déjeuner ? Café, tartine et supplément confiture de framboises ?

— Oui, je veux bien…

— J'ai aussi une nouvelle recette. Pêche-raisin-réglisse. Mais je ne veux pas vous embêter bien sûr, si vous n'avez pas envie…

Il n'est donc pas amnésique, il se souvient parfaitement.

— Non, non ! Au contraire… Rien ne me ferait plus plaisir que d'y goûter.

— Super ! Et c'est moi qui invite.

Je m'apprête à refuser mais Ewen m'interrompt.

— Ne dites pas non. Je ne le fais pas pour vous, mais pour moi. D'un point de vue karmique, c'est très bon d'aider les éclopés…

J'accepte son offre par un large sourire. Décidément, ce garçon est aussi savoureux que ses confitures.

…

— Est-ce que je vous ressers un café ?

— Oh non ! Je ne peux plus rien ingurgiter… Dites à votre sœur que c'est une reine ! Même si je la trouve cruelle.

— Cruelle ? C'est-à-dire ?

— Ses confitures sont beaucoup trop bonnes. Elles créent une dépendance que même la cellulite sur mes cuisses ne peut arrêter.

À mon tour de le faire rire.

— Dans ce cas, je prends le risque qu'on me taxe de dealer… Je vais vous faire un panier garni.

— Oh non, c'est trop… Je ne peux pas accepter.

— Bien sûr que si… Prenez-le comme une prescription médicale. Les confitures favorisent la convalescence. D'ailleurs à ce sujet, je vais bientôt…

Ewen hésite avant de reprendre.

— Oui ?

— Vous avez encore un peu de temps devant vous ?

— Ouh là, si vous saviez… Du temps j'en ai plein…

— Dans ce cas, je vous en parle après… Je descends d'abord vous chercher les « médicaments »…

— Entendu, docteur.

Je tire sur l'élastique de mon pantalon de jogging pour soulager mon ventre tendu. Ewen a raison, ces confitures sont le remède à tous les maux. Je regarde machinalement par la fenêtre quand ma mâchoire se décroche. Sur le trottoir d'en face, mon patron marche d'un pas décidé en direction de chez moi. Quand il tourne la tête et croise mon regard, j'ai encore la bouche ouverte. Je dois ressembler à une carpe. Il s'arrête et me fait signe de le rejoindre. J'ai le réflexe de refermer mon orifice buccal mais impossible de bouger. J'ai peur de me faire gronder. Il m'adresse un sourire tout en pianotant sur son téléphone. Quelques secondes après, une notification SMS apparaît sur mon écran. C'est lui : *Rejoins-moi, petite Camille, je n'ai que quelques minutes.*

Le « petite Camille » me transporte ! Mon cœur frétille de bonheur. Raphaël ne m'en veut peut-être pas tant que ça. Je finis par me lever au moment où Ewen remonte de la réserve.

— Camille, ça vous tente de l'orange amère ? Tout le monde n'aime pas ça alors…

Je tourne la tête vers lui, hébétée. Je suis très loin des confitures.

— Je… Je ne sais pas…

— Tout va bien ?

— Oui, mais…

Je regarde à travers la vitre. Raphaël me presse de le rejoindre.

— Il faut que j'y aille.

— Là, tout de suite ?

Ewen jette un œil en direction de Raphaël.

— Ah. Je vois… Quelqu'un vous attend apparemment.

Il semble contrarié. C'est lisible… Mais après tout, je ne dois rien à Ewen. Ça arrive les imprévus. J'ai même le souvenir d'une dégustation de confiserie, avortée pour cause de petite amie. Eh bien voilà, c'est mon tour.

— Oui, je dois filer.

— On abandonne l'ordonnance alors ?

— La quoi ? Ah. Non. Je repasserai. Merci en tout cas. Bye.

Je plante Ewen et me précipite dehors. Après avoir dévoré comme une ogresse, je décampe comme une sans-gêne. Je l'avoue, ce n'est pas correct. Même totalement impoli. Mais Raphaël m'attend. Il est venu jusqu'à moi et il m'a écrit « petite Camille ». J'ai besoin de savoir. Vite.

Je traverse la route qui nous sépare. Je tente de décrypter son langage non verbal, mais rien de probant. Peut-être un léger mouvement de recul en découvrant mon apparence de Quasimodo. Dans quelques instants je serai fixée.

— Bonjour, Camille.

— Bonjour, Raphaël…

— Est-ce qu'on peut monter chez toi ?

— Heu… Bien sûr.

Il n'y a que deux étages pour arriver jusqu'à mon appartement. Cela n'empêche pas mon cerveau de proposer un nouveau scénario possible à chaque marche. Que me veut Raphaël ? Si j'étais virée, il ne se donnerait pas la peine de me rendre visite, non ? Non ! Aucun employeur ne vient au domicile de son salarié pour lui annoncer son licenciement. Et maintenant que j'ai ouvert la porte, Raphaël est pourtant bien là, chez moi… Avec cet air embarrassé qui me laisse à penser qu'il s'en veut peut-être d'avoir été aussi dur. Bien sûr ! Il est là pour s'excuser. Plantée au milieu de la pièce en attendant qu'il se décide à parler, mon regard se pose sur le bouquet de fleurs. Celui qu'il m'a envoyé juste avant mon départ pour l'Écosse. Les œillets commencent à flétrir mais les roses sont encore belles. Raphaël repère mon sourire.

— Elles tiennent bien, dit-il.

— C'était une très jolie attention…

— Oui. Bon. Tu te doutes peut-être de la raison de ma venue ?

Je ne veux pas l'accabler. Je n'ai peut-être pas cherché à m'évanouir, mais je n'en reste pas moins la responsable de l'échec du tournage. Oui, Raphaël et moi sommes attirés l'un envers l'autre. Mais c'est aussi un chef d'entreprise qui a dû réagir en conséquence. Il a préféré parer à l'urgence. Et je saurai assumer mes fautes. Pour le reste, sa petite tête d'enfant ennuyé excuse sa froideur antérieure.

— Tu t'inquiètes de savoir si j'ai assez de paracétamol ? Si une entité paranormale ne s'est pas emparée de mon âme ?

— Tu as toujours le mot pour rire… Alors, sinon… Heu…

Il a besoin d'être encouragé. C'est touchant de le voir si gêné.

— Oui ? Je t'écoute…

— Ce n'est pas évident de te demander ça mais… est-ce que tu l'as retrouvé ?

— Quoi donc ?

— Mon porte-cartes…

— … J'ai du mal à comprendre là.

— Je suis sûr de l'avoir perdu chez toi après le restaurant. Il a dû tomber quand j'ai jeté ma veste. Dedans il y a la carte bleue de la société, je ne m'en suis pas servi depuis ce soir-là. Elle ne peut être qu'ici.

— Attends, tu es venu jusqu'ici pour récupérer un porte-cartes ?

— Oui, on a des achats à faire aujourd'hui. Alors avant d'appeler la banque pour faire opposition, je préfère vérifier. Ça t'ennuie si je cherche ?

Hébétée, je hoche la tête et le laisse explorer les recoins de mon studio. Je suis assommée. Je viens de faire un saut à l'élastique de 100 mètres, mais sans l'élastique. Raphaël se transforme en chien qui arpente la pièce à quatre pattes. Accroupi près du canapé, il finit par se relever, son précieux porte-cartes à la main.

— Je l'ai ! J'en étais sûr ! Il s'était glissé sous ton clic-clac.

Il me regarde satisfait, son porte-cartes levé comme un trophée. Je réussis à retrouver l'usage de la parole.

— Tant mieux… Mais tu aurais dû m'appeler. Je te l'aurais apporté à l'agence…

— Non. J'ai préféré t'éviter ça. J'imagine que ce n'est pas agréable de revenir sur un lieu de travail et de croiser une équipe dont on ne fait plus partie.

Voilà ! Le couperet est tombé. J'ai été virée de l'agence. L'évidence qui se dégage de sa réponse est à la hauteur de ma stupidité.

— Hmmm. D'accord…

— Mais tu sais, rien ne nous empêche d'en profiter un peu quand même…

— Tu veux bien être plus clair ?

Raphaël s'approche de moi et pour la première fois je repère son côté prédateur.

— On peut se dire au revoir de façon plus chaleureuse, si tu vois ce que je veux dire… Tu es mignonne avec ta bosse sur le front.

— Excuse-moi, est-ce que tu es en train de me proposer de coucher avec toi ?

— Pour ma petite Camille, je peux bien arriver en retard au bureau…

Je suis dans une caméra cachée ! Je ne vois pas d'autres explications ! Ou peut-être que je ne me suis jamais réveillée après mon évanouissement. Je suis dans le coma, et tout ceci n'est que le délire de mon cerveau endommagé. Pourtant Raphaël me replace une mèche de cheveux derrière l'oreille avec l'assurance du type qui va conclure. Je n'en reviens pas !

— MAIS ÇA VA PAS BIEN ?!

— Camille, qu'est-ce qui te prend ?

— Comment tu peux croire que j'ai envie de m'envoyer en l'air avec toi là ?

— Je… Je… Écoute, je croyais que là-dessus on était sur la même longueur d'onde. Je pensais que tu en avais envie aussi… sans prise de tête…

— Tu ne comprends rien du tout ! Allez ! Bouge d'ici !

— Mais…

— Sors de chez moi, je te dis !

Je pousse Raphaël qui semble avoir oublié le chemin de la sortie. Avant de lui claquer la porte au nez, une question de la plus haute importance fait irruption dans mon esprit !

— Une dernière chose ! Quand tu m'as invitée au restaurant, tu as payé avec la carte de la boîte ?

— Heu, bah… oui.

Allez savoir pourquoi, découvrir qu'un dîner que je croyais romantique figure sur les mêmes lignes de compte que des cartouches d'imprimantes ou du papier essuie-tout me rend folle. Je ne suis donc qu'une note de frais ! Mes paires de chaussures se transforment en projectiles à balancer sur l'homme à abattre.

— Pauvre type, va ! Dégage de là !

— Mais tu es folle !

— C'est ça, oui ! Et toi tu provoques des génocides après tes passages aux toilettes ! Hors de ma vue, le puant !

C'est petit mais ça a le mérite de lui clouer le bec et de le faire dévaler les escaliers sans se retourner. Maintenant que j'ai laissé exploser la furie qui est en moi, ne me reste plus qu'une seule chose à faire : partir à la recherche de mes chaussures éparpillées sur deux étages.

25

Je suis folle ! Il est 6 heures du matin et je m'apprête à saboter un tournage. Mais que pouvais-je faire d'autre ?

Hier, après l'épisode Raphaël, j'ai eu beaucoup de mal à me calmer. Prostrée chez moi, j'ai attendu le retour de Maddy. Entre deux bouchées de riz cantonais et un rouleau de printemps, ma meilleure amie s'est efforcée de féliciter ma réaction tout en minimisant les conséquences de mon retour dans le désert professionnel. Jusqu'au moment du nougat chinois, j'y ai cru. Mais une fois de retour dans mon studio, l'angoisse m'a rattrapée. Après plusieurs nœuds au cerveau, j'ai essayé de faire taire mes doutes et mes interrogations. Mais une douche chaude, deux tisanes aux plantes et un film soporifique n'ont pas eu raison de ma nervosité. Je me suis alors relevée à 3 heures du matin pour préparer un bon litre de café et ai commencé à faire un peu de rangement. Ce rangement qu'on remet toujours à plus tard. Celui qui consiste à s'attaquer aux boîtes planquées sous le lit, remplies d'affaires qu'on doit trier depuis des lustres. Ces sacs au fond de la penderie, inatteignables, dans lesquels on retrouve un collant, troué aux fesses, mais qu'on a gardé parce que « sous un jean, en hiver, ça peut toujours servir ».

Je jure que mes intentions étaient bonnes. Dépourvues de manigances. Je voulais juste me trouver une activité qui calme mon brouhaha mental. Et là, dans un tiroir, rempli de piles à jeter, de stylos à la mine desséchée et de vieux câbles inutilisables, je suis retombée dessus. Mon dictaphone. Il m'avait beaucoup servi durant mes études. Je l'allumais durant les cours, pour ne louper aucune information venant du professeur. Camille-la-parfaite, Camille-la-minutieuse, vous vous souvenez ? En le revoyant, j'ai d'abord souri. Puis j'ai appuyé sur *play* et c'est là que je me suis entendue. Je m'adressais à moi-même avec une voix en infraction condamnable sous éthylotest :

Camille… Zé à toi que j'parle… Enfin za moi… Enfin à la Camille du futur, quoi. Tu dois te venger de ce bouffon ! Éric ! Éric est un sale CON ! Ne l'oublie pas ! Il t'a volé ta vie ! C'est pour za que t'as créé V ! Nan… Pourquoi je dis V… EVE ! Voilà, Eve… Parce que j'te connais, Camille… Tu parles, tu parles… Mais… T'oublies vite quand on se fout de ta gueule… Parce que Camille elle est gentille, Camille elle dit rien, eh bah za, c'est FINI ! Camille elle en a marre de bouffer du caca… hahahah… Bref… Donc… Qu'est-ce que z disais ? Heu… Ah oui. Fais-lui manger ses morts à ce gros con. Voilà. Allez, je… Je raccroche… Bisous… Bisous

Je n'ai aucun souvenir de ce moment. Aucun. Je me suis surtout trouvée chanceuse de ne pas m'être brisé la nuque. Imbibée comme je l'étais, impossible que je sois restée debout une fois l'enregistrement terminé.

Passé l'écoute de la bande, j'aurais pu m'arrêter là. J'ai essayé d'ailleurs. Je me suis répété que j'étais au-dessus de cette colère. Que ce n'était pas de la faiblesse, mais de la sagesse. Je récitais ce mantra, tout en découvrant les nouvelles photos de mon ex-petit ami : Éric fier, un clap de cinéma à la main. Éric tout sourire sur le plateau de tournage. Éric enlacé dans les bras de sa moitié de comédienne. Puis le démon s'est emparé de moi. Et la caféine aussi, sûrement, beaucoup. Tout s'est réactivé. Mon sentiment d'injustice, d'abandon, de trahison. J'ai vu rouge. Je suis retournée voir les feuilles de route photographiées chez lui. Premier constat, si je voulais agir, c'était ma dernière chance : la fin de tournage était programmée aujourd'hui. Pour le choix du lieu, j'y ai vu un signe. Les dernières séquences étaient prévues dans un pavillon public que je connais bien, pour y avoir réalisé un sujet sur l'architecture de style Régence.

J'ai alors arrêté de me contenir et décidé de suivre les conseils de l'alcoolique Camille-Sue Ellen.

Je suis donc en route pour signer une nouvelle vie en tant que criminelle. Mais que tout le monde se rassure ! Je ne compte tuer personne. Encore que… Si Cindy-Morue ose me défier, je ne sais pas de quoi je suis capable. Au tribunal mon avocat pourra toujours plaider la folie et mettre en avant des circonstances atténuantes : « Elle avait fait nuit blanche et ingurgité beaucoup trop de café soluble de mauvaise qualité, monsieur le juge. » D'ailleurs, si à mon procès on présente des photos de moi, personne ne pourra nier la démence. Le front encore tuméfié, je porte le même imperméable que celui réservé à ma visite chez Katiana la voyante. J'ai aussi enfilé un legging violet flashy (que je croyais noir dans la pénombre de mon studio) et mes cheveux sont si négligemment attachés que deux cornes se sont formées sur mon crâne. Un signe de mon passé de cocufiée sans doute. Je n'ai pas eu la force de passer un coup de brosse par-dessus et j'ai opté pour une casquette. La première venue. Une casquette vert bouteille à l'effigie d'une marque de bière. Bref, je ressemble à une dingo.

À quelques mètres de l'adresse, je vois les camions de tournage et mon cœur se met à battre plus fort. Je ne sais pas ce que j'espère. Tout ce que je sais c'est que, foutue pour foutue, il faut que je passe à l'action. J'approche le plus discrètement possible du pavillon. Les techniciens font des allers-retours entre les camions et le jardin dans lequel ils commencent l'installation. Sur le trottoir d'en face, je refais mon lacet tout en jaugeant les déplacements des uns et des autres. Pour le moment, l'équipe transporte le matériel et a besoin de laisser la grille ouverte. Mais dans une heure tout au plus, ils l'auront refermée et ils attaqueront le tournage. C'est maintenant ou jamais. Je me faufile rapidement et me cache derrière un arbre. Plus ridicule, tu meurs… Si mes souvenirs sont bons, derrière la bâtisse se trouve une porte qui donne accès aux cuisines. Ce n'est pas très loin, mais j'ai intérêt à courir vite pour ne pas me faire repérer. Je m'assure que personne n'arrive et je fonce. Ouf ! J'y suis. J'admets que je ne suis plus certaine de vouloir poursuivre. Je devrais peut-être faire demi-tour. Et en même temps, maintenant que je suis là… Il faut que je me décide ! Je laisse le destin choisir pour moi. Si la porte est ouverte, je continue. Si elle est fermée, je fuis. Bon. Le destin a apparemment des envies de vengeance. Je pousse la porte et entre. Je fonce à gauche. Je me retrouve dans la réserve. Je remercie ma mémoire pour sa fiabilité. Je suis au milieu des cartons et des sacs de terreau. Un plan. Vite ! Le truc, avec l'impulsivité, c'est qu'elle permet de passer à l'action, mais laisse peu de place à la réflexion. Je n'ai aucune idée de ce que je vais bien pouvoir faire. Assise dans une vieille brouette, j'entends l'équipe de tournage se donner des consignes. Le PAT est prévu pour 8 heures, soit dans moins d'une heure. J'ai donc peu de temps pour agir. Je peux toujours m'arranger pour casser une caméra… Non, j'ai trop de respect pour le matériel. Et si je commandais une cinquantaine de pizzas ? J'ai déjà vu faire dans un film. Sauf que, pour se venger, le personnage avait fait livrer plusieurs kilos de *fish and chips*. C'est une idée. L'envoi de colis saugrenus est devenu la marque de fabrique de EVE. Mais le porte-monnaie de Camille est à l'agonie.

Je peux toujours essayer de convaincre une pizzeria de nous préparer le déjeuner en urgence pour cause de panne de réfrigérateur. Le restaurant risque de tiquer et réclamera un paiement en avance. Mais avec un bon argumentaire et l'adresse exacte, il leur suffira de vérifier qu'il y a bel et bien un tournage. Les restaurants à proximité des lieux cinégéniques ont l'habitude de voir passer des équipes de cinéma. Qui se doutera qu'il s'agit d'un coup fourré ? Personne ! Sauf si le cuisinier a les mêmes références que moi en matière de comédies américaines.

D'après Internet, un restaurant italien se trouve à moins de 300 mètres. Ça se tente ! J'appelle : « Oui, bonjour. Je suis assistante de production sur un gros film qui a lieu au pavillon, juste à côté de chez vous. Nous avons une panne de frigo et le déjeuner prévu pour l'équipe est perdu. Serait-il possible de vous commander une cinquantaine de pizzas ? Pour ce midi, oui. Je sais, c'est le genre de demande à faire en avance, il s'agit malheureusement d'une catastrophe… Et… Je comprends mais… Écoutez, je viens tout juste de démarrer ce travail, je dois payer les soins médicaux de ma mère et si je ne trouve pas une solution, je risque de me faire renvoyer… Désolée… Je… Je… »

La dramaturgie s'empare de moi. Stanislavski et Lee Strasberg seraient fiers de ma performance Actors Studio ! Je fonds en larmes au point que le restaurant accepte. J'ai réussi ma première mission. Mais je n'ai pas fait tout ce chemin pour me contenter d'une livraison de margheritas. J'ai beau être assise dans une brouette avec un outil de jardin qui me rentre dans les fesses, je pousse la réflexion. Voler une carte mémoire pourrait ralentir cette dernière journée. Pour ce faire, j'ai besoin de voir où se trouve le matériel et surtout s'il est accessible… Je m'apprête à passer une tête dans le couloir quand j'entends une voix plus que familière. C'est lui ! C'est Éric ! Il parle. Mais à qui ? Nom d'une truffe humide ! Il est en train de faire une *story* Instagram…

Salut à tous. Il est encore tôt mais on est déjà sur place… C'est le dernier jour de tournage, c'est dingue. Vous avez été nombreux à me féliciter, alors pour vous remercier je vais vous présenter l'équipe et vous faire un petit room tour *comme on dit…*

Oh non… Mais qu'est-ce qui lui arrive ? Il se prend pour une influenceuse lifestyle maintenant. Il faut que je me planque et vite. J'enjambe les caisses et les sacs d'engrais pour me terrer au plus loin de la pièce. Je me saisis de ce qui ressemble à une vieille nappe et je m'en recouvre. Éric est encore audible :

Alors ici, c'est la cuisine. C'est la pièce où on stocke le catering. *Vous voyez, il y a du café, des croissants… Et là, c'est Diablo, notre régisseur général. Ça va, Diablo ?*
– Ça va, par contre j'ai du boulot là.

Je comprends que le régisseur ne s'éternise pas et j'entends ses pas s'éloigner. Éric reprend et contrairement au régisseur, sa voix est plus forte, signe qu'il se rapproche de la réserve et donc de moi.

Comme vous voyez, ça bosse dur sur le film. Ici vous avez les couloirs du pavillon, au fond c'est le grand salon dans lequel on va principalement tourner. Là, c'est quoi ?

Mon cœur palpite plus que jamais. Éric est derrière la porte. Il ouvre. Je bloque ma respiration.

Ici c'est heu… Bah, une pièce de stockage apparemment… Peut-être qu'il y a des trésors… Est-ce qu'on va voir ?

Non ! Non ! Non ! Pitié. Est-ce que cela va vraiment arriver ? Éric qui me trouve ici, recroquevillée tel un cancrelat. Je prie de toutes mes forces, autant que je me retiens d'éternuer. Il y a décidément trop de poussière dans cette réserve. Allez, bouge de là, Éric. Bouge ! Dans l'absurdité de la situation, mon cerveau essaye d'anticiper une parade en cas de découverte. Rien de concluant à l'horizon. Aucune excuse tangible ne pourrait justifier ma présence, sauf la folie : « Bonjour, je suis Marie-Camille, propriétaire de ce petit château… Je suis morte en l'an 1930 et vous m'avez retrouvée »… Je risque l'internement immédiat, c'est sûr. Mais voyons le bon côté des choses. Au moins je serai prise en charge, avec la garantie d'un repas chaque jour. Oh, mon Dieu ! Dans quel pétrin je me suis fourrée ! Et ce nez qui me gratte…

Allez, je vous emmène plutôt voir les autres pièces de la maison et peut-être même la jolie Cindy. Elle doit être au maquillage.

Éric referme la porte et j'éternue tout en aspirant une grande bouffée d'oxygène (et de poussière). Une minute de plus sous cette nappe et ce cagibi devenait ma dernière demeure. J'ai chaud. Je tremble. Je suis à deux doigts de disjoncter.

C'est en m'entendant penser que l'idée me vient. Le disjoncteur ! Mais bien sûr ! Je vais faire sauter les plombs. En voilà une trouvaille ! Pour y arriver, encore faut-il trouver le tableau électrique. J'ai le pressentiment que la cuisine est une bonne piste. Je l'espère d'autant plus qu'elle se trouve juste en face de la réserve. J'entrouvre la porte et me risque à un coup d'œil. Personne à l'horizon. Je fonce. La pièce est grande. Je farfouille rapidement. Au fond, je détecte un renfoncement. Bingo ! Le tableau électrique. Et juste à côté, la porte qui mène à la cave. De quoi me cacher jusqu'au mot « Action » ! Parfait ! EVE va enfin prendre sa revanche. Pour patienter, je pense à m'offrir un petit casse-croûte quand des pas lourds et décidés arrivent en direction de la cuisine. J'ai tout juste le temps de refermer la porte de la cave sur moi que deux voix d'homme se font entendre… Et l'un des deux est visiblement sur les nerfs.

— Henry, plus jamais ça ! Plus jamais ! Combien de films on a réalisés ensemble ? En vingt ans de métier, je n'avais jamais vu un truc pareil. Je n'en peux plus de ce type !

— Je sais, je sais…

— Qu'est-ce qu'il est encore venu foutre sur le tournage ?! On était d'accord, on lui avait dit de ne pas venir avant la fin de journée. C'est peut-être le scénariste mais moi je suis le réalisateur ! Ici c'est ma partie ! Tu l'as vu là ? Avec son téléphone, à nous filmer… Tu sais qu'il a osé me dire de m'appliquer sur les travellings !

— Calme-toi, Olivier, c'est le dernier jour… On est tous à cran, mais essayons de mettre de l'eau dans notre vin.

— Moi, c'est sa tête que je vais mettre dans l'eau. Ce gars est un petit con prétentieux qui se croit déjà arrivé ! Si ce n'était pas toi le producteur, crois-moi, j'aurais déjà claqué la porte.

— Je sais, c'est ma faute. J'aurais dû être plus ferme. J'ai accepté qu'il prenne trop de place. Il voulait être présent, c'est son premier film…

— Et son dernier ! Personne ne voudra retravailler avec lui. Il est insupportable ! Même Cindy commence à perdre patience…

— Écoute, il ne nous reste plus qu'une journée à tenir. J'ai misé sur ce que je croyais un jeune talent et je me suis planté. Mais il faut qu'on aille au bout…

— On va aller au bout. Mais qu'il ne me fasse aucun commentaire ! Tiens-le à distance. Enferme-le dans la cave s'il le faut !

À ces mots, l'oreille collée à la porte, je me raidis.

— Je m'en occupe…

— OK, on y va…

Incroyable ! J'étais venue ici pour saboter le tournage, mais Éric a l'air de s'en charger tout seul. Son manque d'humilité, son besoin de tout contrôler, je reconnais bien là ses défauts. Comment ai-je pu me laisser atteindre à ce point ? Tout à coup, l'envie de prendre ma revanche disparaît… Pour la première fois depuis des mois, mon ressentiment, ma colère, mon aigreur ne cognent plus dans ma poitrine. Je me sens légère, apaisée et franchement idiote. Pour enfin « décrocher », il aura fallu que j'entende d'autres personnes condamner les travers de mon ex-petit ami. Ce n'est pas glorieux, je le reconnais. Mais je n'ai pas envie de parasiter mon soulagement en m'auto flagellant. Pas cette fois. Assise dans les escaliers de cette cave, je souris. C'est fini. Pour de bon. Je sors et j'observe le disjoncteur. Je me demande comment j'ai pu envisager de faire sauter les plombs… Je vaux tellement mieux que ça. Je n'ai qu'une hâte : partir d'ici et ne plus repenser à mon « Moi maléfique ». Je regarde une dernière fois le tableau électrique quand soudain ma nuque se raidit.

— Camille, c'est vous ?

Je tourne la tête et je découvre Henry, l'air interloqué. Je me tétanise sans répondre. La seule chose qui me vient en tête est sans nul doute la plus débile que mon cerveau ne m'ait jamais incitée à faire… Je réponds : « Non, ce n'est pas moi », tout en appuyant sur un des fusibles du tableau électrique. Aussitôt la cuisine est plongée dans le noir. Pas de fenêtre pour laisser entrer la lumière, Henry et moi sommes dans l'obscurité la plus totale. J'entends que l'équipe de tournage s'agite. « Wooh, il se passe quoi là ?! » De panique, je suis au bord des larmes. Ils vont tous débarquer ici et je serai prise au piège comme un rat. Quel triste sort ! Au moment où je venais tout juste de faire le deuil de mon vilain moi. Non, je m'y refuse.

— Henry, je vous en supplie, ne dites rien…

— Mais, Camille, je…

— S'il vous plaît, s'il vous plaît, s'il vous plaît…

J'implore comme une enfant. C'est la seule option qu'il me reste. Henry expire lourdement. Je comprends qu'il hésite. Puis il se décide :

— Ce n'est rien, crie-t-il en direction de l'équipe. C'est un plomb qui a sauté. Je remets ça en place tout de suite.

Une lumière bleutée apparaît dans la pénombre. Henry a sorti son téléphone et l'a passé en mode lampe torche. Il balaye la pièce et tombe sur moi. J'agis comme une biche prise dans les phares. Je ne bouge pas d'un millimètre. J'attends. Sûrement qu'un miracle arrive… Qui sait, il pourrait faire un arrêt cardiaque. Il n'est pas très vieux mais plus très jeune non plus. S'il tombe, je pourrai m'enfuir. Il n'y aura aucun témoin oculaire pour m'accuser. Heureusement pour lui et pour mon karma déjà bien entaché, Henry n'affiche pas le moindre signe de défaillance.

— Camille, vous voulez bien m'expliquer ? me demande-t-il tout en rallumant la lumière.

— Je… passais par là…

— Vous voulez dire que c'est Éric qui vous a demandé de le rejoindre ?

— Non ! Non, non pas du tout ! Il ne faut pas qu'il sache que je suis là !

Henry fronce les sourcils et commence à perdre patience.

— Je ne comprends rien, Camille. Vous êtes venue faire quoi ici ?!

Son ton devient menaçant et ma gorge se serre. Mon mutisme déclenche chez lui un énervement palpable.

— C'est quoi encore cette histoire ! Sur qui je suis tombé avec vous deux ? Une bande de malades doublés d'incompétents ?!

Dernière vrille de ma part ! Mon sang se réactive. Alors oui, les circonstances sont contre moi... et les faits aussi ! C'est vrai. Mais je ne suis pas une incompétente. Et je ne suis pas une malade ! On m'a rendue malade !

— Qui je suis ?! Vous voulez savoir qui je suis ? Je suis celle qui a écrit plus de la moitié de ce film ! Les personnages, l'intrigue, tout ça c'est moi ! Je suis celle qui s'est coltinée toutes les modifications que vous demandiez. Qui a passé des jours et des nuits sur l'ordinateur pour rattraper les incohérences d'un prétendu scénariste. Je suis celle qui a mis sa vie en sourdine pour aider l'homme qu'elle aimait à réaliser son rêve. Celle qui était tellement bête qu'elle n'a jamais osé revendiquer sa place ! Et pour finir, je suis celle qui s'est fait jeter au moment où tout s'est finalisé. Et qui a perdu son couple, son logement, son travail, sa confiance, sa dignité ! Alors oui, j'ai l'air d'une folle et vous savez quoi ? Je le suis probablement. Mais ne me mettez pas dans le même panier que cet homme !

Je suis essoufflée comme si je venais de terminer un marathon. Ma respiration est bruyante et j'ai les jambes qui flageolent. Henry n'a pas bronché. Il est abasourdi.

— Écoutez, Camille, je... Je ne savais pas. Éric m'a toujours dit qu'il était le seul auteur... Je suis confus. Je me vante d'être un producteur honnête, si j'avais su, jamais je ne vous aurais exclue du contrat.

Cette marque de considération me serre la gorge. Je me mords la langue pour ne pas pleurer comme un nouveau-né.

— Vous savez... Je ne devrais pas vous le dire parce que ça me coûte beaucoup. Et je parle au sens propre comme au figuré... Mais ce film ne tient plus debout.

— Comment ça ?

— Pour des raisons de budget, il a fallu faire des coupes et de la réécriture en urgence. Et les propositions d'Éric ont été, comment dire... médiocres. Rien à voir avec le style qui m'avait séduit à la première lecture. Depuis des semaines, on essaye de limiter la casse, mais je sais déjà que c'est un naufrage...

Henry est désolé... Pas autant que moi. Tout ce travail gâché.

— Je suis navrée pour vous, Henry...

— C'est comme ça... Dans la vie d'un producteur il y a les succès et les échecs. C'est ma faute. J'aurais dû mieux ouvrir les yeux et repérer qui était le vrai talent.

Je souris, reconnaissante.

— Par contre, ça ne me dit toujours pas ce que vous faites ici…

— Ah…

Dans les films, la séquence se serait terminée juste avant cette question. Une fermeture au noir sur un moment d'échange sincère. La fin aurait été parfaite… Pourquoi toujours revenir sur les sujets qui fâchent ?

— Vous êtes sûr de vouloir savoir ?

— Je crois que j'ai ma petite idée…

— Eh bien, voilà ! Dites-vous que c'est celle-là !

Contre toute attente, Henry semble plus amusé que prêt à appeler le commissariat.

— Vous comptiez assommer Éric avec une pelle ou scalper les cheveux de Cindy ?

— Oh non ! Pas d'attaque à l'intégrité physique… Bien que ce ne soit pas l'envie qui m'en manque. J'étais davantage partie sur l'idée de déclencher l'alarme incendie ou…

— … Ou couper les lumières ?

— Hmmm… voilà. Mais je n'ai rien fait, je vous promets ! Avant que vous ne me trouviez ici, j'avais pris la décision de repartir… Je suis vraiment, vraiment, vraiment désolée ! J'ai honte !

— Eh bien, on a eu de la chance…

— Est-ce que… vous comptez me poursuivre pour violation de territoire ? Ou un truc du genre ?

Henry se met à rire.

— Non, rassurez-vous. Vous n'avez commis aucune

dégradation et le tournage du film ne souffrira pas davantage de votre petite intrusion.

— Vous allez le dire à Éric ?

— Oh non ! Je rêve de le voir disparaître de ma vie… Soyez tranquille, je ne lui parlerai de rien.

— Merci infiniment…

— Allez, filez discrètement avant que quelqu'un ne débarque ici.

— J'y vais, fais-je en me retournant.

Trop tard ! Le pire vient d'arriver. Éric me fait face. Il me dévisage comme si j'étais un asticot dans son assiette.

— Camille, qu'est-ce que tu viens faire ici ?

Eh merde ! Dépitée, j'en viens à vouloir tout avouer. Je n'ai plus d'excuse dans ma besace de toute façon.

— C'est moi qui lui ai demandé de passer, enchaîne Henry.

Oh ! Serait-ce un retournement de situation en ma faveur ?

— Ah bon ? questionne Éric.

— Oui. J'ai eu besoin d'un retour urgent sur un projet et Camille a eu la gentillesse de venir jusqu'à moi.

— Ici ?

— Oui. J'ai dit que c'était urgent. Ça te pose un problème, Éric ? Je suis producteur, tu sais. Je travaille sur différents projets à la fois et j'articule mon emploi du temps comme je le peux.

— D'accord. Je trouve ça juste un peu surprenant mais… je vous laisse parler projet… Salut, Camille.

Éric quitte la cuisine en me lançant un regard suspicieux. Il ne nous a pas crus. Bien sûr qu'il ne nous a pas crus… Henry laisse passer quelques secondes avant de me souffler une confidence.

— Désolé, c'était mauvais. Je n'ai jamais été bon en improvisation.

— Vous avez fait de votre mieux. Je vous remercie d'être intervenu.

— Cette fois, filez pour de bon ! Il ne manquerait plus que vous tombiez sur Cindy.

— Merci encore, Henry…

J'amorce mon départ quand, honteuse, un « détail » me revient :

— Au fait… J'ai peut-être eu le temps de faire une boulette quand même. J'espère que vous aimez la pizza…

26

Quand la vie n'est que naufrage, se réfugier dans les jupons de sa mère peut être une douce perspective. Même à 30 ans. Une maman offre au moins de la nourriture et des câlins... Dans le fond, a-t-on besoin de plus ? Les bébés ne sont-ils pas les êtres humains les plus heureux ?

Au téléphone, ma mère n'a pas eu besoin d'insister longtemps pour me convaincre de venir lui rendre visite. J'y ai vu une bonne excuse pour me mettre au vert, rapporter la soupière et surtout fuir cette ville qui me rappelle mes saccages à chaque coin de rue. À mon arrivée, comme je l'espérais, la maison embaumait déjà la tarte au maroilles. Adolescente, j'avais pour consigne de ne pas en réclamer tant que les vêtements raccommodés des clients n'étaient pas rendus. On ne peut nier qu'une robe de bal qui sent le fromage perd un peu de son glamour. Sauf que des commandes en cours, il y en avait tous les jours. Alors pour me faire plaisir, une fois par mois, ma mère isolait tous les tissus dans des sacs hermétiques et se mettait à la cuisine. Après quoi, elle aérait la maison durant des heures en répétant que le maroilles est un fromage bien plus fort au nez qu'en bouche.

— Tiens, régale-toi, ma puce !

À peine posée sur la table, je me jette sur mon assiette. Je n'ai pas fini ma première bouchée que j'enfourne déjà la deuxième.

— Ché chi bon…

— Doucement, ma chérie. Personne ne va te voler ta part. J'ai fait une tarte entière juste pour toi.

Je refrène ma gloutonnerie. Je ne veux pas que ma mère s'imagine que je suis une miséreuse affamée. Elle risquerait de me faire passer un interrogatoire sur mon régime alimentaire et, croyez-moi, il peut être long et éprouvant. Tout en mastiquant, je remarque du changement dans la salle à manger.

— Tu as posé de nouveaux voilages, maman ?

— Ah, tu as remarqué. Ça apporte plus de clarté, tu ne trouves pas ?

— C'est vrai. C'est joli.

— Et tu as repeint le meuble télé aussi ?

— Oui. Ça m'a pris comme ça.

Décidément, ma mère à la retraite est bien plus active que moi. Quand je pense que dans mon studio, posé en équilibre sur une chaise, un tableau attend désespérément d'être accroché au mur depuis quatre mois.

— Alors, comment te sens-tu, mon ange ?

En temps normal, j'aurais répondu : « Ça va. » J'ai toujours minimisé mes petites galères pour éviter des angoisses à ma mère. Sauf que ma vie n'a jamais été plus chaotique qu'en ce moment et mon masque commence à se fissurer.

— Tu as vraiment une petite mine. Tu sais que tu peux tout me raconter…

— Je le sais, bien sûr…

— Ma puce, est-ce que tu crois que je ne suis pas capable d'entendre ou de comprendre tes problèmes ?

— Évidemment que si. Mais je viens ici pour passer du bon temps avec toi. Pas pour m'épancher sur mes soucis. À la mort de papa, tu ne t'es pas apitoyée. Tu as relevé la tête et tu as continué d'avancer. Tu as été forte et j'essaye de suivre ton exemple…

C'est vrai que ma mère est un modèle. Malgré la difficulté elle a su garder le sourire et la joie de vivre. Elle a travaillé deux fois plus et ne s'est jamais plainte. Quand je vois comment je ruine minutieusement ma vie, tout ça à cause d'un pauvre type… Je me dis que je ne lui rends pas honneur.

— Tu n'y es pas du tout !

— Hein ?

— Tu crois vraiment que c'est la bonne solution ?!

Ma mère lève les yeux au ciel, un tantinet irritée. Pourtant je suis à peu près sûre de ne lui avoir fait que des compliments. Alors d'où vient cette électricité dans l'air ?

— Je ne comprends pas ce que tu veux dire…

— À la mort de ton père je ne me suis pas effondrée pour te préserver. Pour que tu puisses continuer ta vie sans porter une charge supplémentaire.

— Je sais, je m'en souviens bien…

— C'est bien ça le problème ! J'ai cru qu'en évitant le sujet, les larmes, la tristesse, ça t'aiderait à te construire. Mais on ne ment pas à un enfant. Au lieu de partager notre chagrin, de pleurer ensemble, de nous réconforter dans nos moments de faiblesse, on n'a fait que se ménager l'une l'autre. Et on ne s'est pas exprimées. On a tout gardé en nous…

— Tu as fait comme tu as pu, maman. Je ne te reproche rien, bien au contraire.

— Sauf que tu n'as pas à faire comme moi. Moi, je l'ai fait en tant que mère, parce que c'est mon rôle de prendre soin de mon enfant. Oui, je m'inquiète quand j'ai l'impression que tu n'es pas heureuse, mais on doit se dire les choses. Et puis, je ne suis pas cardiaque tu sais. Je ne vais pas m'évanouir à la moindre mauvaise nouvelle.

J'avale une gorgée d'eau. Je ne me sens pas prête à lui parler de EVE et de ses plans machiavéliques. Je peux lui confier que je vis une période difficile, pas qu'elle a enfanté d'une fille à la personnalité multiple. J'hésite, puis je me lance :

— C'est dur depuis quelques mois… Le boulot, les finances… Et je ne te parle même pas de ma vie sentimentale… Rien ne me réussit. J'ai l'impression de ne plus être à ma place nulle part.

— Oh ! Mon petit cœur… Tu sais quoi, je vais commencer par nous faire un bon thé et tu vas tout me raconter en détail.

Ma mère se lève pour se rendre à la cuisine. Contrairement à ce qu'elle dit, elle est vraiment un exemple à suivre. Dans l'embrasure de la porte, je la vois mettre l'eau dans la bouilloire et préparer les tasses. Elle semble épanouie. Célibataire depuis le décès de papa, elle n'en est pas moins heureuse. Pourquoi ne parviendrais-je pas à en faire autant ? J'ai sous les yeux la preuve que c'est possible. Je pourrais même revenir vivre ici. Durant quelques mois au moins. Cette maison m'apaise et cela ferait plaisir à ma mère. Elle est seule, moi aussi. On pourrait se tenir compagnie. Se retrouver comme avant. Après tout, plus rien ne me retient. Je me suis poussée vers la sortie, il est temps que je l'accepte. Et que je revienne poser mes valises là où je suis la bienvenue.

Excitée par cette idée formidable, je rejoins ma mère dans la cuisine.

— Maman, je crois que j'ai pris une grande décision.

— Ah oui ?

— Je vais revenir vivre ici !

— Oh ! Mais, ma chérie…

— Non ! Je sais ce que tu vas me répondre. Mais je t'arrête. Ne crois pas que je ne fais ça que pour toi… Je le fais pour moi aussi. Tu as raison, il faut se dire les choses. Paris, ma carrière, j'en ai rêvé et je l'ai obtenu. Mais j'ai aussi fait des mauvais choix. J'ai même eu de très gros ratés et aujourd'hui je dois admettre que je ne suis plus capable d'assumer. Voilà, c'est dit ! Je ne suis pas parfaite.

— C'est bien, mon cœur, tu t'exprimes, par contre…

— Mais ne t'en fais pas. Je ne veux pas chambouler toute ta vie non plus. Tu as tes petites habitudes et je m'y plierai. Mais on pourra regarder des vieux films comme avant, en partageant le même plaid. Faire des tartes au maroilles ou des pot-au-feu et boire des litres de thé. Bien sûr je ramènerai quelques affaires et il faudra repeindre ma chambre d'enfant. Histoire d'en faire quelque chose de plus actuel, mais ça, je m'en occuperai. Tu en penses quoi ?

Je reprends ma respiration et je note que mon enthousiasme n'est étrangement pas suivi par ma mère…

— Ma puce, moi aussi j'ai quelque chose à te dire.

— Je t'écoute.

— J'ai quelqu'un dans ma vie.

Ah ! Je crois qu'il faut appeler un maçon, une brique vient de me tomber sur la tête.

— J'avais l'intention de t'en parler un peu plus tard dans la journée mais… Bon, alors voilà, c'est tonton Hubert !

Faites plutôt appel à un couvreur. C'est tout le toit qui s'effondre là.

— On s'est beaucoup rapprochés depuis quelques mois… Un peu plus qu'amicalement, je veux dire… Et depuis, on fait notre petit bout de chemin comme on dit. Mais évidemment tu es ici chez toi. Si sa présence ne te dérange pas, tu reviens t'installer quand tu veux…

— Parce qu'il vit ici ?

— Eh bien, tu sais, tonton Hubert vit en caravane… Pour quinze jours de vacances, c'est dépaysant. Mais moi, les kitchenettes, à la longue…

— D'accord.

J'aimerais célébrer la nouvelle avec engouement mais le gravats qui m'ensevelit le corps m'en empêche. Au même moment, tonton Hubert fait son entrée.

— Toc toc ! Est-ce que les deux plus jolies femmes de la Terre sont ici ? J'ai apporté une tarte au sucre pour le dessert.

Il nous rejoint, accompagné de son éternel sourire. Ma mère lui lance un regard chargé. Il comprend aussitôt.

— Oh. Vous voulez peut être que je vous laisse ?

— Ou pas, enchaîne ma mère. Camille, si tu veux qu'on en discute ensemble maintenant, on peut s'installer et répondre à toutes tes questions.

— Je ne sais pas, je ne sais plus…

Je sais juste que je suis complètement sonnée. Quelqu'un peut-il couper le marteau-piqueur qui se déchaîne dans ma tête ?!

— Est-ce que tu préfères d'abord monter dans ta chambre et boire ton thé tranquillement ? me demande-t-elle. On a tout notre temps tu sais, ma chérie. On comprend que cette annonce puisse te faire un choc.

— Voilà, oui. Faisons ça. Je vais d'abord m'allonger un petit peu.

Je regagne l'étage au radar et sans cligner des yeux. C'est sans doute pour cette raison qu'ils me brûlent un peu.

…

Étendue sur mon lit depuis deux bonnes heures, j'ai d'abord fixé le plafond, puis le pied usé de ma chaise de bureau et j'ai terminé par contempler le poster jauni d'un groupe pop ado désormais disparu. L'annonce de ma mère a eu sur moi l'effet d'un anesthésiant général. J'essaye de comprendre pourquoi je suis si impactée. Est-ce parce qu'il s'agit justement de lui, Hubert ? Cet homme que je n'ai jamais envisagé autrement que comme le gentil tonton ? Ou alors à cause de son physique peut-être ? Même s'il représente la bonté incarnée, impossible de faire abstraction de son faciès particulier. Des cheveux aussi fins que le duvet d'un poussin, des dents qui donnent l'impression de vouloir fuir sa bouche, difficile de concevoir que l'on puisse le trouver séduisant. Suis-je ennuyée par l'évidence que ma mère mène une vie de couple plus épanouie que la mienne ou par ce désagréable sentiment d'être rejetée du dernier endroit sécurisant ? Mon flot de questions est interrompu par Hubert, qui apparaît timidement à l'angle de la porte, une part de tarte au sucre dans les mains.

— Est-ce que je peux entrer ?

— Je t'en prie…

— Ta mère l'a passée quelques secondes au micro-ondes, c'est meilleur quand c'est un peu chaud...

Hubert me tend l'assiette, un peu gauche, et attend que je donne le ton.

— Tu peux t'asseoir si tu veux...

Il s'installe délicatement sur le bord du lit et prend quelques inspirations embarrassées avant d'attaquer.

— J'imagine que tu te poses pas mal de questions.

— Quelques-unes, oui...

— Déjà je tiens à te dire que jamais je n'ai envisagé ta maman autrement que comme l'épouse de ton papa. Jamais je n'ai eu de vues sur elle ! Jamais. Je peux t'assurer que ça s'est fait comme ça, ces derniers temps, sans qu'on le décide...

Tiens, une réponse à l'une des rares questions que je ne m'étais pas posée. Son implication à me convaincre de sa bonne foi m'attendrit. À aucun moment je n'ai considéré tonton Hubert comme une hyène opportuniste attendant les restes pour se nourrir.

— Rassure-toi, je n'ai pas de doute là-dessus.

— C'est important que tu le saches. Ton papa était mon meilleur ami. À sa mort la seule chose qui m'importait c'était de veiller sur vous. Mais avec les années qui passent on se sent seul, on vieillit, et puis je n'ai pas eu d'enfant... Bref... Avec ta maman on a commencé à se faire des petites balades, et puis un cinéma, des choses simples, tu sais...

Pendant qu'il m'explique les circonstances de leur relation, Hubert se frotte les mains nerveusement. Il s'applique à ne pas me heurter. Je suis saisie par la situation et ça me fait l'effet d'une gifle ! Une des plus gentilles personnes au monde est en train de se justifier auprès de moi. Mais je ne suis plus une petite fille qu'il faut apprivoiser. Il n'a pas à m'expliquer le pourquoi du comment. Tout le monde a droit au bonheur ! Et même moi… quand ce dernier arrêtera de me désigner partenaire de jeu favori pour son cache-cache géant.

Je finis par le couper.

— Vous êtes heureux ensemble ?

Ma question le déstabilise. Sa façon de déglutir lui donne un air de dindon comique.

— Oui, très.

— C'est tout ce qui compte. Maman et toi vous méritez de l'être. Alors si vous l'êtes à deux, c'est encore mieux…

Je ne m'attendais pas à le toucher autant. Aussitôt les larmes lui montent aux yeux et il se détourne pudiquement. Ma mère en profite pour faire irruption. Qu'elle ne vienne pas dire qu'elle n'était pas planquée derrière la porte.

— Tu sais, j'ai un peu expliqué à Hubert ta situation et ton envie de revenir vivre ici.

— Oui mais c'était avant d'apprendre la nouvelle. Je n'ai pas l'intention d'ennuyer un jeune couple, dis-je en riant.

— Au contraire, ce serait formidable, enchaîne Hubert. Ici tu es entourée et tu n'auras rien à dépenser. Si tu veux tu peux même venir travailler à la friterie…

— Avec toi ?

— Oui, pourquoi pas ? Tu te feras un peu d'argent… Ça peut aider, non ?

— Je… Je ne sais pas… Enfin, faire des frites, disons que…

— Ce sont les meilleures de la région, intervient ma mère. Les gens se bousculent pour avoir un cornet.

— Je le sais bien… Et crois-moi, chaque fois que j'y pense, je salive. C'est juste que mon métier, c'est de mettre des choses en images. Je suis à l'aise sur un plateau de tournage, avec une caméra ou sur un banc de montage…

Je m'entends et je note comme tout sonne faux. De qui suis-je en train de parler ? D'une Camille d'un autre temps, de toute évidence… Parce que dans les faits, celle qui est assise sur son lit d'adolescente n'a pas un seul contrat à l'horizon et compte sa petite monnaie.

— En tout cas, saches que tu auras des frites à volonté, ajoute Hubert comme si cet argument était l'arme ultime pour me convaincre.

Pourquoi tout le monde s'accorde à penser que la nourriture est la façon la plus sûre de m'amadouer ? Réflexion faite, parce que c'est probablement vrai.

Je change de discours pour clore la conversation :

— Si j'ai droit à du rab gratuit, c'est une proposition qui se réfléchit.

Le regard plein d'affection de tonton Hubert me remplit le cœur.

— Si tu veux on peut aller se balader au parc, propose ma mère. La semaine dernière j'ai vu une cane avec ses petits, c'est adorable... Ils doivent encore y être.

— Super... Allons-y. J'arrive dans cinq minutes.

Je laisse ma mère et Hubert redescendre. Je prends quelques instants pour finir de digérer la nouvelle. Le bonheur des gens qu'on aime est nourrissant. Je me demande toutefois comment mon organisme en sevrage forcé depuis un bail réagira quand il y aura droit de nouveau...

27

Chère Camille,

Je t'écris cette lettre à moi-même. Cette fois j'ai opté pour le papier et surtout le sans alcool. Je suis donc à jeun et en pleine possession de mes moyens, physiques et mentaux. Je ne subis aucune pression, si ce n'est celle de Maddy qui me force à t'écrire sous peine de me faire ingurgiter des huîtres. Tu sais à quel point je déteste les huîtres… Elle dit que c'est un bon moyen de mettre les choses à plat et d'y voir plus clair. Et puis je lui dois bien ça. Comme d'habitude, ton amie ne t'a pas jugée. Elle ne t'a même pas reproché de l'avoir tenue à l'écart de tes plans de sabotage. Elle s'est contentée de t'écouter et de te soutenir.

Alors voilà, Camille… Cela fait plusieurs jours que tu te recroquevilles en boule dès que tu repenses à tes derniers agissements. Tu as été capable d'aller sur un plateau de tournage avec l'intention d'y provoquer des catastrophes… Et c'est ton « toi-bourrée » qui t'a convaincue ! C'est fou comme on peut être à tour de rôle sa meilleure ou sa pire ennemie. Tu es tombée sur Éric et son regard plein de condescendance t'as sciée. Peut-être que d'ici quelques mois, tu douteras de la véracité de ce moment. Ne doute pas. Il t'a envoyé un message pour t'informer qu'il trouvait vraiment suspect de t'avoir croisée sur le tournage de son film (oui, en écrivant « son film » tu as encore des lames de rasoir qui te transpercent le ventre) et qu'il espérait de tout son cœur, en souvenir de votre amour, que tu n'étais pas la responsable des désagréments rencontrés. Tu sais qu'il connaît la vérité et que c'est une façon détournée de te ridiculiser. Mais cette fois, il a raison. Ridicule, tu l'as été. Tu as confondu orgueil et dignité, vengeance et revanche et surtout tu as cru qu'en nuisant à quelqu'un, tu irais mieux… Tu as souvent fait le choix de faire passer le bien-être des autres avant le tien. Cette fois-ci, tu voulais rompre la chaîne… Mais tu t'es égarée. Consacrer son temps à satisfaire les gens ou à les détruire revient malgré tout à ne pas prendre ce temps pour comprendre ce dont on a besoin et ce que l'on veut. Et admets-le, Camille, ce que tu veux, c'est un homme qui prenne soin de toi ! Ce n'est pas le meilleur constat pour jouer les femmes fortes et indépendantes, mais c'est une réalité. Ta réalité. Ma bonne vieille Camille, tu viens de découvrir que tu es une dépendante affective ! Non, ne hausse pas les sourcils. Peut-être qu'au moment où tu reliras ces mots, tu auras progressé… Mais pour le moment, c'est un fait. Sans quoi tu ne serais pas tombée dans le petit manège de Raphaël. Tu te souviens ? Ce producteur talentueux aux allures de sauveur, venu te sortir de la mouise professionnelle.

Ce genre d'homme qui a su te complimenter, te rassurer sur ta valeur… Si tu n'avais pas tant eu besoin qu'on te sécurise, tu aurais repéré les indices. Tu aurais posé les limites. Tu ne serais pas tombée dans le panneau. Mais encore une fois, un homme a décidé de ton sort… Et te voilà revenue à la case départ, seule et sans boulot. Tu pourrais vouloir ne plus chercher l'amour. Prendre la décision que c'est le moyen le plus simple pour ne plus te faire avoir. Je t'arrête. Tu as déjà essayé de t'en convaincre. Et regarde où ça nous a menées. Maddy a raison, tu n'es pas faite pour vivre sans amour. Mais avant de chercher l'affection ailleurs, tu peux d'abord apprendre à t'aimer suffisamment. Pour l'instant, je vais être honnête avec toi, je ne sais pas comment m'y prendre. Mais je nous souhaite de trouver. Car une personne en harmonie avec elle-même est une personne qui fait les bons choix. Maddy a su trouver la comparaison qui a fait écho en toi… Elle dit : « Si une personne meurt de soif, elle acceptera n'importe quelle boisson, pourvu qu'elle boive. Si cette même personne n'est pas en manque d'eau, alors elle prendra le temps de choisir le cocktail qui lui fait vraiment envie. » Je ne sais pas quelle Camille tu seras dans le futur, mais j'ai l'intuition que les métaphores autour de l'alcool resteront tes préférées.

Voilà, Camille, ta vie risque de changer radicalement ces prochains mois, peut-être même ces prochaines années. Il va falloir que je prenne de vraies décisions, pour nous. Je risque d'emprunter une route que je n'envisageais pas. Ce ne sera pas forcément la plus idyllique, ni la plus courte… Mais il paraît que l'important n'est pas la destination mais le voyage… Je vais m'efforcer d'y croire. Même si, reconnaissons-le, il est évident que celui qui a écrit ça n'a jamais fait quinze heures de vol pour rejoindre un délicieux transat aux Seychelles.

À plus tard, peut-être,
chère Camille du futur…

— C'est bon, Maddy ! J'ai terminé… Oh, mon Dieu, Nicolas !

Je détourne les yeux des parties intimes du petit ami de Maddy, assis sur le canapé. Depuis quand est-il ici ? Qui plus est, nu comme un ver… Après m'avoir enfermée dans sa chambre, avec obligation de n'en sortir qu'une fois ma lettre terminée, Maddy m'a garanti une vraie libération. Je ne m'attendais pas à ce qu'elle pousse l'analogie si concrètement.

— Salut, Camille, excuse ma tenue, me dit-il en nouant précipitamment sa serviette de bain autour de la taille. Je suis repassé vite fait prendre une petite douche. Il fait tellement chaud aujourd'hui… J'attendais que tu sortes de la chambre pour mettre la main sur un caleçon propre…

— Ah… Heu, oui… Bien sûr. Eh bah, la voie est libre.

Nicolas quitte le salon, pendant que je lance un regard interrogateur à Maddy.

— Il a une visite à domicile pas très loin d'ici dans une heure, c'est pour ça…

— Han, han… Et il a aussi ses sous-vêtements dans ta penderie…

— Oui…

Je fixe Maddy qui ne résiste pas plus longtemps.

— Et il a même apporté sa brosse à dents, finit-elle par admettre, enjouée.

— Arrête ! Il s'est installé ici ?

— Pas complètement… Mais disons qu'on expérimente la cohabitation.

— Et alors ? Ça se passe comment ?

Maddy n'a pas le temps de répondre que Nicolas nous a déjà rejointes.

— Ah, au fait, mon ange, tu as fait goûter ma pizza à Camille ?

Inutile que Maddy m'en dise plus, j'ai ma réponse. Nicolas ouvre le frigo, seulement vêtu d'un caleçon (bleu électrique avec des rayures orange pétantes). Et il me sourit avec un naturel déconcertant. De toute évidence ces deux-là se sont bien trouvés. Aussi atypiques l'un que l'autre.

— Pas encore. Je te réchauffe une part, ma patate ? Tu verras, elle est excellente.

Je suis sur le point d'accepter mais je m'abstiens. En réalité, je préfère les laisser profiter de ces instants. Ces petits moments du quotidien, au tout début d'une histoire, si agréables et si précieux. Je le sais, je m'en souviens.

— C'est gentil mais je vais rentrer, j'ai des choses à faire.

— Tu ne nous déranges pas, s'inquiète Nicolas.

— C'est adorable de ta part. Et je te promets de me ruer dessus la prochaine fois. Mais là il faut vraiment que j'y aille…

— Tu es sûre ? m'interroge Maddy.

— Parfaitement sûre, lui dis-je en affichant un grand et rassurant sourire. On s'appelle. Je t'aime fort.

— Moi aussi…

En descendant les escaliers, je peine à rentrer chez moi. Tout dans mon studio évoque mon embarras et mes mauvaises actions. Je repense alors à Ewen. Si je ne m'étais pas de nouveau mal conduite, je serais sûrement descendue prendre un café et peut-être qu'il aurait eu quelques douceurs à me proposer. Mais on ne revient pas en arrière. À deux reprises, j'ai eu une attitude déplorable envers le seul homme qui s'est toujours bien comporté avec moi. Je ne me vois pas arriver, la bouche en cœur, et faire comme si rien ne s'était passé. Je hausse les épaules et me résous à retrouver mon antre de la honte quand je m'arrête brusquement. Une fulgurance me traverse. Une évidence, bête comme chou, mais qui fait son effet. Pourquoi faire comme si rien ne s'était passé ? Non, je peux aussi assumer. La Camille que j'ai envie de devenir commencerait sûrement à s'aimer un peu plus si elle présentait ses excuses. Je dévale les marches, enthousiaste à l'idée d'admettre auprès de quelqu'un de bien mon côté minable. C'est le début des bonnes prises de décision. Arrivée dans le bar, je cherche Ewen. Il n'est pas là. Je patiente quelques minutes, espérant le voir sortir de la réserve.

Je commence à me demander si ce n'est pas son jour de congé. Un serveur vient alors à ma rencontre.

— Bonjour, je peux vous aider ?

— Oui, je suis venue voir Ewen, mais il est peut-être en repos aujourd'hui ?

— Non, il ne travaille plus ici. Il est parti il y a quelques jours...

— Quoi ? Mais où ça ?

— Ça, je ne sais pas, je le remplace, c'est tout...

— Vous savez s'il a dit quelque chose ou s'il compte repasser ?

— Franchement, non. Je crois qu'il a dit au patron qu'il donnerait des nouvelles bientôt.

— Mais c'est quand bientôt ?

— Bah, je n'en sais rien. Je viens de vous dire que je le remplace, je ne le connais pas.

Aucun doute, je commence à irriter ce jeune homme. Alors oui, je suis un peu insistante mais lui n'est carrément pas patient. Il pourrait quand même faire un effort...

— Et vous n'avez aucune information, vraiment ?

— Non...

— Même en réfléchissant un peu ?

— Faut vous le dire comment ?! Non ! Peut-être qu'il bosse ailleurs... Peut-être qu'il change de vie. Qu'est-ce que j'en sais, moi ! Si vous voulez tout savoir, posez-lui les questions directement.

Le serveur me plante et je lui prédis un avenir dépourvu de pourboires. Il est marrant, lui ! J'aimerais bien, moi, pouvoir demander à Ewen directement. Mais je n'ai aucun moyen de le contacter. Alors je fais comment moi, hein ? Je fais comment ?

J'ai tout à coup un pincement au cœur. Ewen a peut-être bien décidé de changer de vie. Et il n'a pas besoin qu'une barge en repentance se mette à le poursuivre. Non. Ewen ne fait plus partie du décor. Il ne me servira plus de confitures. Il est parti.

28

— Est-ce que ça t'intéresse une machine à raclette ?

— Oh tu sais, moi, le fromage…

— Ah oui c'est vrai, ton intolérance alimentaire…

— Je n'arrive pas à croire que tu fasses tes cartons et que tu me quittes !

— À vrai dire moi non plus.

Depuis une heure je trie mes affaires avec l'aide de Maddy. Pour être plus précise, disons que je trie pendant qu'elle affiche un air de chien battu en tripotant machinalement les objets que j'ai déposés au centre de la pièce. J'ai besoin de me séparer d'un maximum de choses. Ça me fait du bien. Et puis je ne veux pas encombrer la maison de ma mère. De toute façon, la petite chambre qui m'attend affiche moitié moins de mètres carrés que mon appartement actuel.

— Tu sais que tu peux venir t'installer chez moi…

— Maddy… Tu m'as suffisamment soutenue ! Encore un mois de plus avec moi dans les pattes et tu vas finir par devenir assistante sociale. Et puis Nicolas et toi vous venez à peine de vous installer ensemble… Ce n'est pas parce que j'ai foiré ma vie sentimentale que je dois saboter la tienne !

— Mais tu ne saboterais rien du tout, il t'adore !

— Et moi aussi, je l'aime beaucoup… Mais pour être honnête, je ne valide pas ses choix de caleçons. Je crois que je ne supporterais pas d'y être confrontée tous les matins…

Maddy se met à rire et moi aussi.

— Mais tu ne veux pas essayer de rester encore un peu ?

— Pour faire quoi ? Depuis plus de six mois j'essaye de reprendre ma vie en main et, reconnais-le, ce n'est pas une réussite. Je cumule les catastrophes, je me ridiculise, je n'ai pas de boulot, pas d'argent et pas de mec. Heureusement que je n'ai pas de chat, sans quoi le tableau aurait été trop glauque… Même pour moi.

— Et tu crois que retourner vivre dans ta chambre d'enfant avec tes vieux posters de chanteurs R'n'B ce n'est pas plus déprimant ?

— Si ! Mais au moins c'est gratuit… Et puis c'est une étape. Le temps que j'y voie plus clair, que je me refasse une santé financière.

— En préparant des frites ?

— Tu veux dire les MEILLEURES frites. Tu n'imagines pas la queue le week-end…

Maddy expire un souffle lourd de sens. Elle sait que j'utilise des pirouettes pour esquiver le fond de la conversation.

— Maddy. Soyons réalistes. C'est la meilleure opportunité que j'aie eue depuis des mois… Je ne peux plus me permettre d'accumuler les factures. Et avec la réputation que Raphaël risque de me faire, je ne suis pas près de retrouver un plan audiovisuel… Depuis dix jours je calcule, je réfléchis, j'envisage toutes les possibilités. C'est la seule valable pour le moment. Et puis il y a du positif. Ce sera une nouvelle expérience. Je vais travailler en famille, avec beau-papa…

— Oh non ! Tu comptes vraiment l'appeler comme ça ?

— Impossible ! Je crois que je ne m'y ferai jamais… Hubert restera toujours mon vieil oncle d'adoption qui sent la friteuse, dis-je en éclatant de rire. Mais je suis heureuse pour ma mère et lui. Qui sait, peut-être que vivre auprès d'un couple m'apportera la chance en amour…

— Ah d'accord ! Je vois que madame fait des distinctions dans les couples, me dit-elle faussement vexée.

— Exactement… Ta relation à toi est beaucoup trop… Comment dire…

— Passionnée ?

— J'aurais plutôt dit bruyante.

Les yeux de Maddy s'arrondissent et elle pique un fard. C'est bien la première fois que je vois les joues de mon amie rougir autant sans l'aide d'un blush.

— Tu parles sérieusement ? Tu nous as entendus ?

Je me délecte un peu de son trouble avant de répondre.

— Non… Mais ça pourrait.

— Oh, t'es bête ! Tu m'as fait peur !

— Si tu voyais ta tête…

— C'est ça, rigole… J'aimerais bien voir la tienne quand tu entendras les ébats de ta mère et tonton Hub'…

Cette fois, ce sont mes yeux qui cherchent à sortir de leurs orbites. Je n'avais pas envisagé la chose. Mon expression horrifiée déclenche un fou rire à Maddy.

— Oh non… Oh non… Ne me fais pas penser à ça ! Pitié ! Il faut que je me fasse un stock de bouchons d'oreilles ! Une cargaison de bouchons d'oreilles !

— Elle fait moins sa fière, là…

Je regarde Maddy rire et je me dis qu'elle va me manquer. Un silence s'installe entre nous avant qu'elle ne reprenne.

— Tu es vraiment sûre alors ? Tu t'en vas ?

— Oui… J'ai prévu d'attaquer le service la semaine prochaine. Plus vite je commence, plus vite je me mets dans le bain…

— Enfin, dans l'huile, me dit-elle en faisant un clin d'œil. Mais dis-moi, comme tu es encore ici quelques jours, tu pourrais peut-être faire une dernière pige ?

Je la regarde méfiante. Sa manière de me demander est plus que suspecte.

— C'est-à-dire ?

— Alors… Un charmant salon de thé va ouvrir ses portes et pour l'occasion la patronne invite quelques personnes à découvrir l'endroit… Il y aura des blogueurs, un peu de presse et elle aimerait qu'une merveilleuse Camille, dotée d'un regard de cinéaste hors norme, fasse une vidéo de ce moment.

— Maddy, ta façon d'essayer de me faire avaler la pilule en me passant de la pommade est beaucoup trop visible... Et puis tu réalises ce que tu me proposes ? Tu veux envoyer Miss Calamity Jane tourner dans un lieu rempli de tasses en porcelaine fragiles, entourée de gens qui ont les moyens de diffuser mon incompétence au plus grand nombre... Si ton but inavoué est de me faire partir encore plus vite, il est atteint.

— Ne dis pas de bêtises... Il s'agit de faire ce que tu as toujours très bien fait... Et cette fois, pas de châteaux hantés ou de disjoncteur attrayant... Juste des gens qui dégustent du thé et des petits gâteaux...

— Écoute, c'est gentil de penser à moi, encore une fois. Mais je rends mon tablier. Je n'ai plus envie de tourner, de monter... Je tourne la page.

— Hmmm... L'ennui, c'est que j'ai déjà dit oui.

— Quoi ?

— J'ai accepté à ta place. C'est demain et c'est bien payé.

— Demain ?!

— Et c'est bien payé !

— Tu l'as déjà dit.

— Je sais mais je préfère que tu privilégies cette information.

— Maddy, enfin, pourquoi tu as fait ça ?

— Parce que jusqu'à la semaine prochaine tu es encore réalisatrice, que tu es disponible et qu'un petit chèque ne se refuse pas… Voilà, ne me remercie pas…

— Je n'en ai pas l'intention…

— Je passe te chercher à 14 heures, ça va être génial…

Maddy se lève et s'apprête à partir.

— Et après m'avoir annoncé ça, tu vas me laisser au milieu de mon foutoir ?

— Oui. Parce que tu vas grogner, râler, bougonner, tout ça pour finir par me dire que j'ai eu raison. Donc, je préfère m'éviter la première partie et n'entendre que les chaleureux remerciements que tu me feras demain.

— Dans tes rêves ! Ne compte même pas sur un sourire de ma part.

— Je t'aime aussi, ma patate ! Et tiens, dans ma grande générosité, je te débarrasse même de ta machine à raclette.

— Bah, je croyais que tu ne supportais pas le fromage.

— C'est vrai… Mais je pense que je peux en tirer un bon prix sur Le Bon Coin.

— Oh, mais elle est infernale celle-ci. Fiche-moi le camp !

— Au revoir, douce et gentille Camille…

La porte se referme et je me dis que Maddy a tort. Je ne vais pas grogner ni râler. Je souris, reconnaissante de l'avoir comme amie.

29

Le salon de thé pour lequel je viens filmer est tout bonnement adorable. Nichée à l'angle d'une rue pavée, la façade est à elle seule un régal pour les yeux. Le mur extérieur a été peint dans un joli bleu pastel et les volets sont d'un rose délicat. De fines arabesques dorées encadrent la porte, et une petite ardoise d'écolier sur laquelle est écrit *« Bienvenue »* est suspendue à la poignée par une cordelette. À travers la vitre, les pâtisseries colorées sous cloches vous appâtent comme le chant des sirènes et vous invitent à entrer, que vous ayez le ventre plein ou non.

L'intérieur n'est pas en reste. Tout a été soigné dans les moindres détails pour apporter une atmosphère cocooning, propice à la dégustation des heures durant. Les chaises sont pour la plupart dépareillées mais possèdent toutes un coussin d'assise avec des imprimés bucoliques. Sur chaque petite table en bois, repeinte en blanc, un joli bouquet de fleurs des champs est disposé.

Certains sont dans des pots en verre, d'autres dans des brocs à l'ancienne. La propriétaire a accroché des cadres au mur. À l'intérieur pas d'aquarelles, mais des carrés de tapisseries aux motifs floraux vintage. L'idée est pour le moins originale, mais l'ensemble donne au lieu un charme incroyable. Au fond de la salle, une jolie lumière attire mon regard. Je découvre une petite verrière de toit qui illumine une belle table en fer forgé. L'endroit finit de me charmer par sa petite cour fleurie. Il y a tout juste la place de dresser deux tables. Malgré ça, le bon goût de la maîtresse des lieux a réussi à donner une touche de jardin anglais à un enclos parisien coincé entre deux immeubles.

— Cette partie, c'est le vestige de l'ancienne serre d'un vieil herboriste. Enfin, c'est ce que raconte la légende…

Je me retourne. Une grande brune aux yeux pétillants me tend la main.

— Salut, je suis Gaëlle. Bienvenue chez moi.

— Ah ! Enchantée, Camille… Je viens pour tourner.

— Je sais, Maddy vient de me dire que c'était toi.

Je jette un coup d'œil en direction de mon amie qui me fait coucou de la main avant de reprendre sa conversation téléphonique. À n'en pas douter, elle parle avec Nicolas. Elle l'a quitté il y a une heure à peine, mais ces deux-là sont devenus la version humaine d'un couple de perruches. Inséparables.

— C'est très joli ici.

— Merci. On a tout fait nous-mêmes avec de la récup.

— C'est fou, on se sent tout de suite bien. C'est si cosy.

— C'est ce qu'on a essayé de créer. Un endroit chaleureux qui permet de retomber en enfance. Comme les dimanches qu'on passait chez nos grands-mères. Est-ce que je peux t'offrir un thé et une pâtisserie avant que les invités n'arrivent ?

— Je priais secrètement pour que ce moment arrive.

Gaëlle m'adresse un sourire chaleureux et je prends place instinctivement près de la fenêtre. Si je ne quittais pas Paris, cet endroit serait devenu à coup sûr une de mes adresses favorites. Quelques instants plus tard, une tasse fumante et un petit roulé saupoudré de sucre fin multicolore se dressent devant moi.

— C'est une nouvelle création, donc je veux bien ton avis sincère. Je t'en prie, goûte...

Je ne me fais pas prier et enfourne une première bouchée. En quelques secondes mon verdict est sans appel.

— Oh là, là ! Une tuerie ! C'est de la framboise à l'intérieur ?

— Oui, avec une note de réglisse.

— C'est DÉ-LI-CIEUX. Mais c'est drôle, ça me rappelle quelque chose...

— Oui, Ewen m'a dit que tu adorais ma confiture à la framboise... Ou plutôt la confiture de ma grand-mère. C'était sa recette. Celle-ci est un peu différente. Je ne l'ai encore jamais testée en dehors de mon cercle proche, alors je suis vraiment ravie qu'elle te plaise.

— Ewen… ?

— Il ne devrait plus tarder. Je l'ai envoyé chercher un peu de lait d'amande. Une blogueuse m'a dit qu'elle ne buvait rien d'autre. Je m'adapte. Si ça peut m'aider à avoir un petit article sur son site, ponctue-t-elle d'un clin d'œil.

— Eh oui, bien sûr…

— Si tu veux autre chose, n'hésite pas…

Gaëlle disparaît dans la cuisine et me laisse avec mon incompréhension. Maddy est encore en pleine conversation. Je l'entends qui parle d'horaire et d'aéroport. Les deux tourtereaux prévoient apparemment une nouvelle escapade en amoureux, mais tant pis ! Je lui fais de grands signes. J'ai besoin qu'elle remette à plus tard la planification de son prochain voyage et qu'elle me rejoigne, vite. Il y a urgence !

— Qu'est-ce qu'il y a, ma belle ?

— Tu ne vas pas le croire ! Je crois qu'on est dans le salon de thé de la sœur d'Ewen. Tu sais, le serveur aux confitures en bas de chez nous… Tu vois ?

— Oui, oui, je vois bien…

— Ce n'est pas un truc de dingue ? La probabilité que ça arrive ?!

— Alors, pas tant que ça…

— C'est-à-dire ?

— Disons que j'ai peut-être omis de te dire que c'est lui qui a demandé après toi.

— Quoi ?

Par égard envers moi-même, je ne vais pas me traiter d'idiote mais plutôt opter pour l'adjectif « naïve ».

Nom d'une carcasse, comment ai-je pu penser un seul instant que ma présence ici était le fruit du hasard ?!

— Camille, ne me regarde pas avec cet air accusateur. J'ai croisé Ewen il y a quelques jours au bar et figure-toi qu'il m'a immédiatement demandé de tes nouvelles.

— Ah oui ? Et tu lui as raconté quoi ?

— Que tu venais de te découvrir une passion pour la cuisson des frites à 160 °C.

— Tu n'as pas fait ça ?

Maddy me jette un regard oblique. Je suis beaucoup trop impactée par ce qu'Ewen peut penser de moi. Je ne sais plus reconnaître le second degré…

— Bien sûr que non ! Je suis restée vague et il m'a donné son numéro de téléphone pour que tu puisses l'appeler.

— Et pourquoi je n'ai pas eu ce numéro ?

— Parce que je lui ai proposé de te le donner ici, en main propre.

— Excuse-moi, j'ai peur de comprendre. Tu es en train de me dire que ce tournage n'est qu'un prétexte ? Personne n'a commandé mes services ?

— Si… Quand Ewen m'a parlé de l'inauguration de cet endroit, on s'est dit que ce serait génial que tu t'occupes de la partie audiovisuelle.

— Tu veux dire que tu lui as forcé la main ?

— Pas du tout ! Il a sauté sur l'occasion. Il était plus qu'emballé.

— Alors pourquoi tu ne m'as rien dit ?!

— Pour éviter que tu refuses !

J'ai une terrible envie de m'offusquer mais Maddy a raison. Si elle m'avait raconté les circonstances, je me serais défilée. Il faut plutôt que je voie les choses de manière positive. La vie m'accorde l'opportunité d'encaisser un dernier chèque et surtout l'occasion de présenter mes excuses à Ewen.

Je n'ai pas le temps de tergiverser qu'il entre dans le salon de thé. Mon cœur palpite bien plus que ne le suppose notre relation. Pour la première fois je remarque ses légères taches de rousseur et le reflet vert dans ses yeux. Les paquets dans ses mains l'empêchent de replacer une mèche de cheveux qui semble le gêner. Il tente de la repousser en soufflant dessus. J'ai soudain une furieuse envie de me suspendre à son cou et de le recoiffer. Il dépose ses sacs au sol et finit par prendre conscience de ma présence. Je me lève brusquement et m'avance vers lui. Ma démarche est tout sauf naturelle. Mon corps est rigide. Je me fais l'effet d'un petit soldat au garde-à-vous. Je me lance :

— Salut, Ewen, tu vas bien ?

Je me mords la lèvre. Il me semble bien qu'on ne s'était encore jamais tutoyés.

— Camille. Je suis si heureux de te voir ici.

Chouette, il en fait autant. Il me surprend en me serrant dans ses bras. Mon cerveau profite de ces quelques secondes pour analyser la situation. Oui, j'ai droit à ce qui s'apparente à un câlin MAIS c'est parce que c'est un garçon chaleureux. Et puis ça lui fait plaisir de me voir ICI, dans le salon de thé de sa sœur dont il est probablement très fier. Voilà. Il n'y a pas de quoi s'emballer. Tout est très rationnel. Alors pourquoi cette étreinte semble s'éterniser un peu… ?

— Quand Maddy m'a dit que tu étais disponible pour filmer l'inauguration du salon, j'étais si content.

Je jette un coup d'œil furtif à Maddy qui fait mine de ne pas entendre. Ce n'est pas exactement la version qu'elle m'a présentée, mais qu'importe.

— C'est normal… Et puis ta sœur m'a régalée tellement de fois avec ses confitures… Je ne pouvais pas rater ça.

Il est entendu qu'Ewen n'a pas à savoir que je viens tout juste de découvrir où je me trouve. Ce serait s'embarrasser avec des détails.

— D'ailleurs, tant que j'y suis, je tenais à te dire que je suis repassée au bar. J'étais venue te présenter mes excuses. J'ai conscience d'avoir été désagréable, voire carrément incorrecte parfois, alors que toi, tu as toujours été aimable et amical. Pas comme ton remplaçant, au passage. Aucun sens du contact celui-là. À mon avis il ne va pas garder sa place très longtemps. C'est dommage pour le bar. Je pense que les clients ne vont pas apprécier le changement. Bref, je m'égare. Tout ça pour dire, je suis désolée…

— Alors, confidence pour confidence, je suis repassé au bar parce que j'avais des bricoles à récupérer, mais j'espérais surtout te croiser…

— Vraiment ?

— Oui, j'avais prévu de te laisser un mot pour te donner l'adresse du salon et t'inviter à passer. Je voulais t'en parler la dernière fois mais on a été interrompus avec l'arrivé de ton… ami.

— Raphaël… C'est mon ancien employeur.

— Oh. En tout cas je suis ravi d'être tombé sur ton amie, c'est encore mieux. Grâce à elle, tu es là…

J'aime Maddy ! J'aime la vie. Je ne suis plus que sucre et miel. J'ai un cœur en guimauve, des fraises Tagada à la place des pupilles et je sautille sur un nuage de meringues. Je savoure ce moment édulcoré quand il est soudainement rompu par une voix très énergique. Une jeune femme vient d'entrer et je la reconnais aussitôt. C'est la petite amie d'Ewen.

— Salut ! Désolée, j'ai essayé d'arriver plus tôt mais le métro était bloqué.

Ewen détourne son regard de moi et ne jure plus que par elle. Je suis envahie par un torrent de contrariété.

— Ce n'est rien, ma puce, je viens d'arriver aussi. Camille, je te présente Alice, mon trésor.

Je reviens sur ce que j'ai dit. Je déteste Maddy ! Et la vie aussi ! Qui n'est qu'une sadique qui m'a prise pour cible. Sortez-moi de ces montagnes russes qui finissent par me filer la nausée !

Je puise dans mes dernières réserves de bienséance pour la saluer sans lui tirer les cheveux.

— Enchantée. Ravie de rencontrer la petite amie de mon dealer de confitures.

Je m'épate. J'ai réussi à faire un trait d'humour dans ces circonstances. Alice explose de rire. Elle est bon public, dis donc. Ce n'était pas si drôle. Ewen me dévisage, l'air hébété.

— Ma petite amie ? Alice est ma petite sœur...

— Je suis aussi son joyau, son bijou, sa princesse..., enchaîne Alice, gentiment désabusée. Si je me souviens bien, avant mon départ, Gaëlle et toi vous n'étiez pas si sympas. Vous m'appeliez souvent « la pisseuse », même. C'est peut-être pour ça que je suis partie vivre à l'étranger.

Ewen lève les yeux au ciel.

— Alice est partie vivre deux ans en Australie pour ses études. Elle est rentrée il y a quelques semaines.

— Je leur ai fait la surprise et maintenant j'ai deux pots de colle en guise de frère et sœur.

Gaëlle sort de la cuisine. En voyant sa cadette, son visage s'illumine de la même lumière que celle d'Ewen.

— Ma poupée, tu es arrivée...

— Et allez ! Encore un petit nom. Il va falloir arrêter de me parler comme si j'avais 8 ans, j'en ai 22 maintenant.

— Profites-en ! Dans peu de temps on se sera habitués à ton retour et tu redeviendras notre petite pisseuse, taquine Gaëlle. Allez, viens plutôt m'aider à terminer la citronnade, mon chou à la crème.

Avant de rejoindre sa sœur, Alice fait mine de se passer la corde au cou et me jette un regard de connivence. Ewen reprend :

— Elle a raison, on est insupportables. Mais c'est la petite dernière, on a dix et quinze ans d'écart. Enfant, elle a eu des problèmes de santé assez graves et on a gardé le réflexe de la couver. C'est un tort, même notre mère nous le reproche, mais bon, difficile de perdre le réflexe…, ajoute-t-il en haussant les épaules.

Ewen est donc célibataire… J'envisage de passer un électrocardiogramme, histoire de vérifier si les assauts contraires qu'a subis mon cœur n'ont pas laissé des séquelles !

— Je trouve ça génial d'avoir une famille aussi soudée.

Et c'est une reprise désespérante de Camille qui n'a rien trouvé de plus pertinent à déclarer. Tiens, mon esprit cohabite avec un commentateur sportif. C'est nouveau.

— Croisons les doigts pour qu'elle le reste, étant donné qu'on va devoir travailler tous ensemble, ajoute-t-il avec humour.

En l'écoutant je me rappelle que, moi aussi, je vais travailler en famille. Dans quelques jours. À des kilomètres d'ici. Je ne dis rien. Je préfère me réjouir de leur belle aventure.

— Cet endroit va faire un malheur, c'est sûr.

— Bon, intervient Gaëlle. La mise en place est faite. La table à dégustation est dressée. Ne reste plus qu'à mettre les dernières boissons au frais et on va pouvoir attaquer. Ça y est, les enfants, on y est. On va enfin ouvrir notre salon de thé.

Gaëlle dégage un mélange de trac et de détermination, partagé par Ewen et Alice. Leur humeur est contagieuse, je me sens investie dans leur projet.

— Je vais déposer les courses en cuisine, reprend Ewen.

— Je me mets en place aussi. Je vais vous faire la plus jolie des vidéos.

J'amorce un demi-tour quand Ewen me retient par le poignet.

— Camille…

— Oui ?

— On se voit après ?

La question peut sembler banale. Mais pas avec cette intensité. Ce n'est d'ailleurs pas une question, plutôt l'appel de l'évidence qui n'en peut plus d'être contrariée.

— Bien sûr.

Il desserre ses doigts lentement et je manque de chavirer. Je regagne ma place pour récupérer mon matériel et je découvre une Maddy qui a tout de la spectatrice satisfaite par le film qu'elle vient de voir.

— J'ai bien aimé la séquence émotion. Les dialogues auraient mérité un peu plus d'innovation mais dans l'ensemble, je valide.

— Oh, Maddy, ne te moque pas, lui chuchoté-je. Tu imagines ? Tout ce temps j'ai cru que c'était sa petite amie, alors qu'il est célibataire.

— Bah oui.

— Quoi, ça aussi tu le savais et t'as préféré me le cacher ?

— Non, je ne le savais pas. Mais à sa façon de me parler de toi, ce garçon m'aurait suivie jusque dans les égouts si je lui avais dit qu'il pouvait t'y retrouver…

Je suis attendrie par l'image avant de me raviser. C'est mignon mais qu'est-ce que j'irais faire dans les égouts ?

…

Les derniers invités viennent de partir. Durant plusieurs heures, une quarantaine de personnes se sont émerveillées de la décoration du salon de thé et n'ont pas tari d'éloges sur les pâtisseries à la confiture. Afin de leur donner davantage l'envie de partager l'adresse, je me suis appliquée à faire de jolies photos de chacune d'entre elles. De quoi publier sur leur blog la découverte du nouveau lieu à la mode, tout en flattant leur narcissisme.

Gaëlle vient d'ouvrir une bouteille de champagne et nous la partageons en petit comité. Pendant que les deux sœurs et leurs amis proches interrogent Maddy sur les différences vestimentaires des années 1940 et 1950, Ewen s'approche de moi.

— Est-ce que je vous ressers des bulles, mademoiselle ?

— Non, je vous remercie, jeune homme. Je pense que vous avez mérité de terminer votre service.

Ewen m'adresse son plus grand sourire et s'installe à mes côtés.

— C'était une réussite, les gens ont adoré. Je pense que d'ici peu, vous allez être débordés, il n'y aura plus un siège libre.

— C'est ce que je nous souhaite. Mais en tout cas, sache que tu as droit à un pass VIP.

Il se retourne et retire une pâquerette d'un des pots en verre pour me la tendre.

— C'est quoi ?

— Ta carte privilège ! Elle te garantit une place près de la fenêtre, même en cas de grosse affluence. Ne la perds pas, elle est nominative.

J'éclate de rire.

— Merci, partenaire.

Ewen détourne soudainement la tête et tapote nerveusement sur ses cuisses. Il veut me dire quelque chose, je le sais. Je reconnais ce moment pour l'avoir déjà vécu au collège. C'est quand le garçon qu'on aime bien est sur le point de nous demander de sortir avec lui. Je suis tout à coup aussi intimidée qu'à mes 13 ans. Je n'ose rien dire et j'attends comme une godiche. Si Maddy se retourne maintenant, elle pourra se délecter d'un nouveau film intitulé « Les Trentenaires empotés de la 4e C ».

Ewen finit par prendre son courage à deux mains.

— En fait, Camille… Tu passes quand tu veux… Même en dehors des horaires d'ouverture… Si tu veux qu'on se fasse un ciné, ou un restau... Je ne sais pas pour toi, mais moi j'aimerais bien...

Dans ma tête, c'est le branle-bas de combat. Sur le chantier à idées, les ouvriers s'affolent et m'envoient toutes leurs propositions. Je pourrais rester vivre à Paris et demander un crédit pour assurer le paiement de mes loyers. Ou faire des allers-retours en train. En réservant à l'avance et avec une carte de réduction, je peux peut-être m'en tirer. Sinon j'emménage dans le placard à balais de Maddy et je n'en sors que lorsqu'elle et Nicolas sont absents. J'ai beau me retourner le cerveau, aucune idée ne tient la route. Parce qu'il manque l'essentiel : le bon sens. Je ne vais pas modifier mes plans, au risque de finir sous les ponts, tout ça parce qu'un homme fait irruption dans ma vie. Je ne peux pas me le permettre. Pas cette fois, pas encore...

— J'aurais adoré. Mais je quitte Paris dans quelques jours...

— Oh ! Et tu reviens quand ?

— En fait, je déménage... Je retourne vivre dans le Nord, pour une durée indéterminée...

Ewen encaisse la nouvelle et son expression sincèrement désolée rend l'idée de dormir à la belle étoile tout à fait acceptable.

— D'accord. Heu... Bien sûr ta carte de membre reste valable. Elle l'est à vie. Sauf si, d'ici là, il y a un changement de propriétaire ou que le salon de thé se transforme en laverie. Auquel cas la maison ne peut s'engager à assurer l'entière satisfaction à son client.

— Entendu. Je la garde précieusement.

— J'ai un truc pour toi... Je ne pensais pas que ça deviendrait un cadeau de départ, mais...

Ewen se lève et revient avec un panier garni.

— C'est l'assortiment de confitures que je t'avais préparé. Dedans, il y en a au moins pour quelques semaines de petit déjeuner. Pour le réapprovisionnement, le site est à votre disposition. Comptez cinq jours pour les délais de livraison, me dit-il sur le ton du vendeur parfait.

— Bravo pour votre sérieux. Je ne manquerai pas de vanter les mérites de la boutique autour de moi.

On s'efforce de poursuivre nos échanges avec légèreté, mais entre nous une forme de tristesse s'est installée. J'ai la sensation d'être passée à côté de quelque chose. Je regrette une histoire que je n'ai pas vécue. Et le désir insatisfait de la nostalgie a une drôle de saveur. Son goût n'est pas ce qu'il y a de meilleur.

Mais que voulez-vous, la vie fait des expériences et je suis son cobaye.

30
6 mois plus tard

— C'est formidable, mon petit. Formidable !

— C'est vrai, ça vous plaît ?

— Absolument ! On adore...

— C'est du très bon travail, comme d'habitude. Mais maintenant, filez, il est presque 16 heures. Si vous voulez éviter les bouchons, c'est le moment de partir...

— Déjà ? Ah oui, il faut que j'y aille. Merci et joyeux Noël surtout.

— Joyeux Noël, mon petit. Profitez-en bien.

Je ferme mon projet vidéo et j'éteins mon ordinateur. Avant de quitter mon bureau, je salue chaleureusement Carole et Yvon. Sur le parking de la mairie, le vent me croque les joues et je regagne ma voiture en vitesse. J'allume le contact et je démarre quand la radio s'adresse à moi. C'est Véronique Sanson qui a un message à me transmettre. Il va de soi que je prends le temps d'écouter ce qu'elle a à me dire. On ne contrarie pas Véro.

Tu m'as dit que j'étais faite
Pour une drôle de vie
J'ai des idées dans la tête
Et je fais ce que j'ai envie

Quelle psychologue, cette Véronique ! Elle parle de moi à la première personne et me lit comme dans un livre ouvert. Il faudra quand même que je lui demande si elle trouve que j'ai davantage une drôle de vie ou une vie drôle ? Dans les deux cas, elle est surprenante ! La vie ! (Je ne connais pas assez Véro pour prétendre qu'elle l'est aussi.) À commencer par son idée de faire intervenir Yvon et Maman Crabe dans la mienne. Qui aurait cru qu'ils allaient tant contribuer à en changer la trajectoire. Quand Yvon m'a téléphoné, j'étais dans les toilettes d'une aire d'autoroute, en direction du nord de la France. Il m'a fallu quelques instants pour le resituer et me remémorer l'épisode du match de football de la commune de monsieur le maire. Il faut dire que trois heures plus tôt, avec l'aide de Maddy et Nicolas, je terminais de charger mes affaires dans la camionnette de déménagement et nous prenions la route pour rejoindre ma maison d'enfance. Dans la voiture, j'étais déjà tout à mes journées aux côtés de tonton Hubert et de sa nouvelle friteuse hyper-performante. C'est durant cette pause donc, pendant que mon amie et sa moitié sirotaient un café à la machine, que moi, assise sur la cuvette, j'écoutais cette proposition de travail pour le moins inattendue. Suite à mon reportage réussi (malgré mon raté de la remise des prix, rattrapé avec force photos et effets au montage), Yvon me demandait si un poste de chargé de mission aux affaires sportives et culturelles m'intéresserait. Le poste prenait effet à la rentrée de septembre. Soit un mois à peine après mon départ. Prise de cours, j'ai proposé d'y réfléchir et de le rappeler. Une fois le téléphone raccroché, je suis restée sans bouger d'endroit, ni de position, durant un long moment. Suffisamment long pour que Maddy finisse par s'inquiéter et vienne me chercher aux toilettes. Après une demi-heure de pourparlers et trois MaxiCoffee, la camionnette faisait demi-tour et je ré-emménageais dans mon studio sombre et bas de plafond. Depuis, j'organise et je couvre les évènements de la ville. Bien sûr il m'a fallu un temps d'adaptation. Non pas aux tâches qui m'incombent, ni même aux horaires, mais aux trajets. Une diligence ne m'emmènerait pas moins vite que la multitude de transports à emprunter pour me rendre d'ici à chez moi. Mais depuis deux mois, tout va pour le mieux. Je suis l'heureuse propriétaire d'une voiture. C'est le cadeau de naissance de Maddy. Ou plutôt le prétexte qu'elle a utilisé pour me convaincre de récupérer sa voiture. Évidemment j'ai refusé qu'elle me l'offre. D'abord parce qu'on n'accepte pas un véhicule en guise de présent, ensuite parce que c'est elle qui est enceinte. Maddy n'accouche que dans trois mois, mais elle a précipité l'achat de son monospace pour faire « d'une pierre deux coups ». M'épargner les transports en commun et prendre le temps d'appréhender son nouveau moyen de locomotion, avant l'arrivée de la petite Léa.

Pour quelqu'un qui suait à grosses gouttes à l'idée de s'installer dans une relation durable, Maddy a parfaitement adopté son nouveau mode de vie.

Pendant que Véronique poursuit la lecture à froid de ma petite personne, je me réjouis de la soirée qui m'attend. Ce soir nous réveillonnons en famille. Si l'on considère qu'être la marraine d'un enfant pas encore né est déjà un lien familial, Maddy et moi sommes dorénavant plus que des amies. Maman et tonton Hubert se joignent aussi à nous. Ils se sont offert une chambre d'hôtel et profitent de la période de Noël pour se balader et apprécier les décorations de la ville. Depuis trois jours je reçois donc par SMS la preuve en photos de leur présence dans la capitale. Si des fois j'oubliais à quoi ressemble la tour Eiffel, j'ai dorénavant tout un album pour m'en souvenir.

Avant de rentrer chez moi et d'enfiler une tenue de fête, je fais un détour pour une dernière course. Je me gare et presse le pas pour arriver à la boutique avant sa fermeture. J'ai besoin d'un cadeau à offrir à maman et beau-papa, et je n'en vois pas de meilleur.

— Bonsoir, c'est encore ouvert ?

— Ça dépend, c'est pourquoi ?

— Un assortiment de confitures…

— Hmmm, tout est parti, je n'ai plus rien…

— Vraiment ?

— Plus rien… sauf un panier garni comprenant pomme-passion, pêche-menthe douce et framboise-réglisse bien sûr.

— Génial ! Tu y as pensé alors ?

— Il est déjà prêt et emballé.

Je me suspends au cou d'Ewen et l'embrasse langoureusement. Oui, Ewen. Je ne vous ai pas dit ? Le jour de mon déménagement/ré-emménagement, à peine mes cartons vidés, je ne pensais qu'à une chose, le retrouver. Avec la chaleur de la fin du mois de juillet et l'effort physique, j'hésitais à prendre une douche, à me changer ou à me maquiller un peu, mais comme toujours, Maddy a su trouver les mots justes : « Tu as séduit ce mec malgré tes cacas d'œil du matin. On s'en fout. Fonce. » Brut, épuré, efficace ! Alors j'ai foncé. Sur le chemin qui me menait au salon de thé, je me répétais mille phrases d'introduction différentes. Certaines se voulaient drôles : « Je suis forcée de rester, j'ai vidé mon stock de confitures un peu trop tôt », d'autres se la jouaient comédie romantique un peu lourdingue « On a une chance de vivre quelque chose de beau, je crois qu'il ne faut pas qu'on la laisse passer ». Quand je suis entrée, je me suis plantée devant lui et la seule chose qui m'est venue, c'est : « Je ne pars plus. » Il ne m'a pas embrassée fougueusement comme dans les films, non. C'était prendre le risque que la petite mamie assise juste à côté avale sa tartelette de travers. Mais il a fait mieux que ça. Il m'a serrée dans ses bras, sans un mot, fort et longtemps. Depuis, je m'enveloppe de ses bras le plus souvent possible, comme dans un plaid. Et j'ai une passion pour les plaids.

Gaëlle interrompt notre étreinte.

— Eh, les amoureux ! Je sais bien que vous vivez d'amour et d'eau fraîche, mais ce soir il y en a certains qui aimeraient boire un peu de champagne. Et je rappelle à Ewen que le préposé aux courses, c'est lui.

— J'y vais… Je savais qu'en travaillant pour ma sœur, je me ferais exploiter, dit-il en riant. Tu m'accompagnes, Camille ?

— Non, je dois repasser par la maison et récupérer mes parents à leur hôtel. On se retrouve ici à 20 heures, c'est ça ?

— 20 heures pile, je prépare des cassolettes, alors pas de retard, hein ! me lance Gaëlle.

— Promis. Merci de tous nous recevoir ici.

— Je t'en prie. C'est avec grand plaisir. Ah au fait ! Tu as vu les likes sous ta dernière vidéo Instagram ?

— Celle de la préparation de ton crumble ?

— Oui. Elle a explosé les scores et un magazine m'a même contactée pour me demander une interview.

— Encore ? C'est le troisième article en un mois, non ?

Oui, je ne vous ai pas dit non plus. Depuis son ouverture, le salon de thé connaît un bel engouement et j'ai eu l'idée de lui ouvrir un compte Instagram. Sur mon temps libre, je prends en photo les petites merveilles culinaires de Gaëlle et je réalise une vidéo à chaque fabrication de ses nouvelles recettes.

Eh bien, figurez-vous que les gens adorent se délecter de nourriture par écran interposé. Je suis ravie pour elle.

— Oui, c'est le troisième. Ça nous fait une jolie publicité.

— Je crois que c'est grâce au talent de la réalisatrice. Ta cuisine est bonne, Gaëlle, mais quand même moins qu'en photo, charrie Ewen.

— Un amour ce frangin ! Rajoute une bonne dizaine de bouteilles à la liste, je sens que je vais en avoir besoin, lui répond-elle, feignant la vexation.

— Ouh là ! Je vous laisse… J'ai toujours pensé que les conflits familiaux devaient arriver après la bûche.

J'embrasse Ewen avant de le quitter. Au volant de ma voiture, je n'ai pas besoin d'allumer la radio pour que la chanson de Véronique Sanson se poursuive.

On est partis tous les deux
Pour une drôle de vie

À dix minutes de chez moi, une route barrée me fait changer d'itinéraire. Je m'égare quand le hasard (s'il existe) me fait passer dans une rue que je reconnais. C'est celle de Katiana, la voyante. Je ralentis et je passe devant la porte de son immeuble. Aussitôt le souvenir de ma tenue de camouflage et de mon scanner énergétique me provoque un rire sonore. Puis une prédiction me remonte en mémoire. Ne m'avait-elle pas annoncé une histoire d'amour en lien avec mon travail ? Finalement la diseuse de bonne aventure avait peut-être vu juste.

Sacrée Catoche.

Épilogue

Vous vous demandez peut-être ce qu'est devenu Éric ? Figurez-vous qu'il y a quelques jours, j'ai reçu de ses nouvelles par mail. Il m'invitait personnellement à la projection de son film. En bas du carton d'invitation dématérialisé, il m'écrivait : « Sans rancune ? Viens, ça me ferait plaisir. » J'ai sondé mon baromètre émotionnel et j'ai jugé que j'étais apte à y assister. Ewen a proposé de m'accompagner mais j'ai décliné. En tant que femme accomplie et sûre d'elle (c'est mon nouveau mantra matinal), j'ai estimé que je devais m'y rendre sans lui. Une question d'estime personnelle. Et de santé publique aussi. Tout le monde sait qu'après un accident nucléaire, les risques d'inhalation de particules radioactives sont grands. J'ai préféré préserver Ewen et ne pas l'exposer aux rejets atmosphériques. Une fois la projection terminée, faut-il le reconnaître ? J'ai adoré… assister à ce naufrage. Le jeu de la comédienne était digne des plus grands navets. Malgré un effort évident du côté de la réalisation, impossible de sauver l'histoire avec une interprétation pareille. D'ailleurs, l'histoire à proprement parler n'a plus rien à voir avec celle que j'affectionnais tant. Des réarrangements d'écriture contradictoires ont réussi à dénaturer le sens premier du propos. Steven Soderbergh a dit un jour : « Si vous ne déconnez pas avec le scénario, habituellement tout se passe bien. » L'inverse est donc vrai. Pauvre Cindy, ses talents de comédienne sont peut-être limités mais il faut reconnaître qu'elle n'a pas été aidée.

Comme toujours lors d'une avant-première, la séance est suivie d'un cocktail. Au milieu de l'assemblée, durant quelques instants, j'ai regretté ma venue sans cavalier. Même si je n'avais pas l'intention de m'éterniser, je me devais de saluer Éric. Et la perspective de le voir se repaître de flagorneries ne m'emballait que très peu. Cela n'a pas été le cas. Je suis même arrivée au moment le plus opportun. Quand je l'ai vu, il se tenait debout, les bras croisés, le visage fermé, au milieu d'un petit groupe de personnes. Quand ses yeux se sont posés sur moi, j'ai eu la sensation d'être sa bouée de sauvetage. J'ai eu droit à un grand signe, avant qu'il ne quitte ses invités et se précipite sur moi, l'air soulagé. Passé les quelques phrases de banalités, il m'a aussitôt demandé mon avis sur le film. Son attente impatiente m'a fait l'effet d'un drogué en manque de compliments. Je n'ai pas eu le temps de trouver quoi lui répondre qu'un homme se présentant à moi comme producteur nous a interrompus pour dire au revoir à Éric. Mon ex s'est étonné de le voir partir si tôt et a attendu quelques félicitations de sa part… Il n'en a pas reçu. À la place, il a eu droit à une phrase d'encouragement toute faite, qui a fini d'achever le scénariste au sevrage difficile : « C'est un premier film, il faut persévérer. » Après lui avoir donné une petite tape condescendante dans le dos, le producteur a quitté la réception.

Croyez-le ou non, je n'ai pas eu le cœur d'enfoncer le clou. Éric s'est ratatiné. Sans le vouloir, il m'a lancé le même regard que celui du chien désespéré qui tente d'apitoyer son maître pour obtenir une caresse. J'aurais hurlé de rire si je n'avais pas atteint un tel degré de maturité. J'ai préféré me contenter de le remercier pour son invitation et partir dignement. À quoi bon lui infliger cette humiliation ? Je ne suis plus de celles qui se donnent en spectacle. Sur le chemin du retour par contre, m'est d'avis que les passants qui m'ont croisée s'interrogent encore sur les raisons de mon fou rire.

Remerciements

Les aventures de Camille s'arrêtent là pour le moment… Pour suivre les miennes, vous pouvez me rejoindre sur mon compte Instagram, @CélineHolynski, je m'en sers un peu mieux qu'elle… Vous y découvrirez mes maladresses ainsi que celles de mon chien et de mon chat. Les péripéties se prolongent…

Si le cœur vous en dit, n'hésitez pas à m'écrire, je lis tous les messages et y réponds avec plaisir.

Mes éditrices m'ont prévenue, je n'ai que très peu de mots restants pour les remerciements, alors merci à elles pour l'enthousiasme témoigné dès les premières pages à l'égard de mon histoire. Merci à Fabien Olicard pour le soutien sans faille, l'écoute et les conseils. Et merci à vous d'avoir partagé la vie de mon héroïne.

Je vous souhaite des bonheurs aussi satisfaisants que le goût de la confiture à la framboise.

Composition et mise en pages
Nord Compo à Villeneuve-d'Ascq

PAPIER À BASE DE
FIBRES CERTIFIÉES

LAROUSSE s'engage pour
l'environnement en réduisant
l'empreinte carbone de ses livres.
Celle de cet exemplaire est de :
950 g éq. CO_2
Rendez-vous sur
www.larousse-durable.fr

Achevé d'imprimer en Italie par Grafica Veneta S.P.A
Dépôt légal : février 2020
324144/01 – 11041677 – janvier 2020